Sündensommer

Historischer Roman

Bibliografische Information der deutschen Nationalbibliothek

Die Deutsche Nationalbibliothek verzeichnet diese Publikation

in der deutschen Nationalbibliografie, detaillierte bibliografische

Daten sind im Internet über http://dnb.dnb.de abrufbar.

© 2017 Andrea Gramckow

Herstellung und Verlag
BoD - Books on Demand, Norderstedt

ISBN: 9783743162334

Inhaltsverzeichnis

Handelnde Personen

Dies Irae

Kapitel 1

Kapitel 2

Kapitel 3

Kapitel 4

Kapitel 5

Kapitel 6

Kapitel 7

Kapitel 8

Kapitel 9

Kapitel 10

Kapitel 11

Kapitel 12

Kapitel 13

Kapitel 14

Kapitel 15

Kapitel 16

Kapitel 17

Kapitel 18

Kapitel 19

Kapitel 20

Kapitel 21

Kapitel 22

Kapitel 23

Kapitel 24

Kapitel 25

Kapitel 26

Kapitel 27

Kapitel 28

Kapitel 29

Kapitel 30

Kapitel 31

Kapitel 32

Kapitel 33

Kapitel 34

Kapitel 35

Kapitel 36

Kapitel 37

Kapitel 38

Kapitel 39

Kapitel 40

Epilog

Nachwort

Zur Handlung (Vorsicht! Spoileralarm!)

Literaturverzeichnis

Handelnde Personen

Historisch belegte Personen sind mit* gekennzeichnet

Arndt van Westerburg*, Kölner Ratsherr von 1481-1513

Druytgin*, sein angetrautes Weib

Katharina van Westerburg, einziges Kind der beiden

Johann Greveroide*, Kaufmann und Ratsherr zu Köln, Schwager des Arndt van Westerburg

Lijsbet, seine Gemahlin

Simon Verbeek, Tuchhändler, erbt die Schulden seines Vaters

Cristine Verbeek, Stiefmutter von Simon

Dr. Emundus Frunt*, Stadtsyndikus, Ratsschreiber und mit den Mordermittlungen betraut

Lenhart Seger, Kaufmann, verlobt mit Katharina van Westerburg

Hieronymus, Pfarrer von Klein Sankt Martin

Matthis, erstes Opfer

Herr Kruysgin*, auch ein Opfer

Ratsherren:

Hermann Rinck*, Ratsherr 1468-1480, zwischen 1480 und 1490 mehrfach Bürgermeister

Godart von dem Wasservasse*, Fernhändler

Gesinde:

Ursel, Köchin bei den van Westerburgs

Katlin, Magd bei Selbigen

Gertrud, noch eine Magd

Trin, Köchin im Hause Verbeek

Clara, Magd im Hause Verbeek

Büttel, Nachtwächter, Schneider, Bäcker, giftiges Weibsvolk, sündige und tugendhafte Bürger, Hurenwirte und und und...

DIES IRAE

Der Tag des Zorns, jener Tag löst die Welt in Asche auf...

Wieviel Schaudern wird sein, wenn der Richter kommen wird, um gnadenlos zu richten...

Wenn die Verdammten verflucht sind und den scharfen Flammen übergeben, rufe mich mit den Gesegneten!

Frommer Herr Jesus, schenke ihnen Ruhe,

Amen.

Mittelalterlicher Lobgesang über das Jüngste Gericht, Strophen 1, 6, 16, 19, vermutlich von Thomas von Celano

1

Das Feuer der Hölle verbrannte ihn.

Seine Finger, seine Zehen, der ganze Körper brannte.

Er stand in Flammen und er wusste, das war das Fegefeuer, in dem er für die Sünde, die er begangen hatte, brennen würde.

Der Schweiß brach ihm aus und ihm wurde übel.

Wie hatte es nur soweit kommen können?

Der Abend war schön gewesen.

Er hatte sich zwar etwas über die Einladung in das reiche Haus gewundert, aber immerhin war er mit dem Hausherren seit längerem bekannt.

Sie waren über dessen Handelsgeschäft in Kontakt gekommen, er hatte für seinen Gastgeber einige lukrative Geschäfte eingefädelt und auch hin und wieder in dessen Namen selbst erlesene Gewürze oder Schmuck gekauft, immer dann, wenn es ratsam erschien, um eines besseren Preises willen nicht persönlich in Erscheinung zu treten.

Zum Dank hatte dieser ihn nun am heutigen Abend zu einem Essen in sein Haus eingeladen und er hatte diese Einladung sehr erfreut angenommen.

Man hatte in größerer Runde Wein und ausgesuchte Speisen zu sich genommen und viel gelacht.

Dann, nachdem alle anderen Gäste bereits in bester Laune nach Hause gegangen waren, hatte der Abend diese tragische Wende genommen, die ihn jetzt zu einem verdienten Opfer des Fegefeuers machte.

Eine Armee von tausenden von Ameisen marschierte durch seinen Körper und verteilte das Feuer der Verdammnis darin.
Gleichzeitig begann er zu frösteln und kalter Schweiß rann ihm in die Augen.
Ja, es hatte ihm gefallen, und zur Strafe lud ihn nun der Höllenfürst zum Tanz in sein Reich.
Er taumelte über die nächtlich leeren Straßen Kölns, die wenigen Gestalten, die in ihre Umhänge gehüllt, die Gugeln tief ins Gesicht gezogen, selbst noch unterwegs waren, schenkten ihm keine Beachtung.
Zu sehr waren sie auf der Hut vor den Nachtwächtern, die mit Hellebarde und Fackel ausgestattet durch die nächtlichen Gassen Kölns patrouillierten, um für Ruhe und Ordnung zu sorgen.
Er litt Höllenschmerzen, sein Herz raste, dann wieder schien es, als hätte es sich entschlossen, das Schlagen ganz einzustellen.
Er ahnte, dass er sterben würde, hier und jetzt.
Dagegen hatte er keine Vorstellung davon, wie das Teufelszeug in seinen Körper gelangt war. Er hatte sich immer wieder an den erlesenen Köstlichkeiten bedient, die zunächst in der Stube und dann später auch in der kleinen Kammer auf dem Tisch standen. Seine Vorliebe für süße Speisen hatte ihn allerdings vornehmlich zu den himmlischen Datteln, die er niemals zuvor gekostet hatte, und von denen er gar nicht genug bekommen konnte, greifen lassen. Und zu den kandierten Rosenblättern, und…

In Erinnerung an diesen Genuss hatte er das Gefühl, dass ihm das Wasser im Mund zusammenlief, aber als er schlucken wollte, durchflutete ihn eine neue Welle dieses unerträglichen Schmerzes und sein Mund blieb trocken.

Vielleicht war das Gift aber auch in dieser sündhaft teuren Süßigkeit gewesen, die er sozusagen als Abschiedsgruß aus der kleinen Konfektschachtel genommen hatte?

Nie und nimmer hätte er gedacht, dass er in dieser Nacht und auf diese Weise dem Tod ins Auge sehen würde, und doch war sein Schicksal hier und heute besiegelt.

Der süße Geschmack der Sünde wich einem pelzigen Gefühl auf der Zunge, und seine Qualen erreichten ihren Höhepunkt, als er jegliche Kontrolle über seinen Körper verlor und, sich heftig erbrechend, dem Höllenfürsten gegenüber sah, der lächelnd seinen schwarzen Umhang über ihn warf und ihn mitnahm in sein Reich.

2

Katharina van Westerburg stürmte durch die Tür zum Kontor ihres Vaters.

„Vater habt Ihr schon gehört...?"

Arndt van Westerburg sah von einem Stapel Papiere auf und musterte seine Tochter mit leisem Unmut.

„Katharina, wo warst du denn so lange? Deine Mutter und ich müssen mit dir reden!"

Etwas irritiert über diese Begrüßung schüttelte sie ihren Kopf und strich sich ein paar dunkle Strähnen hinter die Ohren, die sich aus ihrem geflochtenen Zopf gelöst hatten.

Auf ihrem Gesicht hatte sich eine feine Röte breit gemacht, die ihrer Aufregung und der Eile, mit der sie hereingeplatzt war, zuzuschreiben war.

„Auf dem Markt mit Ursel." Kurz holte sie Luft um dann fortzufahren:

„Vater, sie haben den Bäckermeister Bongart gerade der Bäckertaufe unterzogen! Stellt Euch vor, er soll seine Brote mit weißem Ton versetzt haben, damit sie mehr wiegen und auch die Farbe heller wird! Sie haben ihn im Schandkorb durch stinkenden Unrat gezogen, den sie vorher aufgeschüttet hatten!"

Arndt van Westerburg sah seine Tochter entsetzt an. Er sah es gar nicht gern, wenn Katharina bei derartigen öffentlichen Zurschaustellungen, die schon einmal den Charakter eines Volksfestes annehmen konnten, zugegen war.

Für ihn gehörte es sich einfach nicht, dass man sich an dem Unglück der so Bestraften weidete, auch wenn sie natürlich selbst daran schuld waren.
Sie würden allein wegen der öffentlichen Demütigung ohnehin nicht mehr in der Lage sein, ihrem Handwerk in Zukunft noch nachgehen zu können, jedenfalls nicht mehr in Köln. Und das hatte nicht selten zur Folge, dass die Delinquenten ihre Familien nicht mehr ernähren konnten und betteln mussten.
„Katharina!"
Arndt van Westerburg sah seine Tochter ernst an. „Du weißt ganz genau, was ich davon halte, wenn du dir solche Spektakel ansiehst! Es gehört sich für eine anständige Jungfer nicht, sich dem gemeinen Pöbel gleich zu machen und bei so etwas zuzusehen!"
Er fragte sich, woher seine Tochter wohl die Vorliebe hatte, diesen öffentlichen Bestrafungen beizuwohnen und sich dazu unter das gemeine Volk zu mischen, als wäre sie eine von denen!
Er war ein angesehener Tuchhändler und Mitglied im Rat der Stadt Köln.
Sein Kontor am Heumarkt war eine der besten Adressen für feine Tuche und seine Kunden waren allesamt gut situierte Bürger und sogar der Adel kaufte bei ihm die feinen Stoffe aus Flandern und Brabant, Seide aus dem Orient und allerfeinste englische Ware. Seine Frau und er hatten daher auf Katharinas Erziehung ein besonderes Augenmerk gelegt, da sie einmal diesen Tuchhandel erben würde. Natürlich würde sie vorher heiraten müssen und dann würde ihr

Ehegatte die Geschäfte führen, während sie als tüchtige Gemahlin im Hintergrund den Haushalt bestellte und für ein gemütliches Heim zu sorgen hatte.
Zwar gab es unter den Kölner Tuchhändlern einige Frauen und auch Katharina stellte sich in Geschäftsdingen ganz geschickt an, aber Arndt van Westerburg war, wenn auch im Fernhandel durchaus immer neuen Ideen gegenüber aufgeschlossen, in dieser Hinsicht sehr konservativ eingestellt und konnte sich Katharina als selbstständige Geschäftsfrau beim besten Willen nicht vorstellen. Oder wollte es nicht, denn in seinem Weltbild waren Frauen für den Haushalt und nicht den Tuchhandel zuständig.
Und so war es unabdingbar, dass sie über gute Manieren und einen untadeligen Ruf verfügte, um einen geschäftstüchtigen Gatten für sie zu finden.
Sicherlich hatten er und seine Frau, nachdem zwei ihrer Söhne das erste Lebensjahr nicht überlebt hatten und eine Tochter mit gerade einmal fünf Jahren an einem Fieber gestorben war, Katharina zu sehr verwöhnt.
Und so hatte seine Tochter zwar unter Anleitung seiner Gemahlin gelernt, einen Kaufmannshaushalt wie den ihren zu führen, aber schon immer hatte ihr Interesse an diesen hausfraulichen Tugenden das Maß des Notwendigen nicht überschritten.
Ihre Begeisterung hatte mehr seinem Geschäft gegolten; sie war schon als kleines Mädchen zwischen den Tuchballen herumgetobt und später dann hatte ihr Gespür für erstklassige Ware und vorteilhafte

Geschäftsabschlüsse für milden Spott bei seinen Ratskollegen gesorgt.
Sein Schwager, Johann Greveroide, hatte schon des Öfteren gemutmaßt, dass Katharina ihren zukünftigen Ehegatten wohl nicht mit ihren hausfraulichen Tugenden für sich einnehmen würde, sondern eher durch ihr kaufmännisches Talent.
Bislang hatte es noch keine ernstzunehmenden Bewerber um ihre Hand gegeben, allerdings hatte Arndt van Westerburg eine Verlobung auch nicht unbedingt vorangetrieben. Zu sehr hatte er es genossen, sein einziges Kind um sich zu haben.
Nun aber würde es Zeit, bevor seine Tochter noch eine alte Jungfer würde.
Katharina war eine außergewöhnliche Schönheit mit ihren dunklen Locken und den grünen Augen.
Ihre helle Haut bildete dazu einen hübschen Kontrast.
Jedenfalls wenn sie nicht vor Aufregung gerötet war, aber auch das stand ihr ausnehmend gut zu Gesicht.
Das lenkte seine Aufmerksamkeit wieder auf seine Tochter, die immer noch etwas außer Atem vor ihm stand.
„Katharina, ich verbiete dir ein für allemal, in Zukunft solche Spektakel zu verfolgen. Es steht dir nicht an, dich an dem Unglück dieser Menschen zu weiden, auch wenn es nötig ist, diesen Betrug an den ehrlichen Leuten zu bestrafen."
„Ich weiß Vater, aber diesmal hatte ich keine Gelegenheit, nicht hinzusehen! Ursel und ich waren

derart zwischen den Schaulustigen eingezwängt, dass wir den Platz gar nicht hätten verlassen können."
Das war nur die halbe Wahrheit, denn Ursel und sie hatten es gar nicht erst versucht!
Ursel hatte als Köchin im Hause der van Westerburgs ein verständliches Interesse an der Bestrafung dieses Betrügers.
Zwar kochte und backte sie in der Regel selbst, was im Hause ihrer Herrschaft auf den Tisch kam, dennoch wurden bei größeren Feierlichkeiten auch schon mal Brote und Kuchen bei den hiesigen Bäckern eingekauft.
„Sei es drum, du weißt jetzt, was ich in Zukunft von dir erwarte und Schluss!"
„Ja, Vater."
Katharina hatte durchaus Verständnis für die Sorgen ihres Vaters, aber es lag ihr nun einmal nicht, nur in ihrer Kammer zu sitzen und Säume zu besticken und erbauliche Texte zu lesen.
Und auch der Stachel der Neugierde piekste sie immer dann ganz doll, wenn so etwas wie heute geschah.
Ihr Vater sah sie immer noch ungehalten an.
„Katharina, wie ich schon sagte, müssen deine Mutter und ich mit dir reden. Sei bitte so gut und hole sie hinunter. Sie wollte oben mit Gertrud Wäsche heraussuchen, die ausgebessert werden muss. Wir treffen uns dann zum Abendessen in der Stube."
Katharina stieg nachdenklich die Stufen zu den Schlafkammern hinauf.
Irgendetwas in der Miene und dem Tonfall ihres Vaters hatte sie aufhorchen lassen. Für gewöhnlich kam sie

nicht so ungeschoren davon, wenn sie sich über die gesellschaftlichen Konventionen hinweg setzte.
Mindestens eine längere Predigt über das sittliche Verhalten ehrbarer Jungfern hatte sie erwartet.
Stattdessen hatte ihr Vater eher so gewirkt, als wäre er nicht ganz bei der Sache.
„Mutter, ich bin zurück!", rief sie und öffnete die Tür zu ihrer Schlafkammer.
Sie war etwas überrascht, als sie Gertrud und ihre Mutter vor ihrer Aussteuertruhe stehen und Wäsche sortieren sah.
„Mutter...?" Ein flaues Gefühl machte sich in Katharinas Magen breit. Wenn ihre Mutter ihre Aussteuer durchsah, dann...
Druytgin van Westerburg sah kurz auf und lächelte ihrer Tochter zu.
Sie hatte das gleiche dunkle Haar wie ihre Tochter, durch das sich bei ihr bereits die ersten grauen Strähnen zogen, und ihre Augen waren grau, während Katharina die grünen Augen ihres Vaters geerbt hatte. Ansonsten sahen sich die beiden Frauen sehr ähnlich, wenn auch Druytgin fülliger war als ihre Tochter, aber das war nach den Schwangerschaften nicht ungewöhnlich.
„Da bist du ja, Kind. Lass uns hinunter gehen, dann wirst du erfahren, welche Neuigkeit wir für dich haben!"

3

Simon Verbeek blieb vor seinem Elternhaus am Heumarkt stehen und sah die schmale Fassade hinauf. Er war gerade aus Flandern eingetroffen, wo er in Gent die Zweigstelle des Tuchhandels seines Vaters geführt hatte.

Er hatte sich einer Gruppe von Kaufleuten angeschlossen, die von Gent aus zunächst nach Maastricht gereist waren, um dort einen Teil ihrer Waren zu verkaufen oder gegen die begehrte Maastrichter Keramik einzutauschen.

Von dort waren sie weiter nach Aachen gezogen, um dann entlang des Fernhandelsweges über Bergheim nach Köln zu gelangen.

Da die Reisegruppe von bewaffneten Söldnern begleitet worden war, waren ihnen größere Unannehmlichkeiten erspart geblieben, wenn man einmal von dem Zwischenfall mit den zerlumpten Bauern kurz vor Merzenich absah, die versucht hatte, etwas Essbares zu stehlen.

Da sie aber nur mit Knüppeln bewaffnet und deutlich in der Unterzahl waren, hatten sie es nicht auf einen Kampf ankommen lassen und waren unverrichteter Dinge in dem kleinen Wäldchen verschwunden, aus dem sie gekommen waren.

Simon war müde und staubig von der Reise und hatte nicht das Gefühl, nach Hause zu kommen.

Vor etwa zehn Jahren hatte sein Vater ihn nach Gent geschickt, damit er bei einem befreundeten Kaufmann nach seiner Lehre in Köln Erfahrungen im hart umkämpften Auslandsgeschäft mit den kostbaren Tuchen, die die Grundlage des väterlichen Geschäfts darstellten, sammeln konnte.

Dass er keine innige Beziehung mehr zu seiner Heimatstadt Köln und seinem Elternhaus hatte, lag aber nicht nur an der Entfernung, die die beiden Städte voneinander trennte, sondern vor allem daran, dass sich die Beziehung zu seinem Vater in den zurückliegenden Jahren merklich abgekühlt hatte.

Nachdem sein Lehrherr festgestellt hatte, dass er ihm nun nichts mehr beibringen könne, hatte sein Vater ihm zwar die Aufsicht über die Handelsniederlassung in Gent übertragen, aber Simons Hoffnungen, seinem Vater nun beweisen zu können, dass ein fähiger Kaufmann in ihm stecke, hatten sich ziemlich schnell zerschlagen.

Statt sich eigenverantwortlich einen Namen im Tuchhandel machen zu können, hatte sein Vater stets jede von Simons Entscheidungen vorgegeben.

Meistens, nein, eigentlich immer, hatte sich die Verantwortung, die ihm sein Vater übertragen hatte, auf das Einstellen fähiger Knechte und Mägde beschränkt.

Das hatte sein Vater nun wirklich nicht von Köln aus veranlassen können!

Nahezu wöchentlich hatten ihn Briefe mit Anweisungen aus dem väterlichen Kontor über Boten erreicht, was nicht nur unverhältnismäßig hohe Kosten verursacht, sondern auch Simons Handlungsspielraum erheblich eingeschränkt hatte.

So hatte sein Vater zum Beispiel verfügt, dass sich Simon auf den Handel mit flandrischem Tuch zu beschränken hatte, weil das nach Ansicht des Älteren seit jeher ein einträgliches Geschäft gewesen war.

Simon selbst dagegen hätte sich den veränderten Bedingungen auf dem Tuchmarkt gerne angepasst und vielleicht auch darüber nachgedacht, andere Waren in sein Sortiment aufzunehmen, wie etwa teure Gewürze und Spezereien aus den arabischen Ländern.

Das flandrische Tuch war zwar immer noch von guter Qualität, aber es wurde zunehmend von dem feineren englischen Tuch verdrängt.

Sein Vater hatte auf diese veränderten Erfordernisse nur mit Ablehung reagiert.

Er keine Notwendigkeit gesehen, sein Handelsgeschäft um die englischen Stoffe oder andere Handelsgüter zu erweitern.

Dabei musste doch auch er erkannt haben, dass der Handel in Flandern seit einiger Zeit fast nichts mehr abwarf!

Dass es sich überhaupt noch lohnte, ausschließlich mit flandrischem Tuch zu handeln, hatte er dabei nur Simon zu verdanken, der durch geschicktes Verhandeln das Geschäft mehr schlecht als recht am Leben erhielt.

Aber nun war sein Vater plötzlich verstorben und Simon hatte als sein Erbe vor, den Tuchhandel in naher

Zukunft endlich den veränderten Bedingungen anzupassen.
Dazu musste er nach Köln zurückkehren, die Bücher durchsehen und Entscheidungen treffen.
Die Geschäfte für die Handelsniederlassung in Gent hatte er treuhänderisch einem befreundeten Kaufmann übertragen, dem er vertraute.

Simon betrat sein Elternhaus durch die reich verzierte hölzerne Eingangstür, die sein Vater extra hatte anfertigen lassen, weil es ihm schon immer wichtig war, dass man ihm seinen Erfolg auch äußerlich ansah. Als er die Halle betrat, fiel ihm zuerst auf, wie kahl sie wirkte.
Als er sein Elternhaus verlassen hatte, hatten an den Wänden kunstvoll geknüpfte Teppiche gehangen, auf großen Regalen hatte sich allerlei wertvoller Zierrat, wie silberne Becher und Schalen befunden, und in allen vier Ecken des Raumes zeugten prunkvolle Kerzenständer von dem Reichtum des Hauses Verbeek.
Irritiert blieb er mitten in der Halle stehen.
Als einziges Relikt dieser Zeit hatte sich ein Regal erhalten, auf dem nun allerdings nur einige Zinnbecher standen, und ein einzelner Kerzenständer fristete in einer dunklen Ecke sein Dasein, der aber mit den Simon bekannten ursprünglichen Haltern nur den Standort gemein hatte, denn es war eine einfache Schmiedearbeit aus Eisen.

Er fuhr sich mit der rechten Hand durch sein dichtes dunkles Haar und versuchte, sich einen Reim darauf zu machen.
Vielleicht hatte die zweite Frau seines Vaters es einfach nur noch nicht geschafft, ihren eigenen Geschmack hier einzubringen?
Immerhin lag die Eheschließung erst wenige Monate zurück, wie er aus dem letzten Brief seines Vaters erfahren hatte.
Erstaunlicherweise waren die Briefe seines Vaters mit Anweisungen, die den Tuchhandel betrafen, immer öfter ausgeblieben. Das schrieb Simon der Einsicht seines Vaters zu, dass dieser ihn nun für alt und erfahren genug hielte, mehr Verantwortung zu übernehmen.
Darüber hinaus hatte ihn die Nachricht von der Hochzeit seines Vaters dann doch überrascht.
Zwar hatte man nicht davon ausgehen können, dass sein Vater nach dem frühen Tod von Simons Mutter unverheiratet bleiben würde, aber nachdem er nun inzwischen fast zwanzig Jahre alleine gelebt hatte, war Simon davon ausgegangen, sein Vater habe kein Interesse an einer neuen Verbindung.
Und nun war sein Vater so kurz nach der Hochzeit ziemlich überraschend gestorben und hatte ihm den Tuchhandel und dieses Haus am Heumarkt hinterlassen.
Und eine Stiefmutter.

Die Tür zur Küche öffnete sich und ein runzeliges Gesicht, das Haar unter einem Leinentuch verborgen, schob sich durch die Türöffnung, zusammen mit einem unwiderstehlichen Duft nach gebratenem Fleisch und Gemüse.
„Wer…?"
Simon drehte sich um und ein warmes Gefühl machte sich in ihm breit, als er die alte Trin erkannte.
Und auch die Köchin hielt einen sprachlosen Moment inne, nachdem sie erkannt hatte, wer der unerwartete Gast war.
„Meiner Treu, Simon!"
Ihre Augen wurden groß, dann senkte sie verlegen den Blick.
„Entschuldigt bitte, Herr. Ihr seid ja jetzt erwachsen und zudem der Herr dieses Hauses! Wir…also die Herrin erwartet Euch erst in einer Woche! Das hat sie uns jedenfalls gesagt, als Euer letzter Brief hier eingetroffen ist."
Verlegen stand Trin in der Halle und zupfte an ihrer Schürze.
Simon ging lächelnd auf sie zu und schloss sie in seine Arme.
„Gute alte Trin, du bist ja noch hier. Der Rest...", er zwinkerte ihr zu und wies mit seinem Arm in Richtung der leeren Wände, „...der Rest hat wohl der neuen Gemahlin meines Vaters nicht gefallen!"
Verlegen befreite sie sich aus der Umarmung und sagte:

„Herr Simon, Ihr könnt doch nicht… also das geht nicht, dass Ihr…ich meine, Ihr seid doch jetzt der Herr hier!"

„Meine liebe Trin, ich werde doch wohl noch meine alte Liebe aus Kindertagen umarmen dürfen! Früher hast du doch auch nichts gegen meine Avancen gehabt! Ich hatte sogar das Gefühl, dass dir meine Umarmungen durchaus nicht unangenehm waren!"

Er lachte sie spitzbübisch an.

„Meine Gefühle für dich haben sich jedenfalls in den letzten Jahren nicht verändert!"

„Herr Simon, Ihr wart damals fünf Jahre alt!"

„Und deswegen zweifelst du an meinen Gefühlen für dich?", neckte er sie.

„Schluss jetzt mit dem Unsinn, Herr Simon. Ihr seid jetzt der Herr und ich bin die Köchin! Und als solche habe ich dafür zu sorgen, dass Ihr nach der langen Reise in Eurem Heim etwas zu essen bekommt!"

Resolut stemmte sie die Hände in die Hüften.

„Wir haben zwar noch nicht mit Euch gerechnet, aber ich werde doch wohl noch etwas Essbares auf den Tisch bringen!"

Bevor sie in der Küche verschwand drehte sie sich noch einmal um.

„Herzlich willkommen, Herr Simon. Wir freuen uns von ganzem Herzen, dass Ihr wieder hier in Köln weilt. Das gilt für das ganze Gesinde, oder jedenfalls für diejenigen, die noch hier sind. Die letzten Wochen seit Euer Herr Vater - Gott hab ihn selig - zu seinem Schöpfer abberufen wurde, waren…", sie suchte nach

einem passenden Ausdruck, „...waren bedrückend. Frau Cristine ..."
Sie hielt inne als die Haustür mit einem Schwung aufgestoßen wurde und eine Stimme laut schimpfte: „Trin, Clara, wo seid ihr? Herrgott, warum ist das Gesinde denn nie da, wenn man es braucht?! Vielleicht könnte sich jemand herablassen, mir den Korb abzunehmen! Und Trin soll mir ein Mahl breiten, ich bin hungrig. Vielleicht Eiersuppe mit Safran, ich..."
Abrupt hielt sie in ihrem Redefluss inne als sie den Kopf hob und Simon erblickte.
„Haben wir Besuch, Trin?"
Fragend schaute sie auf die Köchin.
„Herrin, das ist…"
Simon unterbrach sie.
„Ihr müsst Frau Cristine sein, die Gemahlin meines Vaters. Wenn ich mich meinerseits vorstellen darf, Simon Verbeek!"
Leider hatte sich noch keine Gelegenheit ergeben, die zweite Frau seines Vaters persönlich kennenzulernen, da er bei der Hochzeit der beiden unabkömmlich in Gent festgesessen hatte. Überdies hatte die Hochzeit nicht in Köln stattgefunden, soweit Simon wusste.
Als er der Frau seines Vaters nun gegenüberstand war er doch einigermaßen überrascht.
Cristine Verbeek war nicht nur eine außergewöhnlich schöne Frau, sie war darüber hinaus auch noch sehr jung.
Er selbst war dreiundzwanzig Jahre alt, und er schätzte seine Stiefmutter sogar noch jünger.

Zwar war es durchaus nichts Ungewöhnliches, wenn alte Männer junge Frauen ehelichten, aber seinen Vater hatte er nicht so eingeschätzt.
Cristine war fast so groß wie er und sehr erlesen gekleidet. Ein tiefblauer enganliegender Surkot aus Samt betonte ihre durchaus vorhandenen körperlichen Vorzüge.
Ihr Haar hatte sie dagegen züchtig unter einer weißen Haube aus Leinen verborgen.
Sie stand sehr aufrecht in der Halle und musterte Simon mit einem Blick aus ihren blauen Augen.
Dabei hielt sie seinem Blick unschicklich lange stand, bevor sie die Augen niederschlug und sagte:
„Simon, wir hatten dich noch gar nicht so schnell hier in Köln erwartet! Wenn ich gewusst hätte, dass du heute eintriffst, hätte ich doch Vorbereitungen treffen lassen! Warum hast du uns nicht eine kurze Nachricht zukommen lassen, dass du heute ankommst?"
In ihrer Stimme lag etwas, was Simon nicht zu deuten wusste, und darüber hinaus irritierte ihn, wie sie ihn ansprach.
Schließlich kannte er die Frau - die Witwe - seines Vaters ja gar nicht und die vertrauliche Anrede war ihm unangenehm, jedenfalls zu diesem Zeitpunkt des Kennenlernens.
„Verzeiht, Frau Cristine, ich wollte Euch durch meine verfrühte Ankunft nicht in Verlegenheit bringen. Macht Euch bitte keine Umstände, mir reicht ein einfaches Mahl und danach möchte ich sowieso erst im Kontor meines Vaters nach dem Rechten sehen!"

„Nicht doch, Simon. Du solltest dich nach der Reise erst vernünftig stärken und ausruhen, bevor du dich in die Geschäfte stürzt! Zwar war dein Vater in der letzten Zeit ein sehr...", sie machte eine bedeutungsvolle Pause bevor sie mit anzüglichem Lächeln weitersprach, „...na ja, er war in den letzten Monaten ein sehr beschäftigter Mann! Er hat den Tuchhandel vielleicht ein wenig vernachlässigt, aber es wird schon alles seine Ordnung haben!"
Sie schaute wieder zu ihm auf und ihm direkt in die Augen.
„Wir sollten uns erst einmal richtig kennenlernen!"

4

Katharina ahnte bereits, welche Neuigkeit ihre Eltern ihr gleich eröffnen würden und stieg mit einem flauen Gefühl im Magen die Treppe hinunter.
Sie war jetzt siebzehn Jahre alt und schon lange im heiratsfähigen Alter.
Dass sie bislang noch nicht verheiratet worden war, hatte sie einer Sentimentalität ihres Vaters zu verdanken, wie sie sehr wohl wusste.
Er hatte sich bisher nicht von seinem kleinen Mädchen trennen wollen, aber sie ahnte, dass dieser Zustand nicht ewig dauern würde.
Zwar war sie nicht unbedingt gegen eine Ehe eingestellt, aber sie genoss es auch, noch nicht die

Pflichten einer Ehefrau und Mutter übernehmen zu müssen.
Von ihrem zukünftigen Gatten hatte sie keine genaue Vorstellung. Nur dass es keine Rolle spielen würde, ob sie ihn liebte oder nicht, das war ihr bewusst.
Liebe gab es in Minneliedern und Gedichten, im richtigen Leben aber galten andere Werte.
Sie war in dem Bewusstsein erzogen worden, eine Heirat diene ausschließlich geschäftlichen Interessen und der Zeugung von Erben.
Aber immerhin bedeutete eine Ehe eine lebenslange unauflösbare Verbindung, und wenn auch schon keine Liebe im Spiel war, so erwartete sie doch schon ein gewisses Maß an Sympathie.
Auch ihre Eltern waren verlobt worden, ohne sich vorher gekannt zu haben, und inzwischen waren sie einander sehr zugetan, was dafür sprach, dass solche Verbindungen durchaus glücklich werden konnten.
Was Katharina allerdings schwer im Magen lag, war die Tatsache, dass ihr Zukünftiger ihr wohl nicht erlauben würde, weiterhin Zeit im Tuchhandel ihres Vaters oder sogar ihres Ehegatten zu verbringen.
Sie liebte die Stunden mit ihrem Vater im Kontor und konnte sich schwerlich vorstellen, dass ein Ehemann ihr erlauben würde, sich weiterhin mit den Rechnungsbüchern oder dem Einkauf von Stoffen zu befassen anstatt dem Haushalt vorzustehen.
Nach Ansicht der überwiegenden Mehrheit aller Männer, die Katharina kannte, gehörte eine Frau ins

Haus und hatte sich ausschließlich um Dinge zu kümmern, die diesen Bereich betrafen.
Leider gehörte ihr Vater auch dazu, und obwohl er ihr erlaubte, ein paar Korrespondenzen, ein wenig Buchführung und hin und wieder die Begutachtung der verschiedenen Handelswaren zu übernehmen, ließ er doch keinen Zweifel daran, dass sie dies nur seiner väterlichen Nachsicht zu verdanken hatte.
Schließlich waren zumindest die beiden ersten Tätigkeiten durchaus von Nutzen für ihr späteres Leben als Hausfrau.
War sie erst einmal verheiratet, würde sie sich in ein Leben fügen müssen, das ihr jetzt schon verhasst war. Sie würde sich um den Haushalt kümmern müssen und ein Kind nach dem anderen zur Welt bringen, falls sie nicht irgendwann im Kindbett starb, was ein gar nicht so seltenes Vorkommnis war.
Ganz zu schweigen von den Pflichten, die sie erfüllen musste, um diese Kinder zu empfangen!
Ihre Mutter hatte ihr erklärt, dass der eheliche Beischlaf eine Pflicht war, die man durchaus ertragen und mögen könne, wenn man dem Ehepartner nur ein wenig zugetan war.
Und auch die junge Magd ihres Onkels hatte nicht den Eindruck erweckt, dass ihr nicht gefiel, was der Knecht da mit ihr tat.
Katharina hatte die beiden zufällig im Stall erwischt und die rosigen Wangen der Magd und ihr lustvolles Stöhnen, als der Knecht sich rhythmisch zwischen

ihren hochgeschobenen Röcken bewegte, war Beweis genug.

Nur konnte - und wollte! - sie sich gar nicht vorstellen, dass ihr zukünftiger Gemahl das auch mit ihr tun würde! Und diese eheliche Pflicht war nicht die einzige, die schon bei dem bloßen Gedanken daran ihren Widerstand wachsen ließ.

Es langweilte sie, stundenlang mit der Köchin den Speiseplan zu erörtern, Vorräte zu kontrollieren und aufzufüllen.

Wozu hatte ihr Vater sie denn dann Lesen und Rechnen lernen lassen?!

Anfangs hatte er es strikt abgelehnt, ihr diesen Wunsch zu erfüllen.

Eine Tochter aus gutem Hause müsse einen Mann mit anderen Tugenden zu beeindrucken wissen.

Schließlich aber hatte ihr Vater, nachdem sie heimlich in seinem Kontor die ersten Buchstaben mit krakeliger Schrift kopiert hatte, ihrem Wunsch nachgegeben und sie sogar, wenn er etwas Zeit erübrigen konnte, das Schreiben, Lesen und sogar das Rechnen gelehrt.

Auch ihre Mutter hatte nur verständnislos auf ihren Wunsch reagiert, Zeit mit ihrem Vater im Kontor zu verbringen.

„Sei bescheiden und demütig und versuche, den Wünschen deines Ehegatten in allem zu entsprechen, denn das ist die Bestimmung einer guten Ehefrau!", hatte sie gesagt.

„Das Führen der Geschäfte überlasse indes vollkommen deinem angetrauten Gatten, denn er ist vom Herrn dazu bestimmt, nicht du."

Gespannt betrat Katharina die Stube.
Ihr Vater hatte bereits am Tisch Platz genommen und auch ihre Mutter ließ sich gerade auf einem Stuhl nieder.
Ungeduldig wartete sie auf das, was man ihr nun eröffnen würde.
„Setz dich, mein Kind. Und dann lass uns speisen."
Ihre Mutter wandte sich an Ursel.
„Du kannst auftragen."
„Was wollet Ihr mir denn mitteilen?"
„Katharina, du musst langsam lernen, dich wie eine erwachsenen Frau aufzuführen. Übe dich in Geduld und lass uns erst etwas essen. Es ziemt sich nicht, so ungeduldig zu sein!"
Da hatte ihre Mutter mal wieder genau den Finger in die Wunde gelegt.
Geduld gehörte ebenso wenig zu ihren Stärken wie Haushaltsführung.
Ursel brachte Schalen mit gesottenem Aal mit Pfeffer und gebratenes Gänsefleisch mit roten Rüben.
Und während ihr Vater und ihre Mutter herzhaft zulangten, brachte Katharina kaum einen Bissen herunter. Da Mutter und Vater schweigend speisten und das auch von ihr erwarteten, verging die Zeit für Katharinas Empfinden viel zu langsam.

Endlich räumte Ursel den Tisch ab und ihr Vater wandte sich ihr zu.

„Katharina, wir haben mit dir zu reden. Du bist jetzt siebzehn Jahre alt und es wird Zeit, dass du dich deinen Pflichten gegenüber dem Hause van Westerburg stellst und heiratest. Wir haben dir lange genug Zeit gelassen, dich an diesen Gedanken zu gewöhnen und nun gibt es einen ernsthaften Bewerber um deine Hand."

Ernst sah ihr Vater sie an und Katharina wurde es heiß.

„Du wirst mir zustimmen, dass es langsam Zeit wird, einen Ehemann für dich zu finden. Das Kontor braucht einen Erben und ich würde gerne noch erleben, wie sich dein Ehegatte und vielleicht sogar mein Enkel hier im Kontor zurechtfinden."

Sie wollte sagen, dass das noch viel Zeit hätte, aber im Grunde hatte er Recht. In Zeiten wie diesen war es von großer Bedeutung, die Nachfolge möglichst zu Lebzeiten zu sichern.

„Ja Vater", sagte sie deshalb nur und schluckte den Kloß hinunter, der ihr im Halse steckte.

Es wurde also ernst.

„Ich bin sehr froh, dass du das auch so siehst. Morgen werden dein Onkel Johann und deine Tante Lijsbet zu Gast sein. Sie werden Herrn Lenhart Seger mitbringen. Er ist erst seit kurzem in Köln ansässig und dein Onkel hat ihn quasi unter seine Fittiche genommen, um ihm den Einstand hier etwas zu erleichtern. Herr Lenhart ist der Erbe eines Tuchhandels und führt hier die Geschäfte in Köln.

Dein Onkel lobt ihn in den höchsten Tönen und wir haben ihm zugesagt, seine Tätigkeit hier in Köln nach Kräften zu unterstützen."
Und ihm eure einzige Tochter und Erbin zur Frau zu geben, was ihm den Einstieg natürlich noch viel mehr erleichtern wird, dachte Katharina.
„Wir erwarten von dir, dass du dich von deiner besten Seite zeigst, Katharina. Haben wir uns verstanden?"
Mit milder Strenge sah ihr Vater sie an.
„Ich werde mich bemühen, die Erwartungen, die Ihr in mich setzt, zu erfüllen, Vater."
„Katharina, nun schau nicht so als würdest du morgen schon verheiratet!", ließ sich ihre Mutter vernehmen.
„Aber dein Vater hat Recht. Es wird Zeit, dass du heiratest und endlich mit einem Ehemann für einen Erben sorgst!"
Die Röte auf Katharinas Wangen verstärkte sich noch. Sie hatte diesen Herrn Lenhart noch nicht einmal kennen gelernt und ihre Mutter sprach schon von Erben!
Katharina wurde schlagartig bewusst, wie ernst die Situation war.
Wahrscheinlich war man sich bereits handelseinig geworden und das Kennenlernen war nur reine Formsache!
Und wie um diesen Verdacht zu bestätigen, fügte ihre Mutter hinzu:
„Wir haben Herrn Lenhart bereits kennenlernen dürfen und können die hohe Meinung, die Johann von ihm hat, nur bestätigen!"

Katharina schlug das Herz bis in den Hals und ihr wurde abwechselnd heiß und kalt.
Die Entscheidung, die sie so lange hatte aufschieben können, schienen ihre Eltern ihr nun abgenommen zu haben.
In Grunde war es überhaupt außergewöhnlich, dass sie sich so lange vor einer Ehe hatte drücken können.
Jungfern in ihrem Alter waren meist längst unter der Haube und standen einem Haushalt vor, hatten bereits Kinder.
Sie wusste, dass ihre Eltern sie innig liebten und ihr immer viele Freiheiten gelassen hatten.
Auch weil sie schmerzlich hatten erfahren müssen, wie ein geliebtes Kind nach dem anderem gestorben war, ohne dass sie etwas dagegen hätten tun können.
Sie war verwöhnt worden und hatte das genossen.
Nun war es also an der Zeit, sich ins Unvermeidliche zu fügen. Das war sie ihren Eltern schuldig.
Eine kleine Tür wollte sie sich aber dennoch offenhalten und so bat sie:
„Ich verspreche Euch, diesen Herrn Lenhart unvoreingenommen als Ehegatten in Betracht zu ziehen, aber sollte er wider Erwarten doch..."
„Mein liebes Kind, Herr Lenhart wird wider deines Erwartens nicht...was auch immer!", polterte ihr Vater nun und Katharina war wie vom Donner gerührt.
So hatte ihr Vater noch nie mit ihr gesprochen!
„Geh jetzt in deine Kammer und denke über unseren Vorschlag nach, liebes Kind."

Ihre Mutter wollte offensichtlich die Situation etwas entschärfen.
„Und lösche früh das Licht, morgen wird ein anstrengender Tag. Wir müssen die Vorräte kontrollieren und vielleicht noch einmal zum Markt. Schließlich haben wir morgen Gäste!"
Über unseren Vorschlag nachdenken!
Die Stimme ihrer Mutter hallte ihr noch im Kopf nach, als sie die Stufen zu ihrer Kammer hochstieg.
Einen Vorschlag konnte man in die eine oder die andere Richtung abwägen und sich dann dafür oder dagegen entscheiden.
Katharina hatte nach dem Gespräch mit ihren Eltern allerdings nun nicht mehr das Gefühl, dass sie noch irgendetwas abwägen konnte.
Was ihr blieb, war die Hoffnung auf einen ganz passablen Herrn Lenhart!

In der Nacht hatte Katharina nicht viel geschlafen und entsprechend zerschlagen erwachte sie am nächsten Morgen.
Sie hatte von ihrem Zukünftigen geträumt und das hatte nicht dazu beigetragen, ihr die Angst vor der Begegnung mit Herrn Lenhart zu nehmen.
In ihren Träumen war er klein, kleiner noch als sie selbst, und hatte ein ungesund gerötetes Gesicht und einen Bauch wie ein Weinfass. Er hatte dem Wein reichlich zugesprochen und ihr dann vertraulich ins Ohr geraunt, er wolle gleich heute Abend mit ihr noch einen Erben zeugen.

Sie müsse ihn nur kurz nach draußen begleiten, dann wolle er ihr die Freuden des Ehelebens zeigen.
Als sie sich weigerte, packte er sie am Arm und zwang sie unter dem Beifall ihrer Eltern, ihm zu folgen.
Gott sei Dank war sie schweißgebadet aufgewacht, bevor er sein Vorhaben - wenn auch nur im Traum! - in die Tat umsetzen konnte.
Sie wusch sich kurz mit kaltem Wasser um einen klaren Kopf zu bekommen und zog sich dann ihren Surkot über.
Sie hatte ihn gestern achtlos auf den Boden fallen lassen, so dass er nun arg zerknittert war.
Sie war viel zu sehr mit ihren Gedanken beschäftigt, um das zu bemerken und so betrat sie verzagt die Wohnstube, wo ihre Mutter schon am Tisch saß und Milchbrei mit Honig und eingelegten Birnen aufgetragen waren.
„Ah, Katharina, da bist du ja! Dein Vater ist schon in Geschäften fort und wir müssen auch gleich noch mit Ursel auf den Markt. Ich möchte heute selbst den Einkauf überwachen, du weißt ja, wie wichtig das Abendessen heute ist!"
Sie sah kurz auf und kniff die Augen zusammen.
„Kind, so kannst du aber nicht mit auf den Markt! Dein Surkot ist ja ganz zerknittert und dein Haar..."
Katharina hatte ihre dunkle Haarflut nur notdürftig hochgesteckt, denn diese komplizierten Flechtgebilde, die Katlin oder Gertrud zu zaubern im Stande waren, wollten ihr einfach nicht gelingen.

„Du gehst jetzt sofort hinauf und ziehst dich um. Und Gertud soll dir dein Haar ordentlich kämmen und hochstecken!"
Katharina sah an sich herab und ärgerte sich über ihre Unachtsamkeit, aber da sich ihr Magen erstaunlicherweise dann doch meldetet, fragte sie schnippisch:
„Darf ich vorher wenigstens noch etwas essen, Mutter?"
Frau Druytgin schaute sie nachsichtig an. Es war ein Wesenszug ihrer Tochter, trotzig zu reagieren, wenn sie sich bei einer Nachlässigkeit ertappt fühlte.
„Aber ja, mein Kind. Soviel Zeit muss sein!"

5

Simon fuhr sich durch sein wirres schulterlanges Haar und rieb sich die Augen.
Der Abend war anstrengend gewesen.
Er hatte sich im Kontor einen ersten Überblick über die laufenden Geschäfte seines Vaters verschafft und das Ergebnis dieser ersten Sichtung war alles andere als erfreulich gewesen.
Danach hatte seine Stiefmutter ihn mit Beschlag belegt.
Stiefmutter!
Alles in ihm sträubte sich, sie so zu nennen.
Sie hatte etwas Anziehendes an sich und war sich dessen überaus bewusst.

Zudem benahm sie sich in seiner Gegenwart ganz und gar nicht, wie man es wohl von einer trauernden Witwe erwarten konnte.
Er konnte sich des Eindrucks nicht erwehren, als hätte Cristine die Ehe mit seinem Vater bereits in den hintersten Winkel ihres Bewusstseins verbannt.
Sie hatte ihren verblichenen Ehegatten noch mit keinem Wort erwähnt, weder im Guten noch im Schlechten.
Fast schien es Simon so, als hätte diese Ehe niemals bestanden.
Stattdessen hatte sie ihn ausgefragt, nach seiner Zeit in Flandern und ob dort eine Gattin auf ihn warten würde.
Sie wollte wissen, was er nun vorhatte, ob er das Kontor in Köln aufgeben und nach Gent zurückkehren wolle oder umgekehrt…..
Alles Fragen, auf die er selbst im Moment noch keine Antworten hatte.
Im Augenblick wusste er nur, dass in Gent niemand auf ihn wartete, jedenfalls keine Gemahlin. Aber das hatte er, wie auch die anderen Fragen, offen gelassen oder nur ausweichend beantwortet.
Er konnte sich im Moment noch keinen Reim auf diese Frau machen und da war es gewiss schlauer, sich nicht in die Karten schauen zu lassen.
Er hatte sich schließlich entschuldigt und war zu Bett gegangen, aber Schlaf hatte er nur wenig gefunden.
So wie es dem ersten Anschein nach aussah, stand es noch viel schlimmer um das Geschäft seines Vaters, als er befürchtet hatte.

Es konnte sogar sein, dass nicht nur das Kontor hier in Köln nahezu bankrott war, sondern dass er auch das Geschäft in Gent würde aufgeben müssen, um hier in Köln seine Schulden zu bezahlen.

Dabei schmerzte ihn mehr als der finanzielle Ruin, dass er vielleicht beide Geschäfte würde aufgeben müssen, denn er war in den letzten zehn Jahren zu einem leidenschaftlichen Kaufmann geworden.

Er liebte es, Tuche zu begutachten, Preise auszuhandeln und dann, wenn die Ware in seinem Kontor lagerte, verbrachte er viele Stunden damit, die bunten Stoffe durch seine Finger gleiten zu lassen, um ihre Dichte und Qualität zu ertasten und sie auf die entsprechenden Stapel umzulagern.

In Flandern hätte er für derartige Arbeiten auch Knechte gehabt, aber er war der Meinung, dass ihm körperliche Anstrengung nach den langen Stunden, die er über seinen Papieren verbrachte, guttat.

Hier in Köln hatte er feststellen müssen, dass es keine Knechte mehr gab; sein Vater hatte den Lohn nicht mehr zahlen können.

Dass er die kräftezehrende Arbeit mit den schweren Tuchen liebte, sah man ihm auch an, denn im Gegensatz zu vielen seiner Kollegen war er nicht nur groß gewachsen sondern auch sehr muskulös.

Er wusch sich mit dem kalten Wasser aus der bereitstehenden Schüssel, streifte sein Hemd über und stieg in seine Beinlinge.

Er würde den Vormittag im Kontor verbringen und nochmals alle Vermögenswerte gegen die

Verpflichtungen aufrechnen. Große Hoffnung, dass er bei seinem ersten Studium der Unterlagen große Posten auf der Habenseite übersehen haben könnte, hatte er allerdings nicht.
So wie es schien, hatte sein Vater in der letzten Zeit fast alles zu Geld gemacht, was ihm früher viel bedeutet hatte und seinen Wohlstand verkörperte.
Das erklärte im Nachhinein auch die leere Halle.
Nur wo die vielen Gulden geblieben sein könnten, die er als Erlös für die Gegenstände erhalten haben musste, ließ sich aus den Rechnungsbüchern nicht entnehmen.
Stattdessen waren immer wieder große Posten als Ausgabe verbucht, ohne eine Notiz, für wen oder was sie ausgegeben worden waren.
Müde stieg er die Treppe hinab und öffnete die Küchentür.
Sofort stieg ihm der Geruch seiner Kindheit in die Nase.
Trin hatte Wecken gebacken; die hatte er als kleiner Junge über alles geliebt.
So oft er konnte war er zu der alten Köchin in die Küche geschlichen und hatte das noch heiße Gebäck so sehnsüchtig angestarrt, dass sie ihn mit einem Lachen ermahnt hatte:
„Herr Simon, ich weiß nicht, ob Euer Vater begeistert wäre, wenn er wüsste, dass Ihr schon wieder vor dem Essen in meiner Küche herumschleicht und mich mit großen Augen anseht, nur um eine Leckerei zu ergattern. Ihr werdet noch aufgehen wie ein

Hefekuchen und dann wollen Euch die schönen Jungfern nicht mehr zum Gemahl haben!"
Natürlich hatte sie ihm immer etwas zugesteckt, denn sie hatte einen Narren an ihm gefressen.
Und die schönen Jungfern waren ihm in diesem Alter sowieso egal gewesen!
„Guten Morgen, Herr Simon! Ich habe Wecken gebacken, die habt Ihr früher immer so geliebt! Möchtet Ihr gleich eine aus dem Ofen haben? Sie sind auch noch warm."
Verschwörerisch zwinkerte sie ihm zu.
„Oder habt Ihr am Ende da in Flandern etwas Besseres bekommen?"
„Guten Morgen, Trin! Was könnte es Besseres geben als deine Wecken? Nein, ich nehme gleich eine, so wie früher!" Lachend setzte er sich an den Küchentisch, aber Trin hob abwehrend die Hände.
„Herr Simon, Ihr könnt doch nicht hier in der Küche essen! Ihr seid jetzt die Herrschaft und es schickt sich nicht, dass Ihr hier in der Küche seid!"
„Wer sagt das?" Simon hatte sich einen Wecken genommen und biss genüsslich hinein.
„Es würde der Herrin nicht gefallen. Sie ist...also sie würde niemals...Wisst Ihr, Euer Herr Vater war in der letzten Zeit seines Lebens nicht mehr so, wie Ihr ihn kanntet. Er hat sich nicht mehr gekümmert, hat alles ihr überlassen."
„Wie meinst du das? Es ist doch ihre Aufgabe, für den Haushalt zu sorgen." Er schob sich den Rest in den

Mund und wischte sich anschließend die Krümel vom Kinn.
„Ja schon, aber ich meine, sie hat alles umgekrempelt. Sie wollte nur noch die feinsten Speisen auf dem Tisch haben, nichts war ihr gut genug. Euer Vater hat früher nie so ein Gewese um das Essen gemacht, da wurde gegessen, was ich auf den Tisch brachte. Und das war gut genug für die Herrschaft!"
Ihre Stimme hatte einen beleidigten Tonfall angenommen.
Ihre Kochkünste zu kritisieren kam in etwa einer Gotteslästerung gleich.
Simon wusste, dass Trin sich persönlich angegriffen fühlte, wenn man an ihrem Essen etwas auszusetzen fand, aber in ihrer Stimme klang ein Unterton mit, der ihm sagte, dass die Diskussion über ihre Kochkünste hier nur ein Nebenschauplatz war.
„Trin, was ist hier eigentlich los? Ich kenne dich noch gut genug um zu merken, wenn etwas nicht stimmt!"
„Ach, Herr Simon, ich will ja auch nicht schlecht über die Herrschaft reden, aber seit Frau Cristine hier die Herrin im Haus ist, kann ihr keiner etwas recht machen. Sie hat die kleine Clara sogar schon verprügelt, nur weil die das Bett der Herrschaft abends nicht aufgeschlagen hatte. Dabei musste Clara mir zur Hand gehen und auf dem Markt Besorgungen machen."
Sie schlug die Augen nieder.
„Meine Beine wollen in letzter Zeit nicht mehr so", fügte sie verlegen hinzu.

„Ich sollte jetzt aber wieder an meine Arbeit gehen, Herr Simon. Sonst ist das Mittagessen nicht rechtzeitig fertig! Es ist halt nicht mehr so wie früher."
Sie wischte sich müde über die Augen.
„Ihr solltet jetzt auch besser gehen. Frau Cristine wartet sicher schon mit dem Frühstück auf Euch!"
Er stand auf und ging zur Tür, drehte sich aber noch einmal um und sah Trin fest in die Augen.
„Schon gut Trin, für heute will ich Frau Cristine Gesellschaft leisten, aber wie du ja gerade selbst gesagt hast: ich bin der neue Herr im Haus und in Zukunft bestimme ich, wo ich speise!"
Auf dem Weg in die Stube kamen ihm seine Worte in den Sinn. Er war der Herr im Haus, aber wie lange noch?
Wenn er gezwungen wäre, alles zu verkaufen, würde er Trin und die anderen entlassen müssen. Und zumindest für Trin würde es aufgrund ihres Alters nahezu unmöglich sein, nochmal eine Anstellung als Köchin zu finden.
Er hoffte, am Ende würde soviel übrig bleiben, dass er Trin eine kleine Leibrente aussetzen könnte um ihr ein, wenn auch karges, Auskommen zu sichern.
Dazu fühlte er sich verpflichtet, denn Trin war immer viel mehr für ihn gewesen als nur die Köchin im Haushalt.
Seine Mutter hatte ihn sicherlich auch sehr geliebt, aber er konnte sich kaum noch an sie erinnern. Schließlich war sie gestorben als er drei Jahre alt war...

So war er immer in die Küche zu Trin geschlüpft, wenn ihn kleiner oder großer Kummer quälte.
Sie hatte ihn getröstet und ihm Leckereien zugesteckt, wenn ihm im Stall eines der riesigen Zugpferde seines Vaters auf die Zehen gestiegen war und später dann, als sein Vater beschloss, ihn nach Flandern in die Lehre zu schicken, und er schon Heimweh hatte, bevor er überhaupt abgereist war, war es auch Trin gewesen, die ihm Mut zugesprochen hatte.
Er hatte damals nicht verstanden, warum sein Vater ihn direkt nach der Lehre ins Ausland befohlen hatte.
Er fühlte sich abgeschoben und es war ihm schwer gefallen, seine vertraute Umgebung hinter sich zu lassen.
Heute war das anders,
Es hielt ihn nicht viel in Köln. Seine frühere Heimat war ihm fremd geworden und seine sämtlichen Freunde und Handelspartner waren in Gent ansässig.

So in Gedanken betrat er die Stube, wo schon Cristine am Tisch saß und ihm zulächelte.
Er kam erneut nicht umhin zu bemerken, dass sie eine schöne Frau war.
Ihr blondes langes Haar, das sie gestern noch züchtig unter einer Haube versteckt hatte, fiel ihr heute in sanften Wellen über die Schultern bis fast auf die Taille.
Der Ausschnitt ihres hellblauen Gewandes war mit Perlen und Goldplättchen bestickt, was den Blick des Betrachters auf den wohlgeformten Ansatz ihrer Brüste lenkte.

Sie erhob sich und kam um den Tisch herum.
„Simon, wie schön, dass du kommst! Ich lasse sofort das Frühstück auftragen."
Wie selbstverständlich legte sie ihre Hand auf seinen Arm.
Dabei musterte sie ihn so intensiv, dass Simon ganz unbehaglich wurde.
„Du siehst müde aus. Hast du nicht gut geschlafen?"
Ihre Hand lag immer noch auf Simons Arm, als sie sich zur Tür wandte.
„Trin, bring uns Grütze und vergiss nicht wieder den Honig! Und es wäre nett, wenn du dich beeilen würdest, so dass das Essen nicht wieder lauwarm hier ankommt. Der Weg aus der Küche ist ja wohl nicht so weit, oder?"
Sie drehte sich wieder zu Simon um, ihre Hand immer noch auf seinem Arm.
„Wir werden uns wohl bald nach einer anderen Köchin umsehen müssen. Trin ist alt und schafft ihre Arbeit in der Küche nicht mehr! Ich habe schon..."
Er schüttelte ihre Hand entschlossen ab und schaute sie kühl an:
„Mit Verlaub, Cristine, wer diesen Haushalt wann verlässt, bestimme ich. Und die Letzte, die geht, wird Trin sein!"
Er hatte gestern beschlossen, sie beim Vornamen zu nennen und hoffte, sie würde daraus keine falschen Schlüsse ziehen, aber das vertrauliche Du würde er auch weiterhin weglassen.

Sie legte es allzu deutlich darauf an, ihm zu gefallen und er wollte auf keinen Fall den Eindruck bei ihr erwecken, sie könne damit Erfolg haben.
Sicherlich war sie körperlich äußerst anziehend und das wusste sie auch.
Wahrscheinlich war es genau diese Ausstrahlung, der Simon nichts abgewinnen konnte.
Kurz dachte er an Henrike, die Cristine nicht nur äußerlich ähnlich gewesen war.
Sein Vater hatte sie zu seiner Braut bestimmt, weil sie einem alten flämischen Handelshaus entstammte und die Geschäftsbeziehungen beider Häuser durch diese Heirat gefestigt werden sollten.
Damals war Simon gerade erst neunzehn Jahre alt gewesen, Henrike sogar erst fünfzehn, als sie geheiratet hatten. Seine Gemahlin hatte ihn vom ersten Moment des Kennenlernens an gehasst. Warum, das konnte Simon bis heute nur vermuten.
Er hatte sich zunächst alle Mühe gegeben, ihr ein guter Ehemann zu sein und ein gemütliches Heim für sie zu schaffen, aber nichts war ihr gut genug gewesen.
Schon in der Hochzeitsnacht hatte sie ihm unmissverständlich zu verstehen gegeben, dass sie seine Berührungen und den Beischlaf als seine Frau zwar dulden musste, aber mehr auch nicht. Und so hatte er seine Bemühungen, diese Ehe wenigstens in Freundschaft zu führen, schnell aufgegeben und seine Gemahlin bis auf wenige Ausnahmen, sich selbst überlassen. Da sie mit diesem Zustand offensichtlich

gut leben konnte, war auch er zufrieden, wenngleich er sich sein Eheleben anders vorgestellt hatte.
Seine körperlichen Bedürfnisse hatte er in den Hurenhäusern gestillt aber sein Verlangen nach einer verlässlichen Gefährtin war unerfüllt geblieben.
Als Henrike ganz überraschend nach einem Sturz vom Pferd - er hatte noch nicht einmal gewusst, dass sie gerne ritt! - gestorben war, hatte sich seine Trauer zu seinem eigenen Entsetzen in Grenzen gehalten. Seine Gefühllosigkeit hatte ihn zutiefst verunsichert, immerhin war sie seine Gemahlin gewesen, aber außer Bedauern über ihren tragischen Tod, wie er es auch bei jeder anderen Person gefühlt hätte, wollte sich kein anderes Empfinden einstellen.
Er vermisste sie in den folgenden Tagen nach ihrem Tod nicht, er hatte sie ja schon zu Lebzeiten kaum zu Gesicht bekommen, und das machte ihm arg zu schaffen.
Er ging hart mit sich ins Gericht, ob er ihr kurzes Leben hätte angenehmer gestalten oder ihr mehr Aufmerksamkeit entgegenbringen sollen, aber am Ende seiner Überlegungen drehte er sich immer mehr im Kreis. Sie hatte ihn und ein Leben mit ihm nicht gewollt.
Und er hatte nicht gewusst, wie er das hätte ändern können.
Immerhin hatte er sich geschworen, nie wieder eine Ehe einzugehen, die von beiden Seiten so ungewollt war.

Seine nächste Gemahlin würde er sich selbst aussuchen und nur, wenn sie ihn auch wollte, würde er an eine Vermählung denken.
Dabei sollte sie ihn aber nicht nur körperlich befriedigen können. Er wünschte sich vielmehr eine Frau, mit der er seine Ideen teilen konnte und die ihn bedingungslos unterstützte.
Er wollte seiner Zukünftigen die Gelegenheit geben, ihn kennenzulernen, um herauszufinden, ob sie gewillt wäre, ein Leben an seiner Seite in Betracht zu ziehen.
Cristine riss ihn aus seinen Gedanken.
„Verzeih, Simon, natürlich bestimmst du jetzt hier. Es ist nur so, dass dein Vater sich bisher nie für den Haushalt und das Gesinde interessiert hat und da wollte ich dich nicht damit belasten."
„Schon gut, Cristine. Aber von heute an werde ich alle Entscheidungen treffen, die das Gesinde und das Kontor betreffen. Um den Rest könnt Ihr Euch gerne kümmern."
Sein Tonfall war barscher, als er es beabsichtigt hatte und Cristine zuckte merklich zusammen.
„Wirst du auch eine Entscheidung bezüglich meiner Zukunft treffen? Dein Vater hat mir bei unserer Hochzeit eine Summe für den Fall zugesagt, der jetzt eingetroffen ist."
Sie beugte sich ein wenig vor, so dass er den Ansatz ihrer Brüste sehen konnte und sah ihn wieder mit diesem Blick an, den er inzwischen recht gut kannte.
„Simon, ich bin darauf angewiesen, dass du für mich sorgst."

Abrupt stand er auf.

„Cristine, Ihr seid die Witwe meines Vaters. Es wird sich eine Lösung finden, die Euch eine sorgenfreie Zukunft ermöglicht. Und jetzt entschuldigt mich, ich habe im Kontor zu tun!"

Wütend auf Cristine, aber vor allem auf sich selbst, verließ er den Raum und ging in den hinteren Teil des Hauses, indem sich die Geschäftsräume seines Vaters befanden, die jetzt seine waren.

Er ließ sich an dem Schreibtisch nieder und fuhr sich durch die Haare.

Er hatte sich von Cristine deutlich aus dem Konzept bringen lassen und das ärgerte ihn gewaltig.

Ihr eine sorgenfreie Zukunft zu versprechen würde ihn wohl eine Stange Geld kosten.

Andererseits konnte er sie auch nicht sich selbst überlassen, immerhin war sie ein Familienmitglied und nachdem sein Vater nun verstorben war und sie keine weiteren Verwandten hatte, was er einem der letzten Briefe seines Vaters entnommen hatte, fühlte er sich für sie verantwortlich.

Und wenn sie nicht bereit wäre, sich erneut zu vermählen, würde er sie auch nicht zwingen, auch wenn er als einziger Verwandter das Recht dazu hatte.

Was blieb, war die Frage, warum Cristine einer Ehe mit dem deutlich älteren Kaufmann überhaupt zugestimmt hatte.

Für gewöhnlich stand bei solchen Ehen für die Braut die finanzielle Absicherung im Vordergrund und

Cristine erweckte nicht den Eindruck, dass das bei ihr anders gewesen wäre.

Immerhin, wenn sie keine Verwandten mehr hatte, war ihr sein Vater vielleicht als der einzige Ausweg erschienen.

Und falls sein Vater damals schon in finanziellen Schwierigkeiten gewesen wäre, hätte er bestimmt Cristine gegenüber kein Wort verlauten lassen, aus Angst, sie könne eine Ehe mit ihm ablehnen.

Allerdings hätte sie bei ihren körperlichen Vorzügen durchaus auch andere Bewerber finden können.

Sei es drum.

Ihn hatten die Beweggründe, die den Ausschlag für die Eheschließung hier gegeben hatten, nicht zu interessieren.

Vielmehr musste er zusehen, dass die restlichen noch im Kontor lagernden Waren möglichst gewinnbringend verkauft würden.

Der Erlös würde hoffentlich ausreichen, seine Verbindlichkeiten, zu denen jetzt noch die Absicherung für Trin und Cristine hinzugekommen waren, zu erfüllen und ihm - im besten Fall - die Rückkehr nach Gent zu ermöglichen.

6

Katharina ging unruhig in ihrer Kammer auf und ab.
Während sie auf die Stimmen hörte, die aus dem
Untergeschoss zu ihr nach oben drangen, strich sie
zum wiederholten Mal ihren Surkot aus feinstem
dunkelgrünen Brokat glatt.
Er war aufwändig mit goldenen Ranken bestickt und
unten geschlitzt, so dass das hellgrüne Untergewand
aus Seide zu sehen war.
Gertrud hatte ihr Haar erst sorgfältig gebürstet und
dann kunstvoll aufgesteckt und zum Schluss mit einem
kleinen goldenen Reif geschmückt.
Katharina wartete darauf, dass sie nach unten gerufen
wurde, denn ihr Onkel und ihre Tante waren gerade
eingetroffen und auch Herr Lenhart war bereits
anwesend.
Nervös kaute sie auf ihrer Unterlippe.
Der Gedanke, dass sich gleich ihre Zukunft entscheiden
würde war nicht dazu angetan, ihr heftig pochendes
Herz zu beruhigen.
Eins, zwei, drei…
Sie begann, die Holzdielen des Bodens zu zählen.
Vier, fünf…
Es klopfte an der Tür.
Gertrud steckte ihren Kopf durch die Tür und knickste
artig.
„Jungfer Katharina, Eure Eltern erwarten Euch in der
Stube!"

Katharina atmete noch einmal durch und folgte
Gertrud dann die Treppe hinunter.
„Kind, komm herein und begrüße deine Tante und
deinen Onkel."
Mit züchtig gesenktem Blick trat sie auf die Gäste zu
und sagte steif:
„Seid gegrüßt, Tante Lijsbet und auch Ihr, Onkel
Johann."
Verstohlen versuchte sie, einen Blick auf den dritten
Gast zu erhaschen und das Erste, was sie von ihm sah,
waren Schnabelschuhe und auffällig bunte Hosenbeine,
eins rot und das andere blau, nach neuester Mode
geschneidert und eng anliegend.
„Und das, liebes Kind, ist Herr Lenhart Seger."
Sie hob ihren Kopf und hatte nun Zeit, ihren
potentiellen Gatten zu mustern.
Er war in etwa so groß wie sie, von sehr schlanker
Statur und äußerst gepflegt.
Er trug ein grünes Hemd und darüber ein rotes Wams
aus erlesenem Tuch.
Für Katharinas Geschmack etwas zu schrill,
wenngleich seine farbenfrohe Gewandung dem
Zeitgeist entsprach.
Sein Haar war von außergewöhnlich hellem Blond und
zu einem Zopf gebunden.
Er musterte sie seinerseits und dabei konnte Katharina
sehen, dass seine blauen Augen für kurze Zeit auf ihr
ruhten.
Irgendetwas in seinem Blick irritierte sie, aber sie
wusste nicht genau zu sagen, was das war.

„Jungfer Katharina, ich bin erfreut, Eure Bekanntschaft machen zu dürfen."
Er verbeugte sich vor ihr.
„Auch ich freue mich, Euch kennenzulernen, Herr Seger."
Höflich knickste sie. Es lag eine gewisse Spannung in der Luft, denn allen Anwesenden war der Sinn und Zweck dieses Treffens bewusst.
Während die Augen ihrer Mutter, ihres Vaters und Tante Lijsbets auf ihr ruhten, um möglicherweise abschätzen zu können, welchen Eindruck Herr Lenhart auf sie machte, verfolgte Johann Greveroide dessen Reaktion mit einem eigentümlichen Blick.
Fast mutete dieser Blick etwas eifersüchtig an, was Katharina mit einem kleinen Lächeln quittierte.
Ach, guter alter Onkel Johann! dachte sie.
Für ihn war sie immer die Tochter gewesen, die er nie hatte.
Die Ehe ihres Onkels und ihrer Tante war aus einer unerfindlichen göttlichen Laune heraus kinderlos geblieben, aber während Onkel Johann sich sehr gut mit dieser Situation arrangiert zu haben schien, war Lijsbet darüber wohl sehr betrübt.
Ob es an der Kinderlosigkeit lag, dass ihre Tante den überwiegenden Teil des Tages in der Kirche oder zuhause im Gebet verbrachte, und mit Gott oder sich selber haderte, konnte man nur mutmaßen.
Onkel Johann ließ sie gewähren, wohl weil er wusste, dass Lijsbet ursprünglich nur allzu gerne den Schleier genommen hätte.

Leider stammte sie aus keiner begüterten Familie, so dass ihr Eintritt ins Kloster mangels einer entsprechenden Mitgift gescheitert war.

Was sie dann bewogen hatte, Johann zu heiraten und auch seine Gründe, eine Gemahlin aus einem niederen Stand zu wählen, war Katharina bis heute nicht eingängig.

Weder war Lijsbet von ausgesuchter Schönheit mit ihren dunkelblonden glatten Haaren und den immer irgendwie abwesend wirkenden grauen Augen in einem übermäßig blassem Gesicht, noch war es so, dass ihr Onkel nicht durchaus auch eine andere Partie hätte machen können.

Damals standen die jungen Kaufmannstöchter in Köln Schlange, um seine Gunst zu erringen, denn er war nicht nur eine stattliche Erscheinung, sondern hatte einer möglichen Gemahlin auch in finanzieller Hinsicht eine Menge zu bieten.

Das hatten zumindest ihre Eltern immer erzählt. Und so kam Katharina irgendwann zu dem Schluss, dass wohl zwischen den beiden eine innige Liebe geherrscht haben musste, die die Grundlage für die Entscheidung der beiden gewesen war.

Als weiteres Indiz dafür mochte gelten, dass ihr Onkel durchaus die Möglichkeit gehabt hätte, die Ehe wegen anhaltender Kinderlosigkeit irgendwann annullieren zu lassen.

Das hatte er aber nicht getan und so hatten sich die beiden inzwischen mit der Situation offensichtlich irgendwie arrangiert. Und so wunderte es sie nicht,

dass die beiden in ihr die Tochter sahen, die sie niemals gehabt hatten und Onkel Johann der bevorstehenden Eheschließung mit der Vätern zuweilen eigenen Eifersucht begegnete!
„Ich würde vorschlagen, wir nehmen nun Platz und freuen uns auf einen angenehmen Abend."
Ihr Vater schlug Herrn Lenhart jovial auf die Schulter und zwinkerte diesem zu.
„Herr Lenhart, wir wollen heute einmal die Konventionen vergessen und uns ganz ungezwungen geben. Ihr dürft neben meiner Tochter Platz nehmen, damit ihr Gelegenheit habt, euch ein wenig besser kennenzulernen!"
„Ich weiß diese Ehre sehr zu schätzen, Herr van Westerburg." Er räusperte sich und wandte sich dann an Katharina:
„Jungfer Katharina, wenn es Euch nicht unangenehm ist, würde ich den Abend sehr gerne an Eurer Seite verbringen."
Seine ausgesuchte Höflichkeit wirkte irgendwie unbeholfen, aber Katharina war das allemal lieber als das oft affektierte Betragen einiger anderer Jungspunde, die nicht selten in dem Bestreben, sich lässig und welterfahren zu geben, über das Ziel hinausschossen.
Er ging neben ihr her zu dem Platz, der ihm von ihrer Mutter zugewiesen worden war und wartete, bis sie sich gesetzt hatte.
Dann nahm auch er Platz und ihre Mutter ließ das Essen auftragen.

Es gab in Schmalz ausgebackene kleine Wachteln mit Kraut, gebratene Hühnchen in Mandelsoße, und Wildschweinbraten, gegart in Granatapfelsaft. Dazu eine Auswahl an würzigen Pasteten und feines Weißbrot.
Zum Nachtisch wurden kleine Anis- und Honigküchlein gereicht.
Dazu trank man erlesenen Wein aus dem Burgund, den Katharina vorsichtshalber mit Wasser verdünnte.
Schließlich ging es hier um ihre Zukunft und da war es allemal besser, einen klaren Kopf zu bewahren.
Aber auch Herr Lenhart sprach weder dem Essen noch dem Wein übermäßig zu, was Katharina sehr wohl bemerkte.
Ihm schien die Situation ebenso unangenehm zu sein wie ihr auch.
Die Gesprächsthemen drehten sich um die neuesten Geschäftsabschlüsse und zukünftige Vorhaben und sowohl Katharina als auch Lenhart beteiligten sich nur sehr wenig daran.
Lenhart wirkte eher in sich gekehrt und angespannt, was Katharina einerseits hoffen ließ, sie würde ihm nicht gefallen und er würde am Ende des Abends von einer Verlobung absehen.
Andererseits kratzte sein Verhalten aber auch an ihrer Eitelkeit, die zwar nicht übermäßig ausgeprägt, aber doch immerhin insoweit vorhanden war, als dass sie mit Ablehnung schlecht umgehen konnte.
„Hast du übrigens schon gehört, dass Simon Verbeek wieder in der Stadt ist?"

Arndt van Westerburg wandte sich an seinen Schwager.
„Er will wohl sein Erbe antreten."
„Oder das, was davon übrig ist, wenn man den Gerüchten so glauben darf!"
Johann ließ sich von dem Wein nachschenken und nahm einen großen Schluck.
„Ja, mir ist auch schon zu Ohren gekommen, dass der alte Verbeek sich in letzter Zeit wohl mehr seinem jungen Weib gewidmet hat als seinem Geschäft!"
„Wer Cristine Verbeek schon einmal gesehen hat, kann wohl gut nachvollziehen, dass er das heimische Lager dem Kontor vorgezogen hat!"
Während ihr Vater über seine Bemerkung lachte und seinem Schwager zuzwinkerte, schlug Katharina peinlich berührt die Augen nieder.
Natürlich hatte sie auch schon das Gesinde tuscheln hören, dass der Alte wohl nach seiner Heirat mit der jungen Frau Cristine seine Manneskraft so häufig herausgefordert haben soll, dass am Ende sein vorher schon schwaches Herz dieser Belastung nicht mehr standgehalten hatte.
Aber ein Gespräch über die ehelichen Pflichten im Beisein des Mannes zu führen, der wahrscheinlich demnächst genau das mit ihr zu tun gedachte, was der alte Verbeek mit seiner Frau getan hatte, war ihr dann doch unangenehm.
Sehr zu ihrem Erstaunen schien sich auch Herr Lenhart bei diesem Thema nicht ganz wohl zu fühlen, denn er rutschte unbehaglich auf seinem Stuhl herum und

nahm nun doch einen großen Schluck Wein aus seinem Becher.
„Eigentlich schade, wenn die Gerüchte stimmen, denn Simon Verbeek soll sich in Flandern ganz gut geschlagen haben."
„Falls er den Tuchhandel aufgeben muss...Ich würde ihn ohne weiteres als Prokuristen einstellen!"
Katharinas Mutter mischte sich betont fröhlich in das Gespräch ein.
„Jetzt ist aber Schluss mit dem Gerede über das Geschäft. Wir sollten jetzt Herrn Lenhart und Katharina Gelegenheit geben, sich besser kennenzulernen!"
Natürlich war es vollkommen unmöglich, die beiden in der Stube ohne Aufsicht zu lassen, und auch so war die Idee ihrer Mutter schon ungewöhnlich.
Für Katharina unterstrich es aber, wie ernst es ihren Eltern mit einer Verlobung war.
Und so zogen sich die vier Erwachsenen in die Halle zurück, immer darauf bedacht, dass die Tür weit offen stand und so nichts ihren Blicken entgehen konnte.
„Jungfer Katharina, ich...", Lenhart suchte nach Worten.
Würde er jetzt sagen, dass sie zwar eine ansehnliche Erscheinung war und auch bestimmt eine gute Hausfrau sein werde, er sich aber nicht vorstellen könnte, eine Ehe mit ihr einzugehen?
Katharina hielt den Atem an, denn sie hatte sie in den letzten Stunden überdeutlich gemerkt, dass es auf ihre Entscheidung gar nicht mehr ankommen würde, wenn

es Herrn Lenhart ernst damit war, sie zu seinem Weib machen zu wollen.
Und was hätte sie schon als Argument gegen diese Verbindung ins Feld führen können?
Herr Lenhart war überaus höflich, gepflegt und zudem offensichtlich eine gute Partie.
Er sprach sowohl dem Essen als auch dem Wein nicht übermäßig zu und war von sehr ansprechendem Äußeren.
Vielleicht waren seine Gesichtszüge etwas zu weich und der Blick aus seinen Augen etwas zu sanft, aber das ließe sich wohl schwerlich als Grund anführen, seinen Antrag nicht anzunehmen, sollte er sich dann doch entscheiden, sie heiraten zu wollen.
Gespannt wartete Katharina auf seine nächsten Worte. Er räusperte sich.
„Jungfer Katharina, ich hoffe, Ihr glaubt mir, wenn ich Euch versichere, dass auch mir die Situation neu ist, habe ich mich doch bis vor einiger Zeit nicht mit dem Gedanken getragen, zu heiraten. Wie bei Euch auch, erfordern aber bestimmte Erwägungen, sich mit dem Gedanken an eine Vermählung zu befassen. Ich erwarte nun nicht, dass Ihr mir schon von Herzen zugetan seid. Aber ich verspreche Euch, falls Ihr mich als Gatten in Betracht ziehen würdet, dass ich alles daran setzten werde, dass Ihr Eure Entscheidung niemals bereuen werdet!"
Ihr wurde heiß und kalt und ein Kloß bildete sich in ihrem Hals.

Nun war es also passiert und sie fühlte sich, als wenn man ihr eröffnet hätte, sie würde morgen ins Kloster eintreten müssen.
Der Vergleich hinkte natürlich erheblich, denn das, was sie in der Hochzeitsnacht erwarten würde, wäre ihr dann erspart geblieben.
Sie horchte in sich hinein.
War es wirklich so schlimm, sich eine Ehe mit Lenhart vorzustellen?
Zwar konnte sie keine tiefe Zuneigung oder gar Liebe für ihn empfinden, aber das war ja wohl auch in der kurzen Zeit ihres Kennenlernens nicht möglich.
Aber sie fand ihn auch nicht abstoßend.
Ihr war bewusst, dass das schon mehr war, als manch eine Tochter aus reichem Hause erwarten konnte, deren Eltern nicht so verständnisvoll und nachsichtig waren wie ihre.
Es kam nicht selten vor, dass eine Ehe nur aufgrund der geschäftlichen Beziehungen der beteiligten Familien geschlossen wurde.
Dabei war es natürlich bedauerlich aber unvermeidbar, wenn sich nach der Hochzeit herausstellte, dass die Eheleute einander so gar nichts abgewinnen konnten und sich nur zum Akt der Zeugung eines Nachkommens unweigerlich miteinander befassen mussten.
Allein der Gedanke daran, einem Mann zu Willen sein zu müssen, den sie nicht wenigstens achtete und umgekehrt, ließ Katharina schaudern.
Unwillkürlich schüttelte sie sich ein wenig.

Lenhart schien diese körperliche Reaktion völlig falsch zu verstehen.

„Jungfer Katharina, ich möchte Euch zu nichts drängen, aber ich verspreche Euch, dass ich Euch achten und ehren werde, so wie Gott es von mir verlangt. Ihr hättet ein einträgliches Auskommen und ich würde Euch alle Freiheiten lassen, wenn...", er schaute verlegen zu Boden, „...wenn Ihr im Gegenzug bereit wäret, auch mir gewisse Freiheiten zuzugestehen!"

Fragend schaute Katharina ihn an.

Was meinte er damit?

Am ehesten konnte sie sich vorstellen, dass ihr Onkel bereits von ihrem Interesse am väterlichen Geschäft berichtet hatte und sich Lenharts Angebot auf eventuelle Freiheiten in Bezug auf die Mitarbeit in seinem Tuchhandel erstreckte.

Aber was für Freiheiten gedachte er im Gegenzug für sich zu beanspruchen? Hatte er etwa auf Freiheiten angespielt, die sich auf seine Vorlieben die ehelichen Pflichten betreffend bezogen?

Wenn ja, was hatte er damit gemeint?

Dass verheiratete Männer die Huren auf dem Berlich oder in der Schwalbengasse besuchten und sich ab und an auch mit den Mägden vergnügten, war zwar nicht unbedingt gern gesehen, aber auch nicht ungewöhnlich und von ihren Ehefrauen, die selbst froh waren, die mitunter absonderlichen Wünsche ihrer Männer nicht erfüllen zu müssen, geduldet.

Jedenfalls bei den Verbindungen, die ohnehin nicht auf Sympathie aufbauten.
„Ich möchte Euch bitten, ernsthaft über meinen Antrag nachzudenken, denn Ihr würdet mir einen großen Gefallen erweisen, wenn Ihr Euch eine Ehe mit mir vorstellen könntet!"
Das wurde ja immer mysteriöser!
Welchen Gefallen würde sie ihm allein durch eine Eheschließung wohl erweisen?
Wenn es stimmte, was ihre Eltern über ihn sagten, dann müssten sich doch die Kölner Kaufmannsfamilien darum reißen, ihre Töchter mit ihm zu verheiraten!
„Es könnte sein wie bei Eurem Onkel und Eurer Tante. Sie haben sich über die Zeit mit ihrem Leben eingerichtet, und ein jeder weiß um des anderen Stärken und Schwächen."
Er schien in Gedanken versunken und irgendwie kam es Katharina so vor, als habe er mehr zu sich selbst gesprochen als zu ihr.
Katharina verstand kein Wort mehr.
Er hatte noch nicht einmal gesagt, dass er sie mochte!
Und es schien auch nicht so, als erwarte er von ihr irgendein Zugeständnis in dieser Art!
Irgendwie passte das alles nicht richtig zusammen und Katharina konnte sich keinen Reim auf seine Worte und sein Verhalten machen.
Verwirrt und um der Situation zu entkommen sagte sie:
„Euer Antrag ehrt mich und ich verspreche Euch, ernsthaft darüber nachzudenken.

Nur möchte ich Euch bitten, mir bis morgen Zeit zu lassen, um meine Entscheidung zu treffen, Herr Lenhart."
„Dass Ihr eine Ehe mit mir nicht von vornherein ablehnt, ist mehr, als ich zu hoffen wagte, Jungfer Katharina. Ich gebe Euch alle Zeit der Welt, über meinen Antrag nachzudenken."
Er stand auf und verbeugte sich höflich vor ihr, sah ihr aber nicht in die Augen.
Katharina war viel zu sehr mit ihren eigenen Gedanken beschäftigt, um das zu bemerken und sie schreckte erst aus ihren Grübeleien auf als sie ihre Mutter vernahm.
„Katharina, ich hoffe nicht, dass Herrn Lenharts plötzlicher Aufbruch etwas mit deinem Verhalten ihm gegenüber zu tun hat!"
„Nein, Mutter, er hat mir einen Antrag gemacht, ganz wie Ihr es Euch gewünscht habt. Ich habe ihn lediglich gebeten, mir etwas Zeit zu geben, um darüber nachzudenken."
Müde und verwirrt stand sie auf und sah ihre Mutter an.
„Und Euch und Vater bitte ich ebenfalls, mir eine Nacht Zeit zu geben, mich an diese neue Situation zu gewöhnen."
Sie knickste und verließ tief in Gedanken versunken das Zimmer.
Sie hatte eine Nacht gewonnen aber ein ganzes Leben verloren, so erschien es ihr in diesem Augenblick.
Denn wie ihre Entscheidung ausfallen würde, auszufallen hatte!, war ihr längst klar.

7

Simon war sich nun ganz sicher, dass nach Abzug der Verbindlichkeiten, die sein Vater ihm hinterlassen hatte, nicht genug übrig bleiben würde, um wenigstens das Kontor in Gent weiterzuführen.
Er hatte in den Unterlagen mehrere Schuldscheine gefunden, deren Fälligkeit kurz bevor stand, und schon jetzt konnte er überblicken, dass er diese Summen nicht so einfach aufbringen konnte, schon gar nicht in so kurzer Zeit.
Den größten Posten machten dabei Verbindlichkeiten gegenüber den Herren Kruysgin und Seger aus, von denen er ersteren noch ganz gut aus seiner Zeit in Köln kannte.
Er erinnerte sich daran, dass sein Vater diesen einmal als alten Halsabschneider bezeichnet hatte, der über Leichen ginge, wenn er daraus einen Vorteil ziehen konnte. Böse Zungen behaupteten damals sogar, dass er über das Ausstellen und Eintreiben von Wechseln vergessen hätte, seine Kinder selbst zu zeugen!
Umso verwunderlicher erschien es Simon daher, dass sein Vater mit diesem Mann Geschäfte gemacht hatte. Aber wahrscheinlich zeigte das nur, wie verzweifelt seine finanzielle Lage war.
Diesen Seger hingegen kannte Simon nicht, aber unangenehmer als sein Gespräch mit Kruysgin konnte das mit diesem Herren auch nicht werden.
Aber alles Rechnen und Grübeln hatte keinen Sinn, solange noch Stoffe im Kontor lagerten.

Als Erstes musste er versuchen, diese möglichst gewinnbringend an den Mann zu bringen und dazu ging er in Gedanken die Namen der Geschäftspartner seines Vaters durch, jedenfalls soweit er sich noch an diese erinnern konnte.
Eberhart Gentner und Pieter van Bruine konnte er von seiner Lister streichen.
Sie waren vor einiger Zeit verstorben und hatten jeweils nur Töchter gehabt, die inzwischen verheiratet waren und deren Ehemänner er nicht kannte.
Ortwin Herrhausen eilte von jeher der Ruf voraus, ein rechter Geizkragen zu sein und auch des Öfteren die Zahlung fälliger Wechsel so lange herauszuzögern, wie er nur konnte. Zwar hatte er es noch nie bis in den Schuldenturm gebracht, weil er am
Ende natürlich alle Verbindlichkeiten noch rechtzeitig beglich, aber die Zeit, so lange zu warten bis es dem Herren gefiel, doch zu zahlen, hatte Simon nicht.
Also blieben noch Thomas Straelen und Arndt van Westerburg.
Natürlich gab es noch unzählige andere Tuchhändler hier in Köln, aber mit denen konnte er immer noch verhandeln, wenn er sich mit einem der beiden Handelsherren nicht einigen würde.
Mit den Verhandlungen würde er im Kontor des Arndt van Westerburg beginnen, was dem Umstand geschuldet war, dass es dem Lager seines Vaters am Nächsten gelegen war.
Sollten sie sich handelseinig werden, entfiele ein womöglich langer Transport der Stoffe durch die Stadt,

der immerhin ein gewisses Risiko für die empfindliche Ware barg, weil täglich Fuhrwerke verunglückten, sei es wegen gebrochener Räder oder weil einfach die Gäule durchgingen.

Simon erhob sich vom Schreibtisch und ging ins Kontor, um die Stoffe nach Qualität und Farbe zu sortieren, was sein Vater augenscheinlich versäumt hatte.
Und es war nicht nur die offensichtliche Unordnung, die ihn erschreckt hatte, als er zum ersten Mal die Handelsräume seines Vaters betreten hatte.
Er hatte sich nicht erklären können, wieso sein Vater das Kontor so hatte verwahrlosen lassen.
Er konnte sich an ihn immer nur als äußerst korrekten und übergenauen Kaufmann erinnern, der sich nicht scheute, einen Knecht zu entlassen, wenn dieser zum wiederholten Mal nachlässig mit der kostbaren Ware verfuhr und sie zum Beispiel zu lange im Regen auf einem der Fuhrwerke beließ oder sie, wie jetzt geschehen, achtlos im Lager aufstapelte.
Mit grimmiger Entschlossenheit machte sich Simon an die Arbeit und hatte nach etwa einer Stunde soweit Ordnung geschaffen, dass er potentielle Käufer in sein Kontor bitten konnte.
Er wollte nicht unnötig Zeit verschwenden, daher warf er sich seinen Umhang um und verließ das Haus in Richtung des van Westerburgschen Kontors.
Da sich beide Häuser am Heumarkt befanden war der Weg nicht weit, und während er auf sein Ziel

zusteuerte, sah er zwei junge Frauen aus der Tür des van Westerburgschen Hauses treten, die augenscheinlich auf dem Weg zum Markt waren, um Besorgungen zu machen.
Eine von beiden trug ein einfaches leinenes Kleid und einen großen Korb und schien zum Gesinde zu gehören.
Bei der anderen hätte es nicht des edlen Tuches bedurft, aus dem ihr rostfarbener Surkot gefertigt war, um zu erkennen, dass sie augenscheinlich eine Tochter des Hauses war.
Ihre Haltung war stolz und aufrecht, allerdings wirkte sie gleichzeitig so unbefangen, als ob sie sich ihrer Ausstrahlung gar nicht bewusst wäre.
Sie trug keine Haube und ihre langen dunklen Locken wurde nur von zwei schmalen geflochtenen Strähnen rechts und links des Kopfes zurückgehalten, die am Hinterkopf mit einem schmalen Perlenband zusammengebunden waren
Welch hübscher Anblick an diesem für ihn so trüben Morgen!
Noch bevor er die Tür erreicht hatte, waren sie allerdings im Gewimmel verschwunden, was er sehr bedauerte, denn er hätte sie gerne in ein kurzes Gespräch verwickelt.
Während er den Türklopfer betätigte schalt er sich selber einen Narren.
Was war in ihn gefahren? Hatte er nicht gerade ein paar andere Sorgen, als holde Jungfern auf der Straße anzusprechen, was noch dazu völlig ungehörig

gewesen wäre, weil es das hübsche Wesen
kompromittiert hätte?
Eine junge Magd öffnete die Tür.
„Was wünscht Ihr, Herr?"
„Mein Name ist Simon Verbeek und ich möchte deinen
Herren sprechen."
„Es tut mir leid, Herr Verbeek, aber mein Herr ist in
dringenden Geschäften unterwegs und kommt wohl
erst später am Tag nach Hause. Wollt Ihr vielleicht hier
auf ihn warten?"
„Nein, aber wenn du ihm ausrichten könntest, dass ich
ihm ein Geschäft antragen möchte und daher später
noch einmal vorbeischauen werde, wäre ich dir
dankbar."
„Ich werde alles so ausrichten, wie Ihr gesagt habt,
Herr Verbeek." Sie knickste höflich und schloss die Tür.

Simon hatte keine Lust, sofort zurück ins Kontor zu
gehen.
Es hatte in der Nacht ziemlich heftig geregnet, nun
aber versuchte die Sonne, den noch bedeckten Himmel
zu durchdringen und ihre wärmenden Strahlen quasi
als Wiedergutmachung in die Kölner Gassen zu
schicken.
Die hatten die aufkommende Wärme auch bitter nötig,
denn der Regen hatte die Straßen und Gassen, die noch
nicht gepflastert waren, in einen zähen Matsch
verwandelt und das erschwerte das Vorankommen
insbesondere für schwere Karren und Lastenträger
erheblich.

Allerdings hatte der nächtliche Guss auch allen Unrat fort gespült, der gemeinhin die Gassen verschmutzte. Zwar hatte die Stadt Köln bereits im Jahr 1448 zwei Bauern aus dem Umland angestellt, die die Straßen von Unrat und den Exkrementen der Schweine, Hühner und anderem freilaufendem Getier befreien sollten, indem sie alles auf ihre Karren luden und zum Rhein transportierten. Dort luden sie dann ihre stinkende Last auf bereitstehende Schiffe um, die die unliebsamen Hinterlassenschaften dann endgültig aus Köln heraus transportierten.
Allerdings wuchs die Handels- und Universitätsmetropole Köln derart schnell, dass die beiden Bauern kaum nachkamen, die wachsenden Müllberge zu beseitigen.
Die zahlreichen Pilger, die wegen der unüberschaubaren Zahl an Heiligen und deren Reliquien in die Stadt strömten, trugen ein Übriges dazu bei, dass der Nachschub an Unrat in den Gassen scheinbar nie versiegte.
Mit dem vom Regen weggeschwemmten Dreck war auch viel von der stickigen, stinkenden Luft verschwunden, die so oft in Köln vorherrschte und Simon hatte das Gefühl, dass es zumindest in dieser Hinsicht ein schöner Tag werden würde.
Er entschloss sich dazu, einen Gang durch seine Heimat aus Kindertagen zu machen, um Erinnerungen aufzufrischen und vielleicht Neues zu entdecken.

Er verließ den Heumarkt und ging zunächst hinunter an den Rhein, den Strom, dem die freie Reichsstadt Köln hauptsächlich ihren Reichtum verdankte.
Seit mehr als zweihundert Jahren führte das Stapelrecht dazu, dass alle Waren, die die Stadt Köln über diesen Weg passierten, zuerst für einige Zeit den Kölner Bürgern zum Kauf angeboten werden mussten, bevor sie ihren weiteren Weg zu den verschiedensten Umschlagplätzen antreten konnten.
Genau genommen seit dem Jahr 1259, als der damalige Kölner Erzbischof Konrad von Hochstaden den Bürgern seiner Stadt dieses Privileg erteilt hatte.
Das bedeutete vornehmlich für frische und daher schnell verderbliche Waren wie Fleisch oder Fisch ein erhebliches Handelshemmnis. Häufig nahmen die Händler daher in Kauf, diese Waren lieber billiger in Köln anzubieten als sie verderben zu lassen.
Aber natürlich galt das Vorhaltenmüssen auch für alle anderen Waren auswärtiger Kaufleute.
Zwar konnten die Händler sich auch vom Stapelrecht freikaufen, aber taten sie das, mussten sie ihre Waren beim Weiterverkauf außerhalb von Köln unweigerlich teurer verkaufen, um diese zusätzlichen Kosten wieder wett zu machen.
Gewinner dieser Regelung waren somit in jedem Fall die Bürger Kölns.
Eine kurze Zeit lang sah er dem geschäftigen Treiben zu, das sich ihm unterhalb des Salzgassentores bot.
Dort wurde gerade ein Oberländer entladen, dessen Fracht aus Weinfässern bestand, die von einem

geschäftigen Röder aufgelistet wurden, um später eine Berechnungsgrundlage für die Steuern zu haben.
Zu gerne hätte er sich vorgestellt, dass auch einmal seine eigenen Waren hier gelöscht würden, aber das war momentan in etwa so wahrscheinlich wie Schnee im Sommer!
Als nächstes zog es ihn zu der ewigen Baustelle des Doms und er stellte fest, dass sich der Baufortschritt seit seinem letzten Besuch vor nunmehr gut zehn Jahren in Grenzen hielt.
Bisher war nur der Chor fertig gestellt, aber schon jetzt konnte man erkennen, welch atemberaubende Größe das Gotteshaus einmal erreichen würde.
Irgendwie erschien ihm die Baustelle wie ein Sinnbild seiner momentanen Situation.
Auch er hatte hochfliegende Pläne gehabt, als er sich auf den Weg nach Köln machte, um sein Erbe anzutreten.
Aber so wie das gewaltige Bauwerk seit Jahren nicht viel weiter gewachsen war, trat auch er irgendwie auf der Stelle. Nein, im Gegensatz zum Dom hatte er noch nicht einmal ein Fundament, auf das er bauen konnte!
Grimmig ballte er die Hände zu Fäusten.
Er schlenderte über die Hohe Straße und passierte dann die Schildergasse, in der sich die Werkstätten etlicher Wappenmaler, Bildhauer und Glaser befanden.
Sich wieder Richtung Rhein wendend, kam er am prächtigen Haus der Overstolzens vorbei, dessen Stufengiebel sich über fünf Etagen erstreckte und

dessen Fassade von harmonisch anmutenden runden Fensterbögen geprägt war.
In seiner momentanen Verfassung konnte er diesen Anblick protziger Zurschaustellung geschäftlichen und gesellschaftlichen Erfolges nur schwer ertragen.
Früher hatte er oft kindlich sehnsüchtig vor dem Gebäude gestanden und sich trotzig geschworen, dass auch er einmal ein solches Haus besitzen würde.
Im Moment wäre er schon zufrieden, wenn er wenigstens sein eigenes Elternhaus behalten könnte, dachte er verzweifelt.
Überhaupt stand seine Zukunft in den Sternen, denn als selbstständiger Kaufmann würde er wegen der fehlenden finanziellen Mittel weder hier noch in Gent Handel treiben können..
Bliebe ihm noch, sich seinen Lebensunterhalt als Handelsgehilfe in einem anderen Kontor zu verdienen.
Oder aber eine Ehe mit einer reichen Kaufmannstochter, dachte er bitter.
Aber auch auf dem Heiratsmarkt waren seine Chancen auf eine standesgemäße Hochzeit vertan. Kein Kaufmann, der auf sich hielt, würde einem bankrotten Kollegen seine Tochter zur Frau geben.
Was schade war, wenn er an die hübsche Jungfer dachte, deren Anblick ihn gerade so gefangen genommen hatte.

Er beschloss, einen kurzen Abstecher zur Kirche Sankt Maria im Kapitol zu machen, um in der Stille des

Gotteshauses seine aufgewühlten Gedanken zu sortieren.

Er betrat die Kirche durch die kostbare Holztür, auf der in sechsundzwanzig geschnitzten Bildnissen das Leben Christi dargestellt war und augenblicklich umgab ihn wohltuende Stille und Kühle.

Er setzte sich auf eine der hinteren Bänke im Langschiff und ließ seinen Blick über die sieben Rundbögen gleiten, in die sich die kunstvoll gestalteten Chorschranken einfügten, alles überspannt von einem prächtig bemalten Kuppelgewölbe.

Er war ganz alleine in diesem Teil der Kirche, was ungewöhnlich war, ihn aber nicht im Mindesten störte. Wieder und wieder durchdachte er alle Möglichkeiten, die ihm blieben, aber am Ende war er auch nicht schlauer als vorher.

Lediglich der Gedanke, dass er sich vielleicht Geld leihen könnte, war ihm neu gekommen.

Aber auch diesen hatte er schnell wieder verworfen, denn wer würde ihm schon ohne jede Sicherheit den Batzen Geld leihen, den er bräuchte, um sein Geschäft wieder anzukurbeln?

Bliebe vielleicht doch noch die reizende Jungfer, die ihm schon seit geraumer Zeit nicht mehr aus dem Kopf ging.

Wenn er sich beeilte und bei ihrem Vater vorsprach, bevor bekannt würde, dass der Tuchhandel der Verbeeks bankrott war, könnte das vielleicht klappen, machte er sich über sich selber lustig.

Was war nur mit ihm los?

Hatte er nicht gerade andere Sorgen? dachte er zum zweiten Mal an diesem Tag.
Was war nur in ihn gefahren, dass er diese hübsche Erscheinung nicht mehr aus seinen Gedanken bekam? Hatte er nicht immer von sich behauptet, dass er gegenseitige Sympathie in einer Beziehung für unabdingbar hielt?
Er hatte die Jungfer gerade einmal einige wenige Augenblicke gesehen und vielleicht war sie ja mit einem garstigen Wesen ausgestattet?
Er schüttelte verärgert den Kopf, weil sich seine Gedanken heute so gar nicht sortieren lassen wollten.
Er beugte sein Knie und bekreuzigte sich, bevor er die Kirche verließ.
Das helle Licht blendete ihn nach der Düsternis in der Kirche, und so glaubte er zunächst an eine Sinnestäuschung, als er direkt vor sich auf der Straße die hübsche Jungfer sah.
Noch bevor er die Situation ganz erfasst hatte, war die junge Magd mit einem erschreckten Aufschrei auf ihre Herrin zugestürzt und hatte sie mit einem heftigen Stoß vor einem Fuhrwerk mit einem durchgegangenen Gaul gerettet. Allerdings landeten daraufhin beide Frauen und ein Korb voller Eier und Gemüse im allgegenwärtigen Dreck der Gasse.
Simon eilte auf die beiden zu und reichte der verdutzten Jungfer die Hand, um ihr beim Aufstehen behilflich zu sein.

Etwas blass um die Nase, aber offensichtlich unverletzt, nahm sie seine Hand. Dabei verhedderte sie sich aber in ihrem Kleid und stolperte in Simons Arme.
„Oh Verzeihung!" Sie errötete bis unter die Haarwurzeln und ließ abrupt seine Hand los.
Er bedauerte, dass dieser kurze Moment schon vorbei war, denn er hätte dieses hübsche Wesen gerne noch etwas länger in seinen Armen gehalten.
Nun aber hatte er Zeit, sie genauer zu betrachten.
Sie reichte ihm etwa bis zur Schulter und aus ihrer Haartracht hatten sich ein paar Strähnen gelöst, die ihr schönes Gesicht weich umrahmten.
Er blickte in ihre grünen Augen, die ihn sofort faszinierten, und als sein Blick weiter zu ihren Lippen wanderte, verharrte er dort, denn er stellte sich augenblicklich vor, wie es wohl wäre, sie zu küssen.
„Herrin, seid Ihr verletzt?"
Die Magd hatte sich ebenfalls erhoben und stand nun wie ein Häuflein Elend vor ihnen.
„Ich wollte nicht...es tut mir leid, aber..."
Katharina riss sich von Simons Anblick los und versuchte, ihrer Stimme einen ärgerlichen Klang zu geben.
„Herrgott, Katlin, war das denn nötig? Sieh dir nur einmal an, wie ich jetzt aussehe! Wenn mein Vater mich so sieht, wird er mir zum tausendsten Mal vorhalten, dass ich noch seinen Ruf ruiniere!"
Ihr Blick wanderte zu ihrem rostfarbenen Surkot, der an nicht wenigen Stellen mit dem zähen Dreck bedeckt

war, den der nächtliche Regen auf den Gassen hinterlassen hatte.
Außerdem prangten große Flecke auf dem Stoff, die wohl, wie Simon amüsiert feststellte, von den zerbrochenen Eiern herrührten, die sich auf der Straße verteilt hatten.
„Entschuldigt, Herrin, aber das Fuhrwerk hätte Euch sonst umgefahren. Habt Ihr nicht gesehen, dass der Gaul den Teufel im Blick hatte?"
Hastig bekreuzigte sie sich.
„Ach, und dazu war es nötig, dass du mich in den Dreck stößt und zu allem Überfluss auch noch die Eier über mir ausschüttest?"
Aber anstatt die junge Magd zu schelten, brach sie zu Simons Entzücken in ein überaus anziehendes Lachen aus.
„Ich will nicht hoffen, dass du da irgendeinen neuen Schadenszauber an mir ausprobiert hast!"
Der Zustand ihres Kleides schien sie dabei gar nicht besonders zu interessieren, denn sie versuchte nur notdürftig, den Dreck abzureiben, was ihr natürlich nicht gelang. Unbeeindruckt von dem Anblick, den sie bot, hob sie den Korb auf und wandte sich zum Gehen.
„Aber Jungfer Katharina, wie könnt Ihr so reden? Es ist wichtig, sich vor dem Teufel in Acht zu nehmen! Er lauert überall auf uns und will uns ins Verderben stürzen! Darüber macht man keine Späße!" Die Magd bekreuzigte sich erneut.
Simon hatte bisher schweigend zugesehen, aber nun verleiteten ihn der gerade Angerufene, oder zumindest

sein kleiner Bruder dazu, die Situation zu kommentieren.

„So so, Jungfer Katharina also! Mit Verlaub, wenn ich das bemerken darf, so macht Ihr Eurem Namen aber keine Ehre!"

Katharina fuhr wütend zu ihm herum.

„Was geht es Euch an, ob ich meinem Namen Ehre mache und wer seid Ihr überhaupt, dass Ihr Euch ein Urteil über mich erlaubt?"

Ihre Augen funkelten ihn empört an.

„Verzeiht, Jungfer Katharina, Ihr habt jedes Recht der Welt, mich zu tadeln! Mein Name ist Simon Verbeek und es war wirklich ungebührlich von mir, Euch aufzuhelfen und dann auch noch anzusprechen."

Er grinste sie an und es war ganz offensichtlich, dass er nicht meinte, was er sagte.

Das irritierte sie und so sah sie ihn etwas verunsichert an.

„Äh ja, habt Dank für Eure Hilfe, wenngleich ich nicht so gebrechlich bin, dass ich es nicht auch von ganz allein geschafft hätte, aufzustehen." Dann besann sie sich darauf, dass sie ja ärgerlich sein wollte.

„Was meintet Ihr denn damit, dass ich meinem Namen keine Ehre mache? Ihr kennt mich doch gar nicht! Oder eilt mir mein Ruf schon voraus?"

Sie biss sich auf die Zunge.

Verdammt, was ging das diesen Verbeek an?!

Irgendetwas in ihrem Kopf begann zu arbeiten.

Hatten ihr Vater und ihr Onkel nicht gestern Abend davon gesprochen, dass dieser Simon Verbeek in der Stadt war, um sein väterliches Erbe anzutreten?
„Zunächst möchte ich klarstellen, dass mich nicht Eure vermeintliche Gebrechlichkeit dazu verleitete, Euch aufzuhelfen, sondern lediglich meine gute Erziehung und vielleicht auch der Wunsch, Euch kennenzulernen!"
Er grinste sie frech an.
„Und nein, es ist nicht Euer sicherlich untadeliger Ruf, der mich zu dieser Feststellung veranlasste, sondern lediglich die Bedeutung Eures Namens! Katharina heißt bekanntlich `die Reine` und, mit Verlaub, davon kann bei Eurem Anblick nun wirklich nicht die Rede sein!"
Katharina hielt empört die Luft an, zum einen, weil es dieser Simon offensichtlich darauf angelegt hatte, sie aus der Fassung zu bringen und zum anderen, weil sie den Eindruck nicht loswurde, dass er genau wusste, wie doppeldeutig seine Worte auch aufgefasst werden konnten.
„Das...das...ist doch der Gipfel der Unverschämtheit! Erst mischt Ihr Euch ungefragt ein und dann beleidigt Ihr mich auch noch! Vielleicht solltet Ihr Euch lieber um Eure eigenen Angelegenheiten kümmern. Wie man hört, habt Ihr damit schon genug zu tun, Herr Verbeek!"
Und nochmal verdammt!

Welcher von Katlin berufene Teufel ritt sie nun schon wieder, sich ein Wortduell mit einem völlig Fremden hier auf offener Straße zu liefern?
Und wie kam sie dazu, ihn auf sein Erbe anzusprechen? Schließlich waren es ja nur Gerüchte…
Er wurde schlagartig ernst und aller Spott wich aus seinen braunen Augen.
„Da habt Ihr wohl recht, Jungfer Katharina. Ich hatte allerdings nicht die Absicht, Euch zu beleidigen. Ihr seht nämlich auch so...", er deutete auf ihren ruinierten Surkot, „ ganz reizend aus! Und auch was meine Angelegenheiten angeht, stimme ich Euch zu. Ich sollte mich schleunigst darum kümmern!"
Zum ersten Mal, seit er sie angesprochen hatte, musterte sie ihn genauer.
Er sah mit seinen dunklen Haaren und den markanten Gesichtszügen sehr gut aus, aber das war es nicht, was Katharina so fesselte. Es waren seine Augen, die unter den dichten Brauen nun fast schwarz aussahen und ihm etwas Unheimliches verliehen.
Sie hatte einen wunden Punkt bei ihm getroffen, das konnte sie deutlich erkennen, und inzwischen tat es ihr leid, ihn möglicherweise verletzt zu haben.
„Ich werde Euren Rat gerne befolgen und mich nun tunlichst um meine Geschäfte kümmern. Da ich dazu den gleichen Weg habe wie Ihr, wäre es sehr freundlich von Euch, wenn Ihr mir trotz Eurer Abneigung erlauben würdet, Euch zu begleiten!"
Sein Tonfall hatte sich nun soweit verändert, dass sie erkannte, wie sehr ihn ihre Worte getroffen hatten.

„Ich verstehe nicht ganz, Herr Verbeek…"
„Ich sah Euch heute morgen mit Eurer Magd das Haus von Arndt van Westerburg verlassen. Ich gehe daher davon aus, dass Ihr seine Tochter seid, Jungfer Katharina? Und da ich bereits einmal vergeblich bei Eurem Vater vorsprach, um ihm einen Handel vorzuschlagen, würde ich das Gespräch nun gerne nachholen."
Sein Tonfall hatte nun endgültig einen geschäftsmäßigen Klang angenommen, und sie konnte sich nicht erklären, warum sie das bedauerte.
„Unter diesen Umständen würde ich mich sogar freuen, wenn Ihr mich nach Hause begleiten würdet."
Sie hatte deutlich das Gefühl, etwas gutmachen zu müssen.

Den Weg bis zu ihrem Elternhaus hatten sie schweigend zurückgelegt.
Katharina kämpfte mit ihren Gefühlen, denn die Begegnung mit Simon Verbeek hatte sie irritiert.
Es ging etwas von diesem Mann aus, was sie eigentümlich in seinen Bann schlug.
Er war unverschämt und arrogant, aber offensichtlich auch verletzlich.
Als er sie so unverhohlen gemustert hatte, war sie für einen kurzen Moment in seinen Augen versunken, und ihr Magen hatte sich schmerzlich zusammengezogen.
Bei der kurzen Berührung hatte ihr Herz angefangen, wild zu klopfen, und sie stellte sich vor, ob es bei Herrn Lenhart auch so klopfen würde, wenn er sie berührte.

Es gab wohl kaum unterschiedlichere Männer als Simon und Lenhart, sowohl vom Äußeren als auch vom Charakter her, jedenfalls soweit sie das beurteilen konnte, denn eigentlich kannte sie beide gar nicht richtig.
Und überhaupt führten solche Gedanken auch zu nichts!
Sie war so gut wie verlobt, und da verbot es sich von selbst, dass sie in dieser Weise über einen anderen Mann als ihren Bräutigam nachdachte.
Sie hatte ihren Eltern am Morgen mitgeteilt, dass sie bereit wäre, Herrn Seger zu heiraten.
Ihre Mutter hatte sie daraufhin in die Arme genommen und ihr bewegt alles Glück der Welt gewünscht und ihr Vater hatte ihr nochmals versichert, welch gute Partie Herr Lenhart wäre und dass sie sämtliche Jungfern in Köln um diesen Gatten beneiden würden.
Sie selbst hatte erneute eine beinahe schlaflose Nacht hinter sich, in der sie immer wieder das Für und Wider dieser Beziehung abgewogen hatte und schließlich zu der Einsicht gekommen war, dass eine Ehe mit Herrn Lenhart durchaus auch ihre Vorteile haben würde.
Jedenfalls wenn er sein Versprechen, ihr ihre Freiheiten zu lassen, halten würde.
Er war zurückhaltend, hatte gute Manieren und auch sein Äußeres war durchaus angenehm, so dass sie zu dem Schluss gekommen war, dass ihr wohl kein besserer Kandidat in Zukunft präsentiert werden würde.

Ihr Vater hatte daraufhin eilig das Haus verlassen, um mit Herrn Lenhart den Ehevertrag auszuhandeln, und ihre Mutter hatte sie zur Seite genommen, um mit ihr ein ernstes Gespräch über die ehelichten Pflichten zu führen.

Dabei hatte sie ihr erklärt, dass der eheliche Beischlaf eine durchaus für beide Partner angenehme Pflicht sein könne, für die Frau vielleicht nicht unbedingt beim ersten Mal...

An dieser Stelle hatte Katharina das Gespräch mit dem fadenscheinigen Grund unterbrochen, sie wolle mit Katlin noch ganz dringend auf den Markt.

Schließlich müsse sie sich ab jetzt ernsthaft bemühen, alle für die Führung eines Haushaltes notwendigen Dinge zu lernen, wie zum Beispiel die Qualität der Waren auf dem Markt.

Danach hatte sie beinahe fluchtartig mit Katlin das Haus verlassen, was ihrer Mutter ein amüsiertes Lächeln ins Gesicht gezaubert hatte, denn zum Einen war Katharina schon immer mit Ursel oder Katlin zum Markt gegangen und kannte die Händler und die angebotenen Waren ganz genau.

Zum Anderen konnte sie sich aber auch noch gut an das Gespräch mit ihrer eigenen Mutter erinnern. Das war ihr damals ebenso unangenehm gewesen wie das Gespräch mit ihr ihrer Tochter jetzt.

Aber mit der Zeit würde Katharina, ebenso wie sie selbst auch, schon noch feststellen, dass es keinen Grund gab, sich vor dem zu fürchten, was auf dem

ehelichen Lager geschah, wenn der Mann nur rücksichtsvoll war.
Und dass ihr zukünftiger Schwiegersohn nicht zu der groben Sorte Männern gehörte, die sich nahmen, was ihnen vermeintlich zustand, ohne sich um die Befindlichkeiten ihrer Gattinnen zu kümmern, stand für sie außer Frage.
Er hatte einen geradezu sanftmütigen Eindruck auf sie gemacht, so dass sie keine Sorge hatte, ihre Tochter würde unter einem despotischen Gatten zu leiden haben.

Katharina hingegen schwankte den gesamten Vormittag über zwischen Erleichterung und Angst. Erleichterung, weil sie endlich eine Entscheidung getroffen hatte, die ihre Zukunft in eine scheinbar richtige Richtung lenken würde und Angst, weil sie sich gerade vor dieser Zukunft fürchtete.
Am Ende hatte sie sich diese Zerrissenheit damit erklärt, dass sie bald ihr gewohntes Umfeld verlassen müsse, um einen eigenen Hausstand zu gründen, was auch eine enorme Verantwortung mit sich brächte.
Und dann war sie Simon Verbeek begegnet und diese Begegnung war nicht dazu angetan gewesen, ihr aufgewühltes Gemüt zu beruhigen.
Und so war sie am Ende ganz dankbar, dass sie den letzten Teil des Weges an der Seite dieses Mannes schweigend zurücklegen konnte.

Sie betraten gemeinsam die Halle und Katharina
schickte Katlin mit den Einkäufen - oder besser gesagt,
mit dem, was von diesen noch übrig war - in die
Küche, aber noch bevor sie ihrem Vater Bescheid geben
konnte, dass Simon ihn zu sprechen wünschte, kam
dieser auch schon aus seinem Kontor.
Als er Katharina erblickte blieb er wie angewurzelt
stehen.
„Katharina, wie siehst du denn aus?!"
Vollkommen entgeistert musterte er seine Tochter, die
offensichtlich mal wieder ein Opfer ihres unmöglichen
Temperaments geworden war.
Er war dankbar, dass die Aufgabe, dieses Temperament
in Zukunft zu zügeln, schon sehr bald seinem
Schwiegersohn zufallen würde.
„Geh sofort nach oben und zieh dich um, wir haben
heute Abend Gäste!"
Erst jetzt bemerkte er Simon und sein Blick ging
fragend zwischen diesem und Katharina hin und her.
„Katharina…?"
„Verzeiht, Herr van Westerburg, mein Name ist Simon
Verbeek. Ich traf Eure Tochter zufällig und sie war so
freundlich, mir zu gestatten, sie nach Hause zu
begleiten. Da ich Euch in geschäftlichen Dingen zu
sprechen wünsche, hatten wir den gleichen Weg."
Simon hatte die Situation zu erklären versucht, aber
offensichtlich genau das Gegenteil erreicht, denn Arndt
van Westerburg zog fragend die Augenbrauen in die
Höhe.

„Woher wusstet Ihr denn, dass Ihr den gleichen Weg hattet wie meine Tochter? Ihr kennt sie doch gar nicht!" Fragend sah er seine Tochter an.
„Oder etwa doch?"
Sie fühlte, wie Simons Blick auf ihr ruhte, und ihr wurde heiß und kalt als sie erkannte, dass in seinen braunen Augen durchaus Bedauern über diesen Umstand mitschwang.
„Ich erkläre Euch alles später, Vater. Ich werde...muss mich umziehen", murmelte sie und flüchtete Richtung Treppe.
„Willkommen in meinem Hause, Herr Verbeek", hörte sie ihren Vater noch sagen, „Womit kann ich Euch behilflich sein?"
Dann waren beide im Kontor verschwunden und Katharina war heilfroh, der Nähe dieses Mannes, der sie so sehr beschäftigte, entkommen zu sein.

Im Kontor hatte Arndt van Westerburg seinem Gast inzwischen einen Platz an dem großen Eichentisch angeboten und Gertrud angewiesen, ihnen Wein zur Erfrischung zu bringen.
Als sich Gertrud zurückgezogen hatte, räusperte Simon sich und suchte nach den passenden Worten.
Er wollte nicht wie ein Bittsteller erscheinen, allerdings konnte er Arndt van Westerburg auch nicht im Unklaren über seine finanzielle Lage lassen, wollte er nicht riskieren, als Betrüger dazustehen, wenn seine angespannte finanzielle Lage am Ende doch bekannt würde.

„Herr van Westerburg, wie Ihr sicherlich wisst, ist mein Vater vor kurzer Zeit verstorben und ich bin nach Köln zurückgekehrt, um..."
Er räusperte sich erneut. Verdammt, es war doch schwerer als gedacht, die richtigen Worte zu finden.
„Also ich bin nach Köln in meine alte Heimat zurückgekehrt, weil ich das Erbe meines Vaters... verwalten...muss."
Verwalten schien ihm eine angemessene Beschreibung der Situation zu sein.
„Ich erinnere mich dunkel an Euch, Herr Verbeek. Wir haben uns wohl ein paar Mal beim Kirchgang gesehen, damals, aber da wart Ihr ja noch ein Junge!"
„Das mag angehen, Herr van Westerburg. Mein Vater schickte mich vor gut zehn Jahren nach Gent, um dort seinen Tuchhandel zu führen und im Ausland Erfahrungen zu sammeln."
„Ich hörte davon. Euer Vater hatte es wohl bei einer Zunftsitzung erwähnt. Werdet Ihr wieder nach Flandern zurückkehren, wenn Ihr Euch einen Überblick über das Geschäft Eures Vaters verschafft habt, oder dürfen wir Euch demnächst bei uns in der Kölner Zunft begrüßen?"
Wie erwartet war diese Frage aufgekommen, vielleicht etwas schneller als Simon gedacht hatte, aber nicht ganz überraschend.
Wenn er nicht außer seinem Geschäft auch noch sein Gesicht verlieren wollte, musste er nun seine missliche Lage wohl oder übel eingestehen.

„Herr van Westerburg, ich möchte Euch nicht im Unklaren darüber lassen, wie es um mein Erbe steht. Ich werde, nachdem ich alle Schulden beglichen habe, nicht in der Lage sein, nach Gent zurückzukehren, geschweige denn, einen Tuchhandel in Köln zu führen. Ich habe Euch aufgesucht, weil ich gezwungen bin, die restlichen Stoffe, die mein Vater noch im Kontor lagert, möglichst schnell zu verkaufen. In Kürze werden einige Verbindlichkeiten fällig, die mein Vater noch kurz vor seinem Tod eingegangen ist."
Simon gab sich betont geschäftsmäßig und hoffte, dass sein Gegenüber ihm nicht anmerken würde, wie schwer es ihm fiel, als Bittsteller aufzutreten.
Es war ein himmelweiter Unterschied zwischen der reinen Erkenntnis, am Ende zu sein, und dem öffentlichen Eingeständnis!
Arndt van Westerburg zog überrascht die Augenbrauen hoch.
„Dann stimmt es also, was man sich über Euren Vater erzählt? Ich meine...", er brach verlegen ab, „ich möchte Euch nicht zu nahe treten, Herr Verbeek, aber es geht seit geraumer Zeit das Gerücht, dass Euer Vater seine Geschäfte in der letzten Zeit ziemlich vernachlässigt hätte..."
„Da will ich Euch nicht widersprechen. Er hat es nach meiner Auffassung versäumt, den Handel über das flandrische Tuch hinaus auszudehnen."
Simon antwortete bewusst einsilbig, denn er sah keinen Sinn darin, dieses Thema zu vertiefen.

„Ich, äh, also ich meinte eigentlich mehr... Nun, sei es drum. Selbstverständlich werde ich mir gerne Eure Tuche ansehen, Herr Verbeek. Ich bin mir sicher, dass wir uns schnell handelseinig werden!"
„Ich danke Euch, Herr van Westerburg. Ich darf Euch also in meinem Kontor...", das kam ihm immer noch etwas stockend über die Lippen, „...sagen wir, morgen ist Sonntag, übermorgen am frühen Nachmittag begrüßen?"
Er erhob sich.
„Sehr gerne, Herr Verbeek, ich werde es einrichten!"
Er reichte Simon die Hand und begleitete ihn zur Tür.

8

Als Simon die Halle seines Hauses betrat, drangen aus dem Obergeschoss die Stimmen seiner Stiefmutter und die eines Mannes zu ihm herunter.
Erstaunt runzelte er die Stirn, denn dort oben befanden sich lediglich die Schlafräume des Anwesens.
Noch bevor er sich weiter Gedanken machen konnte, was das zu bedeuten hatte, kamen die beiden schon die Treppe hinunter. Cristine mit deutlich geröteten Wangen und der Unbekannte mit einem Gesichtsausdruck, der Simon an den eines zufriedenen Kaufmanns nach einem gelungenen Geschäftsabschluss erinnerte.

Cristine war gerade dabei, eine letzte Strähne ihres blonden Haares in einen Zopf zu flechten als sie Simon erblickte und abrupt innehielt.
„Simon, du bist schon wieder da?"
Die Frage schien Simon eher ihrer Verlegenheit geschuldet als ihres Erstaunens, da er doch bereits seit geraumer Zeit unterwegs war.
„Wie ich sehe, haben wir Besuch."
Er ging nicht weiter auf Cristine ein, sondern musterte stattdessen den ihm unbekannten Mann.
Dieser trug einfache, wenn auch aus gutem Tuch gefertigte Kleidung und war ungewöhnlich groß. Sein langes, dunkelblondes Haar war im Nacken zu einem Zopf gebunden und er machte einen durchaus gepflegten Eindruck auf Simon. Allerdings hatte sein Auftreten etwas Verschlagenes. Dabei hätte Simon nicht einmal sagen können, was diesen Eindruck hervorrief. Vielleicht waren es seine Augen, die eng zusammenstanden und von einem so kalten Grau waren wie der Himmel kurz vor einem heftigen Gewitter.
„Verzeiht, Herr Verbeek, mein Name ist Konrad Sadelmacher. Ich hörte gestern, dass Ihr in Köln eingetroffen seid und kam heute hierher, um Euch persönlich zu sagen, wie leid mir der Tod Eures Vaters tut. Er und ich, wir waren...gute Bekannte."
Er verbeugte sich höflich vor Simon, ließ allerdings offen, um welche Art von Bekanntschaft es sich dabei gehandelt hatte.

Wie ein Kaufmann sah dieser Sadelmacher jedenfalls nicht aus, stellte Simon fest, aber noch bevor er sich weitere Gedanken über die Beziehung seines Vaters mit diesem Mann machen konnte, hatte sich Cristine von ihrer Verlegenheit erholt und trat einen Schritt auf Simon zu.
„Ich habe Herrn Sadelmacher gerade einladen wollen, mit uns zu speisen. Du hast doch nichts dagegen?"
Doch, dachte Simon, der nach dem bisherigen Verlauf des Tages lieber alleine gewesen wäre, um seine Gedanken zu ordnen, die sich seit ein paar Stunden, genauer gesagt, seit er die Jungfer Katharina zum ersten Mal gesehen hatte, allerdings nicht mehr ausschließlich um den Tuchhandel drehten.
Laut sagte er dagegen:
„Nein, ich würde mich freuen, wenn Ihr mit uns speisen würdet, Herr Sadelmacher!"
So ganz gelogen war das nun auch wieder nicht. Simon war einigermaßen gespannt auf die Erklärung, die Cristine und dieser Konrad Sadelmacher ihm auftischen würden, warum dieser Einladung ein Gespräch in den Schlafräumen vorangegangen war. Darüber hinaus wollte er mehr über die Bekanntschaft seines Vaters mit diesem Mann in Erfahrung bringen, denn in den Briefen seines Vaters war der Name Konrad Sadelmacher nie aufgetaucht. Allerdings war die Korrespondenz in letzter Zeit ohnehin eher spärlich und dann ausschließlich auf Anweisungen bezüglich des Geschäftes beschränkt gewesen.

Zu Simons Erstaunen winkte Konrad Sadelmacher entschieden ab.

„Herr Verbeek, bitte entschuldigt, dass ich Eure Einladung am heutigen Tag leider ausschlagen muss, denn dringende Geschäft erwarten mich, die keinen Aufschub dulden. Sicherlich werdet Ihr als Geschäftsmann Verständnis dafür haben, dass man manchmal eine angenehme Unterhaltung gegen eine weniger erfreuliche eintauschen muss, wenn es denn dem Geldbeutel dient!"

Er warf sich seinen Umhang über, schlug Simon jovial auf die Schulter und zwinkerte diesem zu.

Etwas befremdet über diese Vertraulichkeit und die ganze Situation schüttelte Simon den Kopf.

„Aber nein, Herr Sadelmacher, wenn es Euch heute nicht passt, lassen wir es dabei bewenden. Es wird sich sicherlich in den nächsten Tagen eine Gelegenheit ergeben, die Einladung nachzuholen!"

Simon war sich durchaus nicht sicher, ob er für diese Gelegenheit sorgen oder die Sache lieber auf sich beruhen lassen sollte.

Dieser Sadelmacher hatte irgendetwas Unangenehmes an sich, und das hatte nichts mit seinem Äußeren zu tun.

Vielmehr ging von ihm eine gewisse Hinterlistigkeit aus, die er nach Simons Empfinden gut hinter seiner zur Schau getragenen Höflichkeit verbarg.

„Das sehe ich genauso, Herr Verbeek. Ich danke Euch für Euer Verständnis. Wenn Ihr bitte Eurer Stiefmutter…", er betonte das so anzüglich, dass es

Simon unangenehm war, „ ausrichten würdet, dass ich auch Ihr für die Einladung danke, und ganz sicherlich in den nächsten Tagen noch einmal darauf zurückkommen werde?"
Cristine, die zwischenzeitlich in die Küche gegangen war, um Trin Anweisungen wegen des unverhofften Gastes zu erteilen, betrat soeben wieder die Halle.
„Oh, wie ich sehe, bleibt Ihr doch nicht zum Essen, Herr Sadelmacher?"
Ihre Stimme klang irgendwie erleichtert, was Simon verwundert zur Kenntnis nahm, war die Einladung doch ihre Idee gewesen.
„Frau Verbeek, wichtige Geschäfte halten mich davon ab, weitere Zeit in Eurer angenehmen Gesellschaft zu verbringen."
Dabei würdigte er Simon keines Blickes und sah stattdessen Cristine durchdringend an.
Simon fühlte sich merkwürdig fehl am Platze, denn schließlich standen sie in seiner Halle, in seinem Haus und doch schien das Geschehen gerade an ihm vorbeizulaufen.
Deshalb räusperte er sich vernehmlich und deutete auf die Tür.
„Ich möchte Euch auf keinen Fall von Euren Geschäften abhalten, Herr Sadelmacher!"
Dieser ließ noch ein paar Augenblicke verstreichen, bevor er die Augen von Cristine abwandte und sich zur Tür begab.
„Auf bald, Herr Verbeek!"

Erneut verbeugte er sich kurz vor Simon, bevor er ohne ein weiteres Wort das Haus verließ.
Cristine versuchte, die eingetretene Stille zu unterbrechen.
„Simon, ich wusste nicht, dass dieser Sadelmacher heute zu uns kommen würde, sonst hätte ich dir doch davon berichtet! Er tauchte auf einmal hier auf und wollte mit dir reden. Er sagte, es ginge um ein Geschäft, das dein Vater noch mit ihm abgeschlossen hätte."
„Ach, und dazu war es nötig, dass Ihr ihn mit in Eure Kammer nehmt?"
Cristine zog die Augenbrauen in die Höhe.
„Du hast bisher nicht den Eindruck erweckt, als würde es dich besonders interessieren, wen ich wo empfange! Oder ist das anders?"
Während sie sprach war sie auf ihn zugegangen und stand nun so dicht vor ihm, dass er ihren Atem spüren konnte. Durchdringend sah sie ihn an.
„Simon…"
Er hob die Hand und gebot ihr so, zu schweigen.
„Cristine, was immer Ihr jetzt sagen wollt, vergesst es. Mir ist nur aus einem einzigen Grund nicht egal, mit wem ihr das Bett teilt: Ihr seid die Witwe meines Vaters - und das zudem noch seit gar nicht so langer Zeit! - und daher habt Ihr gefälligst darauf zu achten, den Namen meines Vaters nicht durch derart schamloses Verhalten in den Schmutz zu ziehen. Wenn die Trauerzeit vorüber ist, werden wir uns überlegen, was Ihr dann tut, aber bis dahin verhaltet Euch gefälligst so,

wie man es von einem anständigen Weib verlangen kann!"
Er hatte sie grob am Arm gepackt und sein Herz schlug schnell in seiner Brust.
Ob vor Ärger oder aus anderen Motiven, über die er lieber nicht näher nachdenken wollte, konnte er nicht sagen.
Unwillkürlich verglich er Cristine mit Katharina.
Es war nicht zu leugnen, dass beide Frauen eine körperliche Anziehungskraft auf ihn ausübten.
Aber während sich sein Begehren bei Cristine rein auf ihren Körper beschränkte, war das, was er in den kurzen Momenten des Zusammenseins mit Katharina gefühlt hatte, etwas ganz anderes.
Es war verrückt, aber was er für Katharina empfand, hatte er noch nie vorher gespürt.
Er wollte sie in einen Armen halten, sie küssen, sie beschützen und einfach nur mit ihr zusammen sein.
Er stellte sich ihren warmen, weichen Körper vor, der nachts in seinen Armen lag, und wie er sie am Morgen fürsorglich zudecken würde, wenn er das Haus verließ, um seinen Geschäften nachzugehen.
„Simon, du tust mir weh!" Cristine unterbrach seine Gedanken abrupt.
Sie wand sich aus seinem Griff und rieb sich über die schmerzende Stelle an ihrem linken Arm. Dabei machte sie keine Anstalten, den Abstand zwischen sich und ihm zu verringern.
Stattdessen trat Simon einen Schritt zurück, um die Situation zu entschärfen.

„Es tut mir leid, Cristine. Ich wollte Euch nicht weh tun. Es war ein langer Tag und ich glaube, es ist besser, wenn ich mich jetzt zurückziehe. Seid so gut und veranlasst, dass Trin mir etwas Braten und Käse herrichtet. Ich werde in meiner Kammer essen."
Er rieb sich müde über die Augen und ließ sie allein in der Halle zurück.

9

In diesem Sommer hatte die Sünde Einzug in Köln gehalten.
Aufgewühlt ging er in dem kleinen stickigen Raum auf und ab.
Von draußen klang der wütende Donner eines Sommergewitters zu ihm herein und grimmig dachte er, dass auch Gott missbilligte, was hier auf seiner Erde, im heiligen Köln, vor sich ging.
Lautstark forderte Gott ihn auf, zu handeln, die Sünde auszumerzen, bevor sie weitere Kreise ziehen konnte.
Er würde mit allen Mitteln, die ihm zur Verfügung standen, dagegen ankämpfen.
Er konnte seine Schäfchen nicht tatenlos dem Teufel überlassen!
Sicherlich, die Vergebung von Sünden war inzwischen zum Tagesgeschäft geworden, es gab gegen gute Münze Ablassbriefe zu kaufen, die zwar nicht die

Sünde selbst, aber doch immerhin einen guten Teil der zu erwartenden Strafe abmilderten.
Und nach jeder Beichte wurde dem reuigen Sünder unter Auferlegung einer Buße vergeben. Dann wurde der Geläuterte mit der strengen Ermahnung, von nun an ein gottesfürchtiges Leben zu führen, entlassen.
Aber das, was seit einiger Zeit hier in Köln vor sich ging, war so widerlich, so gottlos, dass es keine Vergebung dafür geben konnte.
Nur durch Zufall - nein, es musste eine göttliche Fügung gewesen sein! - hatte er gestern davon erfahren. Dabei hatte es angefangen wie immer, wenn seine Schäfchen ihr Gewissen erleichtern und um Vergebung bitten wollten.
„Im Namen des Vaters, des Sohnes und des Heiligen Geistes. Amen." Die leise Stimme war gedämpft durch die dicke Holzverkleidung der Trennwand des Beichtstuhls zu vernehmen, die nur ein kleines Geflecht aus winzigen Aussparungen aufwies, um die Identität des Beichtenden nicht zu offenbaren.
„Amen. Gott, der unser Herz erleuchtet, schenke dir wahre Erkenntnis deiner Sünden und Seiner Barmherzigkeit." Etwas gelangweilt hatte er die gängige Formel gesprochen, denn er hatte die Stimme trotz des Sichtschutzes sofort erkannt. Wahrscheinlich hatte der reiche Kaufmann einmal mehr einen Handelspartner übervorteilt und wollte nun Buße tun.
„Vater, ich habe gesündigt!"
Aber dann hatte er mit wachsender Abscheu vernommen, was der Sünder bekannte und schon nach

kurzer Zeit war ihm übel vor Ekel und Scham geworden. Er wollte das nicht hören, wollte sich nicht vorstellen, was ihm geschildert wurde und konnte doch die Bilder nicht aus seinem Kopf verbannen. Zum Schluss war diese überschäumende Wut über ihn gekommen, durch diese Beichte zum Mitwisser dieser unaussprechlichen Sünde geworden zu sein. Er hatte sich nicht davor schützen können, das Geheimnis zu erfahren. Aber er würde kämpfen! Um sein eigenes Seelenheil und um das vieler anderer. Er würde nicht auf sich beruhen lassen, was er erfahren hatte.

Er durfte nicht darüber reden, durfte keine Namen nennen oder gar im Rat vorsprechen, wenngleich das sündige Treiben auch einer weltlichen Gerichtsbarkeit unterlag.

Er musste diesen Kampf alleine führen, musste um das Seelenheil der ihm anvertrauten Seelen willen, den Fehdehandschuh annehmen, den ihm der Teufel hinwarf.

Aber Gott war auf seiner Seite. Er hatte ihn nicht nur zum Mitwisser dieser Vorgänge gemacht, er hatte ihm auch einen Weg gezeigt, wie man die Sünde ausmerzen konnte, ein für alle Mal.

Er hatte ihm in seiner unendlichen Weisheit auch die Lösung aufgezeigt, hatte sie ihm quasi vor die Nase gesetzt. Und er hatte den Wink verstanden.

Fast musste Hieronymus lachen, wenn er daran dachte, dass die Lösung zu ihm auf die gleiche Weise gekommen war, wie das Problem, nämlich im Beichtstuhl.

„Im Namen des Vaters und des Sohnes und des Heiligen Geistes. Amen." Zum zweiten Mal an diesem Tag hatte er eine gedämpfte Stimme hinter der Trennwand vernommen.

„Amen." Seine Gedanken waren noch zu aufgewühlt, um sich vollkommen auf die Person zu konzentrieren, die Gottes Vergebung erflehte.

Aber dann hatte die leise Stimme ihn immer mehr in ihren Bann gezogen. Das, was sie zu berichten wusste, war nicht weniger schockierend, als das vorher Gehörte, vielleicht sogar noch schockierender, denn sie offenbarte ihm eine neue Sichtweise auf die Vorgänge, einen Einblick in die Gefühle eines *Opfers*!

Gleichzeit formten sich in seinem Hirn Gedanken, zunächst verworren, dann immer klarer zu fassen. Gedanken, wie man gegen diese Sünde vorgehen und damit auch die Opfer schützen konnte. Er war sich sicher, dass nur Gott ihm diese Idee eingegeben haben konnte!

Die Rache ist mein, ich will vergelten, spricht der Herr!
Behutsam hatte er sich voran getastet, wie weit sein Gegenüber zu gehen bereit war, hatte zunächst unmerklich und sanft Druck aufgebaut, dann immer drängender und schließlich war die Person Wachs in seinen Händen gewesen. Gemeinsam hatten sie einen Plan ersonnen, bei dem er - ganz wie es ihm als Hirte seiner Gemeinde gefiel - im Hintergrund bleiben konnte.

Er würde mit Gott auf seiner Seite in diesen Kampf ziehen und wenn sein Tun auch nur eine unschuldige

Seele retten konnte - und er hatte vor, dass es nicht nur eine Seele sein würde! - dann hatte er seine Aufgabe erfüllt.
Der Mensch war schlecht, das war schon immer so gewesen.
Aber es gab Menschen, die waren schlechter als andere, denn sie verführten diese erst zur Sünde, nutzten die charakterliche Schwäche ihrer bemitleidenswerten Opfer aus und waren damit verantwortlich dafür, dass der Teufel reiche Beute machte.
Es war wichtig, zu verhindern, dass dieses Geschmeiß immer weiter machte, Opfer um Opfer in die Fänge des Höllenfürsten trieb.
Dieses verwerfliche Sich-gehen-Lassen, diese ekelhafte fleischliche Lust, das sündige Begehren eines anderen Körpers…
Du sollst nicht ehebrechen!
Gott hatte den Menschen die Zehn Gebote gegeben, zu ihrem eigenen Schutz und als Orientierung für ein gottgefälliges Leben, an dessen Ende das Paradies wartete.
Die Welt wäre so viel besser, wenn ein jeder diesen Gesetzen Folge leisten würde!
„So tötet nun die Glieder, die auf Erden sind, Unzucht, Unreinheit, schändliche Leidenschaft, böse Begierde, die Götzendienst ist!"

Die Rache ist mein, ich will vergelten, spricht der Herr!

10

Als Katharina erwachte, klang der vergangene Tag noch in ihr nach.
Was war nur mit ihr los?
Heute Abend würde ihre Verlobung im engsten Familienkreis gefeiert und in Kürze dann war eine große Feier im Gürzenich anberaumt.
Da Lenhart eine gute Partie und augenscheinlich auch ein sehr verständiger Mann war, hätte sie sich drüber freuen oder zumindest zufrieden sein müssen, dass sie es so gut getroffen hatte.
Stattdessen konnte sie an nichts anderes denken, als an ihre gestrige Begegnung mit Simon.
Wie er sie angesehen hatte! Und wie ihr Herz geklopft hatte, als sie ihm so nahe gewesen war!
Sie schämte sich vor sich selbst, denn sie musste sich eingestehen, dass sie nie mit diesen Gefühlen an Lenhart dachte, obwohl er doch der Mann war, mit dem sie in Zukunft durchs Leben gehen würde.
Dabei hatte er gar nichts getan, was es rechtfertigen würde, dass sie so dachte.
Oder war es vielleicht gerade, *weil* er nichts getan hatte?
Er hatte sie kaum einmal angesehen, geschweige denn berührt, so dass sie ihre Gefühle für ihn mit denen zu Simon hätte vergleichen können.
Lenhart vermittelte den Eindruck, dass sie ihm genauso lieb als Braut war wie jede andere.

Bei Simon hatte sie Interesse gespürt und das hatte ihr natürlich geschmeichelt.
Sie seufzte und zog ihr Sonntagsgewand über.
Es war müßig, sich über etwas Gedanken zu machen, was sie nur in Schwierigkeiten bringen würde.
Ganz egal, was sie für Simon empfand, es war nicht Recht und führte auch zu nichts.
Gertrud kam herein und begann, Katharinas Haar zu bürsten.
„Wie wollt Ihr Euer Haar heute tragen? Soll ich Euch einen Zopf flechten oder soll ich es aufstecken? Und mögt Ihr heute lieber den schmalen goldenen Reif oder soll ich Euch zur Feier des Tages lieber ein paar Blüten einflechten?"
Eifrig begann Gertrud, in Katharinas Wäschetruhe zu wühlen und zog schließlich ein kunstvoll mit grünen Steinen verziertes, goldenes Schapel heraus.
„Schaut, Jungfer Katharina, dieses würde Euch gut zu Gesichte stehen. Es passt so hübsch zu Euren Augen."
Noch bevor Katharina etwas erwidern konnte, hatte Gertrud den schmalen Reif bereits im Haar befestigt und trat nun einen Schritt zurück, um ihr Werk zu bewundern.
„Ihr seht wunderschön aus, Jungfer Katharina. Sicherlich werdet Ihr ihm gefallen!"
Verschwörerisch zwinkerte sie Katharina zu.
Natürlich war in einem Haushalt wie dem ihren nichts vor dem Gesinde zu verheimlichen, und wenn schon nicht offen ausgesprochen, so reimten sich die

Bediensteten dennoch recht schnell ihren Teil zusammen.
Und dass hier ein großes Ereignis ins Haus stand, ließ sich nun wirklich nicht mehr verheimlichen.
„Jungfer Katharina? Ihr sagt gar nichts! Möchtet Ihr vielleicht doch lieber ein anderes Schapel?" Etwas verunsichert sah Gertrud Katharina an, die, immer noch tief in Gedanken versunken, einfach nur da saß.
„Was? Äh nein, Gertrud, es ist schon recht so."
Katharina lächelte der Magd zu.
„Ich gehe jetzt wohl besser nach unten. Vater und Mutter warten sicherlich schon auf mich. Wir wollen vor dem Kirchgang noch meinen Onkel und meine Tante abholen."
Sie stand auf und gemeinsam verließen sie die Kammer.
Und es ist mir eigentlich egal, ob ich Lenhart gefalle! Viel lieber würde ich *ihm* gefallen! gestand sie sich ein.
Dabei war sie sich nicht einmal sicher, ob sie Simon überhaupt begegnen würde.
Sicherlich war die Kirche von Klein Sankt Martin, zu dessen Pfarrei der Bezirk am Heumarkt gehörte, gerade am Sonntag zur Messe ein beliebter Treffpunkt der Bürger.
Es galt, den neuesten Klatsch und Tratsch entweder zu hören oder weiter zu geben und sicherlich wurde auch das ein oder andere Geschäft unter der Hand eingefädelt, was am Sonntag ja eigentlich verboten war.
Aber der Kölner war immer schon ein zwar gottesfürchtiger aber auch gewiefter Menschenschlag

gewesen, sonst hätte Köln längst noch nicht die Stellung in der Welt eingenommen, die es seit geraumer Zeit innehatte.

Immerhin war Köln 1475 zur Freien Reichsstadt erhoben worden und damit keinem Reichsfürsten mehr unterstellt, sondern nur dem Kaiser.

Darüber hinaus brachte diese Reichsfreiheit auch mit sich, dass Köln keine Steuern an den Kaiser entrichten musste, was wesentlich zur Blüte der Stadt beitrug.

Und dass man hier ganz gut lebte oder zumindest glaubte, leben zu können, wenn man das Glück hatte, Anstellung in einem der reichen Häuser zu finden, zeigte schon die Tatsache, dass Köln die größte Stadt im ganzen Reich war.

Aber das bedeutete gleichzeitig auch, dass an Sonntagen fast ganz Köln auf den Beinen war, um entweder Gott für das Leben, das man führte zu danken oder aber, um Almosen zu erbetteln, wenn man nicht das Glück hatte, dieser privilegierten Schicht anzugehören.

In diesem Gedränge war es meistens schon schwer genug, sich nicht aus den Augen zu verlieren, geschweige denn, jemanden zu treffen, mit dem man sich nicht irgendwo verabredet hatte.

Zu Katharinas Erstaunen warteten aber nicht nur Tante und Onkel vor deren Haus auf sie, sondern auch Herr Lenhart.

Onkel Johann hatte jovial den Arm um ihn gelegt und winkte ihnen erfreut zu, während ihre Tante etwas

abseits stand und wie immer einen eher in sich gekehrten Eindruck erweckte.
Wahrscheinlich überlegt sie sich gerade, welche Sünden sie nachher beichtet, dachte Katharina amüsiert.
Sie mochte ihre Tante eigentlich gerne, aber deren Frömmigkeit konnte einem schon gehörig auf den Nerv gehen, zumal man sich in ihrer Gegenwart immer irgendwie unvollkommen fühlte. Etwa so, als sündige man bereits, wenn man nur ein farbiges Kleid trug, während Tante Lijsbet immer nur in unscheinbaren Farben gekleidet war, um bloß nicht aufzufallen.
Nein, Tante Lijsbet konnte gar nicht über Sünden nachdenken. In ihrem Wortschatz kam wahrscheinlich noch nicht einmal der Begriff vor!
Augenblicklich hatte Katharina ein schlechtes Gewissen, so über ihre Tante zu denken, immerhin war Eitelkeit, wenn nicht eine Sünde, dann doch ein Laster, und sie hatte kein Recht, das gottesfürchtige Leben ihrer Tante zu verspotten.
Und so begaben sie sich zur Kirche Klein Sankt Martin, Katharina flankiert von ihren Eltern und Lijsbet und Johann mit Lenhart in der Mitte.
Lenhart hatte bisher außer einer höflichen Begrüßung noch kein Wort mit Katharina gewechselt, was ihr zwar angesichts der anberaumten Verlobung etwas merkwürdig erschien, sie aber auf der anderen Seite auch nicht wirklich störte.

Sie hing ihren eigenen Gedanken nach und die hatten mit der bevorstehenden Verlobung so rein gar nichts zu tun.
Vielmehr versuchte sie, Simon in dem Gewimmel zu entdecken.
Was sie sich davon versprach, wenn sie ihn wirklich entdecken würde, war ihr selbst nicht ganz klar.
Insgeheim hegte sie die Hoffnung, ihr Gefühlswirrwarr wäre den Ereignissen der vergangenen Tage geschuldet, denn immerhin verlobte man sich nicht jeden Tag.
Dass da die Gefühle unter Umständen verrückt spielen würden, war ja wohl nicht so ungewöhnlich!
Und das, was sie sich einbildete für Simon zu empfinden, war wohl eher die Flucht in ein letztes, verzweifeltes Abenteuer, was sie sich in Zukunft nicht mehr würde erlauben können.
Sie würde Lenhart heiraten, ein ruhiges und zufriedenes Leben an seiner Seite führen und sich um Haushalt und Kinder kümmern, so wie es ihr schon von Kindheit an bestimmt gewesen war.
Inzwischen hatten sie ihre Plätze in der Kirche eingenommen und noch immer machte Lenhart keine Anstalten, sich neben sie zu stellen.
Stattdessen stand er neben ihrem Onkel und die beiden schienen sich angeregt zu unterhalten.
Während der Gottesdienst begann, sah Katharina sich verstohlen nach Simon um, konnte ihn aber nirgends entdecken.

Sie versuchte, sich auf das Geschehen am Altar zu konzentrieren, aber da es zunehmend stickig und warm wurde, fiel ihr das schwer.

Ich hätte doch den dünneren Umhang nehmen sollen, dachte sie ärgerlich, aber nun war es zu spät und so würde sie es wohl oder übel aushalten müssen, dass ihr so langsam der Schweiß ausbrach.

Den Umstehenden schien es ähnlich zu gehen, denn sie konnte beobachten, dass etliche Gottesdienstbesucher begannen, sich oder ihren Damen mit ihren Baretten oder auch einfach nur mit den Händen Luft zuzufächeln, soweit die Bewegungsfreiheit das zuließ. Längst war es aufgrund der dadurch entstandenen Unruhe und der leise geführten Unterhaltungen so gut wie unmöglich, dem eintönigen Ablauf des immer gleichen Ritus zu folgen. Katharinas Gedanken wollten sich gerade wieder verselbstständigen, als sie zusammenzuckte, denn die Stimme des alten Pfarrers Hieronymus dröhnte plötzlich wie ein Donnerhall durch die Kirche.

„Oder wisst ihr nicht, dass die Ungerechten das Reich Gottes nicht erben werden? Lasst euch nicht irreführen! Weder Unzüchtige noch Götzendiener, Ehebrecher, Lustknaben oder Kinderschänder werden das Reich Gottes erben! Ihr fragt euch, was ich euch damit sagen will, was ER euch damit sagen will?"

Seine Stimme überschlug sich nun fast und er musste geräuschvoll nach Luft schnappen.

„Ihr alle…", er machte eine alles umfassende Handbewegung, „ihr alle seid gemeint.

Jeder von euch ist ein Teil dieser faulen Gesellschaft, ihr treibt Unzucht oder duldet sie, führt Unschuldige in Versuchung und bringt unaussprechliche Sünde in diese heilige Stadt. Wacht auf und seht, was hier passiert! Entgegen der Natur entbrennen Männer in Begierde zueinander!"
Angewidert schüttelte Hieronymus sich und wischte mit einem Ärmel etwas Speichel aus den Mundwinkeln.
In der entstandenen Pause hörte Katharina einige Frauen entsetzt aufstöhnen, andere wieder begannen zu schluchzen oder aufgeregt mit dem Banknachbarn zu reden.
Viele sahen betreten zu Boden, andere versuchten, in den Gesichtern der Anwesenden Anzeichen von Scham oder Reue zu entdecken.
Katharina stockte der Atem.
Konnte es sein, dass der alte Pfarrer damit andeuten wollte, dass Männer mit Männern…?
Das war so unvorstellbar, so widernatürlich, so abstoßend, dass er das unmöglich gemeint haben konnte!
„Gott wird jeden einzelnen von euch vernichten, der nicht von diesem gotteslästerlichen Tun ablässt! Aber er wird auch die strafen, die nicht gegen die Sünde vorgehen, obwohl sie davon wissen! Das ewige Fegefeuer ist allen gewiss, die Gottes Gesetz brechen, die mit Freude und Lust sündigen, die Freunde und Bekannte verführen, ebenfalls wider die Gebote zu handeln! Ihr werdet brennen, ihr alle werdet brennen!"

Hieronymus` Augen schossen Pfeile, seine gewaltige Stimme füllte das gesamte Gotteshaus, und der Nachhall schien die Erde unter Katharinas Füßen beben zu lassen. Ihr wurde schwindelig, was zu gleichen Teilen der schneidend dicken Luft wie auch der Ungeheuerlichkeit des gerade Gehörten zuzuschreiben war.
Ihre Eltern standen stocksteif neben ihr und wagten fast nicht, zu atmen.
Ihr Onkel und Lenhart schauten sich betreten um während Tante Lijsbet leichenblass die Lippen wie im Gebet bewegte und auf den Boden starrte. Sie hatte die Hände gefaltet und wirkte einmal mehr wie eine Heilige unter Sündern.
Katharina konnte in der Menge den Tuchhändler Johannes Hardenrath ausmachen, der mit hochrotem Kopf auf den Bürgermeister Hermann Rinck einredete. Eine Reihe vor sich sah sie Aylheit Kruysgin, eine dicke Kaufmannsgattin, die sich mit tränenüberströmtem Gesicht an ihren Ehegatten klammerte, der sich anschickte, die Kirche wutentbrannt zu verlassen.
„Die Rache ist mein, ich will vergelten, spricht der Herr!"
Erneut donnerte die Stimme des alten Hieronymus durch das Kirchenschiff, ging aber diesmal in dem allgemeinen Gemurmel unter, das inzwischen herrschte.
Tante Lijsbet schwankte, und hätte Lenhart sie nicht festgehalten, wäre sie wohl trotz der herrschenden Enge zusammengebrochen.

Katharina hörte ihre Mutter erstickt aufschreien und kurz darauf bahnte sich ihr Onkel mit der ohnmächtigen Lijsbet in den Armen einen Weg durch die Menge ins Freie.
„Ich gehe mit Johann und Lijsbet, du bleibst mit deinem Vater und Herrn Lenhart hier. Wir haben schon genug Aufsehen erregt."
Besorgt drängte sich ihre Mutter an ihr vorbei und folgte ihrem Bruder und ihrer Schwägerin durch den Mittelgang nach draußen.
Katharina wäre den Dreien am liebsten nachgelaufen, denn auch ihr war inzwischen schwindelig und übel und sie hatte das dringende Bedürfnis, frische Luft zu schnappen.
Was war nur mit Pfarrer Hieronymus los?
Noch nie hatte er derart außer sich gewirkt, so fassungslos und angewidert, und sie konnte sich des Eindrucks nicht erwehren, als fühle sich der Alte als Ankläger, Richter und Rächer in einer Person.
Oft genug traf er mit mit seinem Tadel der Lasterhaftigkeit ins Schwarze, und es gab kaum jemanden, der nicht schon einmal einen Geschäftspartner übervorteilt oder belogen oder vor der neugierigen Nachbarin mit dem neuen Geschmeide geprahlt hätte.
Seltener kam es vor, dass der Ehegatte in einem Hurenhaus oder noch seltener bei der ehrbaren Ehefrau eines anderen Abwechslung von den heimischen Beischlafpflichten suchte. Aber das, wessen Pfarrer Hieronymus hier seine Gemeinde bezichtigte...

Der Rest des Gottesdienstes rauschte nur so an ihr vorbei und sie war froh, als das letzte Lied verklungen und es endlich vorbei war und sie an der Seite ihres Vaters ins Freie treten konnte.

Sie atmete tief die reine Sommerluft ein, die trotz der bereits aufkommenden Hitze nach der stickigen Kirche angenehm frisch erschien.

Nach den ungeheuerlichen Vorgängen im Inneren hätte sie statt des Sonnenscheins, der sie draußen begrüßte, eher mit einem alles vernichtenden himmlischen Donnerwetter gerechnet.

Aber alles war hell und friedlich, nur mit der Ruhe war es nicht weit her, denn überall standen bereits kleine Grüppchen beisammen, die mehr oder weniger bestürzt miteinander diskutierten. Und so kam auch Bürgermeister Rinck schon auf sie zu, kaum dass sie die Kirche verlassen hatten.

Sein langes Gesicht mit dem sorgfältig gestutzten Bart war gerötet, ob vor Hitze oder Ärger, vermochte Katharina nicht abzuschätzen. Aber die Tonlage, mit der er sie ansprach, ließ auf Letzteres schließen.

„Herr van Westerburg, Herr Seger, ich bitte Euch auf ein Wort!"

Zu Katharina gewandt fügte er hinzu:

„Jungfer Katharina, seid auch Ihr gegrüßt. Bitte entschuldigt, dass ich Euch für einen kurzen Moment bitten muss, uns allein zu lassen."

Etwas irritiert sah sie ihren Vater an, der ihr kurz zunickte.

„Sei so gut und geh kurz zum Grab deiner Großeltern, Kind. Auf keinen Fall gehst du an einem Tag wie diesem allein nach Hause!"
Gehorsam wandte sie sich um und ging den schmalen Weg an der Kirchenmauer entlang bis zu der kleinen Pforte, die den Friedhof vom übrigen Areal abtrennte. Hier, hinter dem Gotteshaus, war es endlich ruhig und niemand hatte heute den Weg zu seinen Verstorbenen gefunden.
Zu bemerkenswert war der Tag bisher verlaufen als dass man es verpassen wollte, was nun vor der Kirche diskutiert wurde.
Katharina war ganz froh, dem Trubel zu entkommen, obgleich auch sie natürlich gerne gewusst hätte, was Pfarrer Hieronymus` Worte zu bedeuten hatten.
Bald hatte sie das Grab ihrer Großeltern erreicht und begann vorsichtig, das spärlich wachsende Unkraut zu entfernen, denn natürlich hatte es Tante Lijsbet übernommen, bei ihren täglichen Besuchen in der Kirche die Gräber zu pflegen.
Leider hatte Katharina ihre Großeltern nicht kennengelernt, da beide recht jung und kurz nacheinander verstorben waren. Ihre Mutter hatte gerade geheiratet und ihr Onkel, zwei Jahre älter als ihre Mutter, gerade seine Ausbildung bei einem befreundeten Kaufmann beendet, so dass er sein Erbe zwar recht unerfahren, aber doch nicht in zu jungen Jahren angetreten hatte.
Tante Lijsbet hatte offensichtlich in der letzten Zeit einige neue Blumen um die Gräber herum gepflanzt,

denn Katharina konnte sich nicht erinnern, dass bei ihrem letzten Besuch auf dem Friedhof ein derart buntes Durcheinander geherrscht hätte.
Vielleicht lag das aber auch daran, dass es schon eine Weile her war, seit sie die Gräber besucht hatte. Und immerhin war es gerade Sommer, da blühte und grünte es ohnehin überall.
Die beiden Gräber waren am äußeren Ende des Friedhofs gelegen, und hinter ihnen am Zaun wuchsen, im Halbschatten der Bäume, leuchtend blauviolette Rittersporstauden, von denen allerdings die meisten Pflanzen von einem silbrig glänzenden Belag befallen und schon nicht mehr ganz so ansehnlich waren. Der innere Kreis schien allerdings eine andere Sorte und völlig gesund zu sein, denn die dort wachsenden Pflanzen erstrahlten in voller Pracht mit tiefblauen, fast violetten Blüten, in direkter Nachbarschaft zu einem wunderschön blühenden Rosenstrauch mit kleinen rosafarbenen Blüten.
Zu dessen Füßen hatte Tante Lijsbet Leberblümchen gepflanzt, die aber ihre blaue Blütenpracht bereits an das Frühjahr verschenkt hatten.
Katharina musste unwillkürlich lächeln, denn das sah Tante Lijsbet ähnlich, galten doch die dreilappigen Blättchen als Symbol für die heilige Dreifaltigkeit. Unwillkürlich kamen ihr die Szenen aus der Kirche wieder in den Sinn und sie hoffte inständig, dass es ihrer Tante bereits besser ging.

Sicherlich war es nur eine kleine Schwäche, die der schlechten Luft in der Kirche geschuldet war, denn immerhin war ihr selbst auch ganz unwohl gewesen.
Sie richtete sich wieder auf und sprach ein kurzes Gebet.
„Welch hübscher Anblick in dieser düsteren Umgebung! Wenngleich die Rosen hinter Euch es fast mit Eurer Schönheit aufnehmen können!"
Katharina zuckte erschrocken zusammen und fuhr herum.
Simon stand lächelnd einige Schritte von ihr entfernt und musterte sie aufmerksam.
„Was wollt Ihr denn hier?"
Kaum hatte sie es ausgesprochen, ärgerte sie sich über sich selbst, denn was tat man schon auf einem Friedhof?!
Sicherlich hatte er das Grab seines Vaters besucht, so wie sie das ihrer Großeltern.
Und wenn sie sich noch vor einiger Zeit gewünscht hatte, ihn wiederzusehen, so war sie sich plötzlich ganz und gar nicht mehr sicher, ob das wirklich gut war.
Bei seinem Anblick hatte ihr Herz sofort wieder angefangen, heftig zu klopfen und das flaue Gefühl in ihrer Magengegend war auch wieder da.
Er war inzwischen näher gekommen und stand nun so dicht vor ihr, dass sie den amüsierten Ausdruck in seinen Augen sehen konnte.
„Eure Frage sagt mir, dass Euch der Besuch am Grab meines Vaters als Grund offensichtlich nicht ausreicht.

Würde es Euch glücklicher machen, wenn ich zugebe, Euch gefolgt zu sein?"
„Ihr seid mir gefolgt?"
„Das habe ich nicht gesagt. Ich sagte, wenn es Euch glücklich macht, dann nehmt das als Grund für meine Anwesenheit."
„Also, das ist doch...Wieso glaubt Ihr, es würde mich freuen, wenn Ihr mir folgt?"
„Ich sehe es in Euren Augen!"
Katharina schnappte empört nach Luft.
„Soso, ein Mann der Süßholz raspelt und in den Augen der Frauen liest. Wärt Ihr da nicht besser als Minnesänger oder Wahrsager auf dem Jahrmarkt aufgehoben?"
„Für Ersteres fehlt es mir eindeutig an Stimme, für Letzteres eher an den hellseherischen Fähigkeiten. Aber vielleicht sollte ich dessen ungeachtet über Euren Vorschlag nachdenken, wenn ich die Geschäfte meines Vaters hier in Köln abgewickelt habe."
Da war wieder der traurige Ausdruck in seinen Augen und sofort taten ihr ihre Worte leid.
„Nun, um über Eure Talente zu urteilen, bin ich nicht die Richtige, denn ich kenne Euch nicht. Aber sagt, wollt Ihr denn nicht in Köln bleiben und den Tuchhandel Eures Vaters weiterführen?"
„Nichts lieber als das, Jungfer Katharina. Nur müsste es dazu etwas geben, das ich weiterführen könnte."
„Ihr löst also den Handel auf und geht zurück nach Gent?"

Sie hatte aus den Gesprächen zwischen ihrem Onkel und ihrem Vater erfahren, dass Simon eigentlich in Flandern lebte und der Gedanke, er könnte dorthin zurückkehren, versetzte ihr einen schmerzhaften Stich.
„Auch das nicht, werte Jungfer. Denn ich werde auch den Handel in Flandern auflösen müssen, um alle Schulden meines Vaters zu begleichen."
Das war es also!
Er war gekommen, um sein Erbe anzutreten und nun gab es außer den Verbindlichkeiten nicht einmal die Aussicht, ganz klein neu anzufangen!
„Das tut mir leid, Herr Verbeek. Aber was wollt Ihr stattdessen tun?"
Sie wurde augenblicklich rot, als ihr bewusst wurde, was sie hier gerade tat. Sie fragte einen völlig Fremden nach seinen Plänen, die sie nun wirklich nichts angingen!
„Ihr interessiert Euch also doch für mich!"
Er hatte den kurzen Anflug von Bitterkeit offensichtlich überwunden, denn er sah sie schelmisch an.
„Nun, bliebe mir noch, mir eine reiche Kaufmannserbin zu suchen, die gewillt wäre, mich trotz meiner desolaten Finanzen und nur meiner unwiderstehlichen Ausstrahlung wegen zum Gemahl zu nehmen!"
„Da werdet Ihr in Köln sicherlich jemanden finden, der es zu schätzen weiß, was Ihr anzubieten habt!"
Sie ging auf seinen lockeren Ton ein, obwohl der Gedanke, dass er hier in Köln eine reiche Tochter oder Witwe freien würde, ihr ungewollt einen eifersüchtigen Stich versetzte.

Den Gedanken, dass sie selbst verlobt war, schob sie dabei ganz nach hinten in ihr Bewusstsein.
„Fällt Euch vielleicht jemand ein, der in Frage käme?"
Er trat noch dichter an sie heran und sah ihr in ihre schönen grünen Augen.
Sie konnte ihren Blick nicht abwenden, denn er schien sie mit seinem Blick gefangen zu halten.
„Wollt Ihr vielleicht..Ihr könnt doch nicht...", stammelte sie hilflos.
Er grinste sie an.
„Nicht, dass Ihr mich falsch versteht. Ich hatte dabei nicht unbedingt an Euch gedacht, denn auf die Dauer wärt Ihr wahrscheinlich doch eine etwas zu kostspielige Gemahlin für mich!"
„Zu...was?!"
Er trat einen kleinen Schritt zurück und deutete auf ihr Kleid, das beim Unkrautzupfen einen deutlich sichtbaren Fleck in Kniehöhe davon getragen hatte.
„Oh, verdammt!"
„Zwei Kleider in zwei Tagen! Eine ganz erkleckliche Ausbeute für jemanden mit Eurem Namen."
Wütend schaute sie ihn an.
„Was fällt Euch eigentlich ein! Erst folgt Ihr mir, dann zwingt Ihr mir ein Gespräch auf, um das ich Euch nicht gebeten habe, und zu guter Letzt beleidigt Ihr mich wieder!"
Sie schnappte empört nach Luft, aber eigentlich war sie mehr auf sich selbst wütend.
In der Gegenwart dieses Mannes fühlte sie sich irgendwie immer herausgefordert.

„Also um das klarzustellen: ich bin Euch nicht gefolgt, auch wenn Ihr das annehmt und ein Gespräch habe ich Euch auch nicht aufgezwungen. Man kann es doch schwerlich so nennen, wenn man auf Fragen seines Gegenübers antwortet! Und beleidigt hätte ich Euch nur, wenn ich mich über Euer Aussehen lustig gemacht hätte, was aber nicht so ist, denn Ihr seht wunderschön aus!"
Diese schlichte Feststellung ließ Katharina erröten und ein Blick in Simons Gesicht zeigte ihr, dass er es ernst meinte.
Sie spürte, wie ihr heiß wurde und sie errötete.
Wohin sollte diese Unterhaltung nur führen?
Simon machte ihr ganz unverhohlen Komplimente und wenn sie es nicht besser wüsste, würde sie glauben, er mache ihr den Hof.
Aber wusste sie es denn besser?
Immerhin hatte er ganz unverblümt darauf hingewiesen, dass er zur Lösung seiner finanziellen Probleme eine Eheschließung durchaus in Betracht zog.
Und dass sie als gute Partie galt, war ihm sicherlich auch schon zu Ohren gekommen.
Nur war sie bereits verlobt und auch wenn sie ihre Entscheidung noch nie so bereut hatte, wie hier in Gegenwart dieses Mannes, so machte es doch keinen Unterschied.
Und genau aus diesem Grund musste sie ihm hier und jetzt sagen, dass ..
„Katharina, wo...?"

Sie hörte ihren Vater rufen und im gleichen Moment bog er um die Ecke des Gotteshauses und blieb wie angewurzelt stehen.
„Herr Verbeek, was..."
Er kniff die Augen zusammen, denn der Anblick, der sich ihm bot, irritierte ihn.
Katharina und Simon standen viel zu dicht beisammen, als dass es noch schicklich gewesen wäre.
Zudem war ihr Kleid beschmutzt und ihr Gesicht gerötet und überhaupt schien sie ziemlich aufgewühlt zu sein..
Dieser Verbeek hingegen machte einen äußerst selbstgefälligen und zufriedenen Eindruck, und das gefiel ihm gar nicht.
„Katharina, was ist hier los? Ist dieser...dieser...ist er dir in irgendeiner Form zu nahe getreten?"
Wütend machte er einen Schritt auf Simon zu, so als wolle er ihn gleich am Wams packen.
Erst jetzt wurde Katharina bewusst, welchen Eindruck ihr Vater von der Situation gewonnen haben musste.
„Vater, nein, es ist...also wir haben nur...geredet. Herr Verbeek hat das Grab seines Vaters besucht und da haben wir uns zufällig getroffen."
Sie trat einen Schritt von Simon weg auf ihren Vater zu.
„Zufällig also?" Misstrauisch beäugte er seine Tochter.
„Ja, zufällig. Ihr habt mich doch selber hierher geschickt, weil Bürgermeister Rinck mit Euch sprechen wollte. Und dann war ich beim Unkrautzupfen wohl zu ungeschickt."
Sie deutete auf den Fleck auf ihrem Kleid.

Nun mischte sich auch Simon in das Gespräch ein.
„Es ist so, wie Eure Tochter sagt. Allerdings gebe ich zu, dass ich sie ansprach, ohne zu bedenken, dass ein zufälliger Betrachter die Situation vielleicht falsch verstehen könnte. Mir hätte bewusst sein müssen, dass eine ehrbare Jungfer nicht alleine mit einem Mann sein sollte, und sei es auch auf einem Friedhof. Eure Tochter war zu höflich, mich darauf hinzuweisen und so bitte ich Euch und auch Eure Tochter", er verbeugte sich höflich vor Katharina, „um Verzeihung, wenn ich damit ihrem Ruf geschadet haben sollte."
Dabei machte er ein so zerknirschtes Gesicht, dass Katharina sich das Lachen verbeißen musste.
Lügner! dachte sie. Nichts tat ihm leid und schon gar nicht, dass sie alleine gewesen waren!
Und sie hoffte, ihr Vater würde ihr nicht anmerken, dass ihr nach dieser Begegnung mehr als jemals zuvor bewusst geworden war, dass Simon in ihr Gefühle ausgelöst hatte, die sie zuvor nicht gekannt hatte.
Ihr Vater räusperte sich.
„Äh nun ja. Dann will ich es damit gut sein lassen, Herr Verbeek. Vielleicht bin ich auch heute nur etwas empfindlich. Ihr habt den alten Hieronymus gehört? Das hat uns alle... also, es hat uns alle schwer getroffen, was der Alte da...also was hier in Köln vor sich gehen soll."
„In der Tat, Herr van Westerburg, auch ich war schockiert über die Worte des Herrn Pfarrers, wenngleich ich diesen Eifer, den er an den Tag legt, nicht gutheißen kann. Da mag sich mach einer berufen

fühlen, das Recht in Gottes Namen in die eigenen Hände zu nehmen."
„Hm, da mögt ihr Recht haben, so habe ich es noch gar nicht betrachtet. Allerdings steht ja wohl außer Frage, dass man dieses sündige Tun im Keim ersticken muss, bevor es noch vormals unbescholtene Bürger anficht!"
„Das sehe ich auch so, allerdings müsste man zu diesem Zweck zunächst einmal die betreffenden Personen ausfindig machen, was nach dieser Predigt wohl nicht einfacher geworden sein dürfte. Immerhin sind die Sünder jetzt gewarnt."
„Auch das gilt es zu bedenken. Ich werde diese Einwände in der nächsten Ratssitzung zur Sprache bringen!"
Er rieb sich müde über die Augen.
„Entschuldigt uns nun, Herr Verbeek, wir müssen nach Hause und nach meiner Schwägerin sehen. Außerdem steht uns heute noch ein kleines Fest ins Haus."
Er bedachte seine Tochter mit einem stolzen Blick.
„Dann will ich Euch nicht aufhalten. Ich wünsche Euch einen schönen Tag und hoffe, es bleibt bei unserer Verabredung morgen?"
„Aber selbstverständlich, Herr Verbeek!"
Anscheinend hatte er seinen Groll bereits vergessen, denn er schlug Simon zum Abschied auf die Schulter. Dann bedeutete er Katharina, ihm zu folgen, und als sie sich verstohlen noch einmal umblickte, sah sie, dass Simon noch immer an der gleichen Stelle stand und ihr einen eigentümlichen Blick hinterherschickte.

11

Katharina betrat das Kontor ihres Vaters und wartete, bis er von seinen Papieren zu ihr aufsah.
„Vater, Ihr habt mich rufen lassen?"
„Ja mein Kind, setz dich bitte. Ich muss dich um einen Gefallen bitten."
Neugierig sah sie ihren Vater an, der nach dem gestrigen Abend, als man ihre Verlobung mit Herrn Lenhart in kleinstem Kreise mit Onkel und Tante gefeiert hatte, noch müde wirkte.
Ihre Tante war bereits bei ihrem Eintreffen wieder wohl auf gewesen und hatte ihre Unpässlichkeit mit der schlechten Luft in der Kirche entschuldigt.
Dass sie sicherlich auch von den Worten des Pfarrers entsetzt gewesen war, erwähnte sie mit keinem Wort. Wahrscheinlich war ihr schon der Gedanke an die angeprangerten Vorgänge derart zuwider, dass sie darüber auf keinen Fall reden wollte.
Die Verlobungsfeier im kleinen Kreis hatte also wie geplant stattfinden können und zu Katharinas Beruhigung war der Abend sehr harmonisch verlaufen.
Katharina hatte zum ersten Mal Gelegenheit gehabt, sich länger mit ihrem zukünftigen Ehegatten zu unterhalten und wollte das Beste aus der Situation machen, denn immerhin würden sie bald vermählt sein.

So erfuhr sie, dass Lenhart erst vor kurzem nach Köln
gekommen war, um hier den Tuchhandel seines Vaters
zu etablieren und ihn aufgrund der verkehrsgünstigen
Lage am Rhein um andere Handelsgüter wie Gewürze
und vielleicht Eisen zu erweitern, die hier mitunter
durch das Stapelprivileg günstig zu bekommen waren.
Wie anders waren doch seine Aussichten verglichen
mit denen Simons!
Und wie Katharina bereits am ersten Abend festgestellt
hatte, war ihr zukünftiger Gemahl überaus höflich und
durchaus an ihrer Meinung zu den verschiedenen
Themen interessiert, die sich fast ausschließlich um den
Handel in Köln drehten.
Er war sehr aufmerksam und sorgte dafür, dass ihr
kostbarer Weinkelch nie leer war.
Allerdings war er, wie bereits am Abend zuvor, darauf
bedacht, sie dabei so wenig wie möglich zu berühren,
was Katharina seiner Schüchternheit zuschrieb.
Immerhin musste die Situation für ihn ähnlich
ungewohnt sein wie für sie auch
Als der Abend zu Ende ging, hatte Onkel Johann
seinen Arm um Lenhart gelegt und ihm nochmals zu
der guten Partie gratuliert, die Katharina war. Dann
hatte er sich mit Tante Lijsbet und Lenhart im Arm
verabschiedet und zusammen waren sie den Heimweg
angetreten.

„Katharina, du musst mir aus einer misslichen Lage
helfen." Ihr Vater riss sie aus ihren Gedanken.

Das amüsierte sie nun doch, denn in missliche Lagen zu geraten war bisher immer ihr vorbehalten gewesen. „Ich habe Herrn Verbeek zugesagt, dass ich ihn heute am frühen Nachmittag in seinem Kontor treffen würde, um seinen Bestand an Stoffen anzusehen, den er zu veräußern gedenkt. Leider kam gerade ein Bote und beorderte mich für diese Zeit in den Rat. Es wurde wohl kurzfristig eine außerordentliche Zusammenkunft anberaumt wegen gestern, na, du weißt schon, wegen der Vorgänge in Köln, die Pfarrer Hieronymus angeprangert hat. Man hat wohl inzwischen einen Toten gefunden, der irgendwie...damit...in Verbindung gebracht werden kann. Leider kann ich Herrn Verbeek auch vorher nicht aufsuchen, denn ich habe noch wichtige Vorbereitungen hinsichtlich deiner offiziellen Verlobung zu treffen. Da die Feier ja im Gürzenich stattfinden soll, muss ich noch eine entsprechende Vereinbarung mit dem Rat aushandeln. Gott sei Dank kümmert sich deine Mutter um die Einladungen und die Bewirtung. Da könntest du ihr übrigens zur Hand gehen..."

Er unterbrach sich.

„Also, worum ich dich bitten möchte ist, dass du an meiner Stelle zu Herrn Verbeek gehst und die Stoffe bemusterst. Du hast inzwischen genug gelernt, dass ich dich damit betrauen kann. Mir ist daran gelegen, dass er nicht den Eindruck gewinnt, wir würden ihn mit seiner unangenehmen Situation alleine lassen. Innerhalb der Kaufmannschaft ist es ein

ungeschriebenes Gesetz, dass wir uns unterstützen, wenn einer von uns in wirtschaftliche Schieflage gerät."
„Dann stimmen also die Gerüchte?"
„Es scheint sogar noch schlimmer zu sein, als man gemeinhin vermutet. Er hat mir gestanden, dass das Geschäft seines Vaters bankrott ist und er den Tuchhandel zur Gänze aufgeben muss."
„Oh..."
Katharina errötete als sie daran dachte, was ihre unbedachten Worte vom Vortag bei Simon ausgelöst haben mussten.
Ganz sicher war er ein stolzer Mann und vermutlich hatte sie ihn tiefer verletzt als sie es geahnt hatte. Zusammen mit den widersprüchlichen Gefühlen, die er in ihr ausgelöst hatte, war das sicherlich ein Grund, sich vor dieser Aufgabe zu drücken.
„Vater, schickt es sich denn, wenn ich im Kontor mit Herrn Verbeek die Verhandlungen führe? Du hast gestern auf dem Friedhof doch gemeint, dass es unschicklich ist, wenn...also, wenn wir zusammen...Ich meine, ich bin jetzt verlobt und Herr Lenhart..."
Verlegen brach Katharina ab.
„Mein gutes Kind, seit wann interessiert es dich denn, ob sich etwas schickt oder nicht?" Amüsiert blickte Arndt seine Tochter an.
„So, wie ich es gestern mitbekommen habe, hat Herr Lenart durchaus Gefallen daran gefunden, dass du dich so anstellig zeigst, was sein Geschäft angeht. Er wird also nichts dagegen haben, dass du dich auf

diesem Gebiet betätigst, der Himmel weiß, warum. Ich persönlich halte ja nichts davon, dass Frauen..."
„Also Vater, das ist nicht gerecht. Es gibt durchaus in Köln erfolgreiche Geschäftsfrauen, die ihren Tuchhandel alleine führen!" Empört sah sie ihren Vater an.
Arndt van Westerburg schnaubte missbilligend.
„Kind, nicht alles, was die Menschen auf Gottes Erdboden treiben, muss dem Herrn auch gefallen! Die Aufgabe einer Frau ist..."
Bevor ihr Vater sich in Rage reden konnte unterbrach Katharina ihn lieber.
„Ich gehe also zu Herrn Verbeek und sehe mir die Stoffe an!"
Trotz der Angst, Simon könnte ihr ihre Worte nachtragen, verspürte sie bei der Aussicht, ihn wiederzusehen, ein deutliches Kribbeln in der Magengegend.
„Äh ja. Dann wäre das ja geklärt. Und nimm Katlin mit, dann bist du nicht alleine mit Herrn Verbeek und Herr Lenhart wird nichts gegen diesen Besuch einzuwenden haben."

Ihr Vater hatte kurz darauf das Haus verlassen und Katharina versuchte, ihre Nervosität vor dem Wiedersehen mit Simon einigermaßen im Zaum zu halten, indem sie ihrer Mutter zur Hand ging.
Zuerst erstellten sie eine Liste, welche Gäste bereits zur Verlobung geladen würden und Katharina fühlte sich angesichts der Tatsache, dass dieser erlauchte Kreis zur

eigentlichen Hochzeit noch einmal erweitert werden würde, bereits jetzt unwohl.
Ihr lag nichts daran, derart in den Mittelpunkt gerückt zu werden, allerdings ließ der gesellschaftliche Stand der Familie van Westerburg auch nicht zu, dass derartige Feierlichkeiten in kleinem Rahmen abliefen. Zu sehr mussten geschäftliche Interessen berücksichtigt werden und so fand sich mancher Name auf der Liste, der Katharina gar nicht geläufig war.
Die Anzahl der Gäste machte es überdies erforderlich, dass weiteres Personal eingestellt werden musste, es wurde festgelegt, mit welchen Speisen man die erlauchten Gäste zu bewirten gedachte und eine Lieferung besten Rheinweins musste ebenso geordert werden.
Bald schwirrte Katharina der Kopf derart, dass sie froh war, sich bei ihrer Mutter entschuldigen und das Haus verlassen zu können.
Sie rief Katlin und legte sich ihren Umhang aus feiner Wolle um die Schultern, der eigentlich für die Jahreszeit zu warm war, aber sie war derart in Gedanken, dass ihr das gar nicht auffiel.
Ihr Haar hatte sie zu einem Zopf geflochten, der ihr fast bis zu Taille reichte, doch schon auf dem Weg zum Haus der Verbeeks ärgerte sie sich darüber, kein Tuch umgelegt zu haben. Leider hatte inzwischen der Himmel wieder seine sommerlichen Schleusen geöffnet und ein heftiger Regenguss ging auf Köln nieder.
Und obwohl der Weg nicht allzu weit war, reichte die kurze Zeit aus, um sie ziemlich zu durchnässen.

Den Gedanken, zurückzugehen, verwarf sie trotzig. Schließlich spielte es doch wohl keine Rolle, wie sie aussah.
Sie hatte ein Geschäft für ihren Vater abzuwickeln und sonst nichts.
Und so klopfte sie dann auch entschlossen an die Tür und wurde von der jungen Magd, die geöffnet hatte, zu Simons Kontor geführt.
Etwas konsterniert stellte Katharina auf dem Weg dorthin fest, dass sie wohl noch nie eine derart schmucklose Halle gesehen hatte. Das war sehr ungewöhnlich für einen Kaufmannshaushalt, denn immerhin war die Halle doch so etwas wie ein Aushängeschild für ihren Besitzer.
Dann musste es wohl wirklich sehr schlecht um Simons Geschäft stehen, wenn schon alles von Wert veräußert war!
Die Tür zum Kontor wurde von innen geöffnet und sie stand unversehens dem Mann gegenüber, der ihre Gedanken seit einiger Zeit so durcheinander brachte.
Sein dunkles schulterlanges Haar hatte er zu einem Zopf gebunden und jeder Zoll seines Körpers strahlte eine Männlichkeit aus, die Katharina schwindeln ließ.
Als er erkannte, wer da vor ihm stand, trat ein überraschter Ausdruck in seine Augen.
„Jungfer Katharina, was wollt Ihr denn hier?"
Kaum hatte er die Worte ausgesprochen, als ihm bewusst wurde, wie unhöflich sie in Katharinas Ohren klingen mussten. Und so fügte er schnell hinzu:

„Verzeiht, aber ich….also ich hatte mit Eurem Vater gerechnet."
Kurz runzelte er die Stirn, dann glaubte er den Grund dafür erkannt zu haben, weshalb Katharina anstelle ihres Vaters vor ihm stand.
Eine Mischung aus Unverständnis und Enttäuschung überkam ihn und seine Stimme bekam einen ungehaltenen Klang.
„Dann trägt Euer Vater mir den gestrigen Tag doch nach?! Also Ihr hättet Euch nicht selbst hierher bemühen müssen, um mir mitzuteilen, dass er kein Interesse an meinen Stoffen hat. Dazu hätte wahrlich eine kurze Nachricht durch einen Boten gereicht. Sicherlich habt Ihr Besseres zu tun als..."
„Herr Verbeek, wenn Ihr mich bitte auch mal zu Wort kommen lassen wolltet, könnte ich Euch sagen, dass er sehr wohl Interesse an Euren Tuchen hat, nur leider persönlich verhindert ist. Daher hat er mich geschickt, um mir die Stoffe anzusehen und Euch einen Preis zu nennen."
„Er hat Euch geschickt?"
Ungläubig sah er Katharina an.
„Was ist denn daran so ungewöhnlich? Gehört Ihr etwa auch zu den Exemplaren Eurer Gattung, die einer Frau nur zutrauen, den heimischen Haushalt zu führen? Dann muss ich Euch enttäuschen, denn gerade das gehört nicht zu meinen Tugenden! Da Ihr lange nicht in Köln wart, wisst Ihr vielleicht nicht, dass es hier sehr erfolgreiche Tuchhändlerinnen gibt, die ihr Geschäft auf eigene Rechnung führen."

Vorsichtshalber ließ sie diese Aussage so stehen, obwohl sie wusste, dass ihr Vater sie niemals hätte sein Geschäft führen lassen und dass es für sie schon ein großes Entgegenkommen bedeutete, dass er sie überhaupt mit dieser Aufgabe betraut hatte.
Sie kniff die Augen leicht zusammen.
„Falls Ihr allerdings vorzieht, mit meinem Vater persönlich über die Stoffe zu verhandeln, so müsst Ihr Euch wohl gedulden. Er befindet sich in einer Ratssitzung und das kann dauern!"
Wütend drehte sie sich um und ging zur Tür.
Mit ein paar schnellen Schritten war er bei ihr und hielt sie am Arm fest.
„Ich wollte Euch nicht kränken, Jungfer Katharina. Es ist nur...ich...also Ihr habt auf mich nicht unbedingt den Eindruck gemacht, als würdet Ihr Euch für langweilige Geschäftsverhandlungen interessieren!"
Sie drehte sich zu ihm und und funkelte ihn an.
Dabei ignorierte sie das Prickeln, das sich bei seiner Berührung langsam in ihrem Körper ausbreitete.
„Ach, das ist ja interessant! Welchen Eindruck habe ich denn dann auf Euch gemacht?"
„Welchen wolltet Ihr denn auf mich machen?" Er grinste sie nun frech an.
„Also das ist...Ihr seid..."
War es seine Nähe, die sie so aus dem Konzept brachte oder doch eher seine Unverschämtheit?
„Ich habe es nicht nötig, überhaupt irgendeinen Eindruck auf Euch zu machen. Wir kennen uns nicht

und daher ist es mir vollkommen egal, was Ihr über mich denkt!"
Sie wusste in dem Moment, als sie es gesagt hatte, dass es ihr ganz und gar nicht egal war, was er von ihr hielt.
„Und nun wäre es sehr nett von Euch, wenn Ihr mich loslassen würdet, damit ich meinem Vater sagen kann, dass Ihr nur mit ihm persönlich verhandeln wollt!"
Er hatte gar nicht bemerkt, dass er noch immer ihren Arm festhielt.
Er räusperte sich und ließ sie augenblicklich los.
„Verzeiht, wenn ich Euch zu nahe getreten bin, Jungfer Katharina. Schreibt es meinem ungeübten Umgang im Hinblick auf schöne Frauen zu, wenn ich Euch verletzt habe. Ihr würdet mir allerdings einen großen Gefallen rweisen, wenn Ihr Euch die Stoffe ansehen würdet. Wenn Euer Vater auf Euer Urteil vertraut, will ich es selbstverständlich auch tun. Vielleicht hat Euer Vater Euch schon darüber unterrichtet, dass der Verkauf der Tuche eilt?"
Aus seiner Stimme war jeglicher Spott verschwunden und stattdessen schlug er nun einen geschäftsmäßigen Ton an.
Erst jetzt wurde beiden bewusst, dass sie immer noch in der Halle standen und sowohl Katlin als auch Clara ihre Unterhaltung mit großen Augen verfolgt hatten.
„Clara, geh in die Küche und sag Trin, sie soll rasch etwas heißen Würzwein bringen."
Erst jetzt fiel ihm auf, dass Katharinas Umhang ziemlich durchnässt war und sie bereits fröstelte.

Er nahm ihn ihr ab und als sich dabei wie zufällig ihre Hände berührten, weil Katharina ebenfalls an die goldenen Fibel griff, die den Umhang zusammenhielt, durchfuhr ihn ein wohliger Schauer.
Viel zu kurz war der Moment für seinen Geschmack, denn Katharina zog ihre Hand so schnell zurück, als hätte sie sich verbrannt.
„Katlin, du kannst mit Clara gehen, ich brauche dich im Moment nicht!"
Katharinas Stimme klang heiser, denn auch sie hatte die zufällige Berührung durcheinander gebracht.
„Aber Jungfer Katharina, ich...Euer Vater..."
Katharina sah sie streng an.
„Du kannst uns wirklich alleine lassen. Herr Verbeek wird mir schon nicht zu nahe treten! Und es scheint mir auch nicht so, als sei der Höllenfürst hier zu Gast, so dass ich deinen Schadenszauber benötigen würde!"
Bei diesen Worten musste Simon an ihre erste Begegnung denken und konnte sich ein Schmunzeln gerade noch so verkneifen.
„Sei unbesorgt, Katlin, der Ruf deiner Herrin wird bei mir keinen Schaden nehmen!"
Während Simon das sagte, schaute er Katharina tief in die Augen und sie fühlte, neben einem dicken Kloß im Hals, auch ein eigentümliches Bedauern darüber, dass er seine Worte auch so meinen könnte.
Entsetzt über ihre eigenen Gefühle drehte sie sich abrupt um und ging vor Simon ins Kontor.
Sie war verlobt!

Was dachte sie sich nur dabei, ihre Gedanken in derartige Bahnen zu lenken?
Sie hatte sich für ein Leben an Lenharts Seite entschieden und das versprach ihr eine sichere Zukunft.
Aber hatte wirklich sie entschieden, oder hatte sie vielmehr den Wünschen der Eltern entsprochen?
Und wenn schon, es änderte nichts an der Tatsache, dass sie Lenhart heiraten und ein ruhiges Leben als seine Gemahlin führen würde.
Und warum stellte ausgerechnet dieser Simon, den sie doch gar nicht kannte, ihre Entscheidung so sehr auf die Probe?
Tief in ihrem Inneren kannte sie die Antwort und das verunsicherte sie so sehr, dass sie sich zwingen musste, ihre Gedanken auf die Tuchballen zu konzentrieren, die ordentlich aufgestapelt vor ihr lagen.
Simon beobachtete sie dabei, wie sie, an der Unterlippe nagend, die Tuche sorgfältig musterte, den einen oder anderen Stoff prüfend in ihre schmalen Hände nahm und gelegentlich auch etwas davon aufrollte, wohl um zu erkennen, ob Webfehler oder andere Makel zu erkennen waren.
Er hatte den Eindruck, dass in den letzten Minuten irgendetwas in ihren Gedanken vorging, das sie ratlos machte.
Allerdings schien es nichts mit seinen Stoffen zu tun zu haben, denn sie bewegte sich konzentriert und durchaus fachmännisch zwischen den Tuchballen.

Clara hatte inzwischen den Wein gebracht und er goss ihr etwas davon in einen Becher aus Zinn, den er ihr reichte.

„Nun, Jungfer Katharina, gefällt Euch, was Ihr seht?"

Sie drehte sich zu ihm um und nahm den Becher entgegen.

Dabei zitterte ihre Hand unmerklich, und als sie zu ihm aufsah, lief ihm ein Schauer des Begehrens über die Haut.

Was er in ihrem schönen Gesicht und den grünen Augen las, ließ sein Herz schneller schlagen.

War es möglich, dass sie ähnliche Gefühle für ihn hegte wie er für sie?

Die klare Erkenntnis, dass er sich in diese Frau verliebt hatte, war ihm in dem Moment gekommen, als er sie gerade beobachtet hatte.

Es war diese ungewöhnliche Ausstrahlung, die ihn faszinierte. Ihre Schönheit, derer sie sich gar nicht bewusst zu sein schien, ihre stolze Haltung und gleichzeitig ihre Verletzlichkeit. Ihre Art, ihn immer wieder herauszufordern.

„Ich...ja, mir gefällt, was ich sehe."

Katharinas Stimme klang belegt und sie nahm schnell einen Schluck, um ihre Verlegenheit zu überspielen.

Als sie wieder aufsah, blickte sie direkt in seine braunen Augen, die immer noch auf ihr ruhten und der Blick, mit dem er sie ansah, ließ ihre Knie weich werden.

Ihr Herz schlug ihr bis in den Hals.

„Und was gefällt Euch besonders gut? "

Seine Stimme war heiser und dunkel und sein Blick hielt sie gefangen, als er einen Schritt auf sie zumachte.
„Ja...also..." Ihre Stimme klang in ihren Ohren fremd und kratzig.
„Was genau?"
Hilflos ließ sie es geschehen, dass er ihr den Becher abnahm und ihr wurde bewusst, dass sich das Gespräch plötzlich nicht mehr um die Tuche drehte.
„Die...das ...also..."
Er stand nun so dicht vor ihr, dass sie die Wärme, die von seinem Körper ausging, deutlich spüren konnte.
„Katharina, ich..."
Noch bevor er weitersprechen konnte, flog die Tür auf.
„Simon, ich...oh, ich wollte nicht stören!"
Cristine stand in der Tür und ihre Haltung strafte ihre Worte Lügen.
Simon räusperte sich und trat einen Schritt zurück.
„Ihr stört nicht, Cristine. Jungfer Katharina van Westerburg ist im Auftrag ihres Vaters hier, um mir ein Angebot für die restlichen Stoffe zu machen."
Seinem ärgerlichen Tonfall war zu entnehmen, dass er ihre Anwesenheit durchaus als Störung empfand.
Cristine erfasste die Situation mit einem Blick und musterte Katharina abschätzend.
„Soso, Jungfer Katharina. Ich darf Euch doch so nennen? Ihr versucht Euch also im Tuchhandel?"
Cristine zog spöttisch die Augenbrauen hoch.
Katharina war noch zu aufgewühlt, um gleich darauf zu reagieren und so war sie froh, als Simon einen weiteren Schritt zurücktrat.

„Jungfer Katharina, darf ich Euch die Frau meines verstorbenen Vaters vorstellen? Cristine Verbeek."
Katharinas Herz klopfte immer noch heftig, aber sie hatte sich äußerlich wieder vollkommen in der Gewalt und so neigte sie nur ganz leicht den Kopf.
„Frau Verbeek, ich freue mich, Euch einmal persönlich kennenzulernen. Ja, Ihr habt ganz recht, ich versuche mich bisweilen in den Geschäften meines Vaters. Wie ich hörte, liegen Eure Talente auf ganz anderen Gebieten?"
Ihre Stimme hatte einen harmlosen Klang, aber Cristine sog scharf die Luft ein.
„Jeder muss sich auf das besinnen, was seine Stärken sind, nicht wahr, Jungfer? Eure Vorteile…", dabei sah sie Katharina abschätzend an, „liegen wohl eher nicht im häuslichen Bereich!"
Katharina ärgerte sich plötzlich über sich selbst. Wie hatte sie sich nur so hinreißen lassen können? Immerhin war sie Gast im Hause Verbeek und diese Cristine war die Dame dieses Hauses! Ihre Worte waren mehr als unhöflich gewesen und daher schluckte sie ihren Ärger hinunter.
„Auch damit werdet Ihr wohl Recht haben, Frau Verbeek. Wenn Ihr mich jetzt bitte noch einen letzten Blick auf die Stoffe werfen lassen würdet, könnte ich Herrn Verbeek gleich ein Angebot unterbreiten."
Und möglichst schnell von hier verschwinden, fügte sie in Gedanken hinzu.
Sie schämte sich vor sich selbst, denn wenn Cristine nicht plötzlich erschienen wäre, dann…

Sie wurde rot bei dem Gedanken und wandte sich schnell den Stoffen zu, damit niemand ihr Gefühlschaos erkennen würde.
Sie hörte, wie Cristine zur Tür ging, dann aber offenbar noch einmal stehenblieb.
„Simon, wenn du hier fertig bist, komm doch bitte gleich in meine Kammer. Ich muss mit dir… reden!"
Katharina zuckte bei der Betonung des letzten Wortes zusammen.
So, wie Frau Cristine es ausgesprochen hatte, diente das Treffen wohl eher nicht der Unterhaltung.
Konnte es sein, dass Simon und Cristine…?
Wie hatte sie so dumm sein können, zu glauben, dass er ungebunden war?
Es wäre zwar ungewöhnlich, wenn er und seine…Stiefmutter…
Aber ungesetzlich war es wohl nicht, jedenfalls fiel ihr nichts ein, was einer Beziehung der beiden im Wege stehen würde, da sie ja nicht blutsverwandt waren.
Und warum hatte sie das törichte Gefühl gehabt, dass Simon mehr für sie empfinden könnte?
Ganz offensichtlich war sie nur eine einfältige Jungfer, die empfänglich für Komplimente war.
Aber das spielte ohnehin gar keine Rolle, denn sie war verlobt und selbst wenn sie es nicht gewesen wäre, und Simon ungebunden wäre, hätte ihr Vater einer Verbindung mit dem mittellosen Simon niemals zugestimmt!
Angesichts dieser schmerzlichen Erkenntnis traten ihr Tränen in die Augen.

Ihr Leben, das bis vor wenigen Tagen so vorher bestimmt gewesen war, war plötzlich aus den Fugen geraten und sie wusste nicht, wie sie damit umgehen sollte.
Sie schrak zusammen als Simon sie sanft bei den Armen nahm und zu sich herumdrehte.
„Katharina, ich..."
Als er die Tränen in ihren Augen sah, fügte er überrascht hinzu:
„Cristine hat Euch mit ihren Worten verletzt, nicht wahr? Dazu hatte sie kein Recht."
Er strich ihr sanft eine Strähne aus dem Gesicht und wischte behutsam mit seinem Daumen eine Träne fort.
„Es ist nicht wegen Frau Cristine. Nicht nur. Ich…", schluchzte sie und bemühte sich angestrengt, ihre Fassung zu bewahren.
Seine Berührung hatte ihr die Hoffnungslosigkeit ihrer Lage deutlicher vor Augen geführt, als es Worte jemals gekonnt hätten.
„Weswegen dann, Katharina?"
Seine Stimme war nunmehr fast nur noch ein Flüstern und seine Augen funkelten voller Verlangen als er sich zu ihr beugte und sie durchdringend ansah.
„Weswegen dann, Katharina?"
Als sie sich hilflos wegdrehen wollte, faste er sie sanft unter das Kinn und zwang sie so, ihn anzusehen.
Ganz behutsam nahm er sie dann bei den Schultern und drehte sie von dem Tuchballen weg, vor dem sie gestanden hatte, und der ein Zurückweichen verhindert hätte.

„Du kannst jederzeit gehen, Katharina. Ich werde dich nicht aufhalten, wenn du nicht willst", flüsterte er heiser in ihr Ohr und eine Gänsehaut lief ihr den Rücken hinunter.
Als sie sich nicht rührte, beugt er sich ganz langsam zu ihr herunter und berührte ihre Lippen mit den seinen, zuerst ganz sanft, um ihre Reaktion abzuwarten, und dann, als sie nicht zurückwich, wurde er mutiger und ließ seine Zunge sanft um Einlass bitten.
Er hatte sie inzwischen behutsam bei den Armen genommen und streichelte mit seinem Daumen ihr Schlüsselbein entlang bis zum Halsansatz.
Seine Berührungen ließen sie schaudern und bereitwillig öffnete sie ihre Lippen, um seinen Kuss zu erwidern.
Ihr Herz klopfte unregelmäßig und durch sein dünnes Hemd konnte sie spüren, dass es ihm nicht anders erging.
Sie hatte jeden Gedanken an morgen vergessen, wollte nur diesen einen Moment auskosten und ihn dann für immer in ihrem Herzen verschließen, wie einen kostbaren Schatz.
Sie keuchte als er seine Lippen von den ihren löste und stattdessen ihren Hals liebkoste.
„Simon nicht, ich..."
Mit dem letzten Rest Beherrschung schob sie ihn von sich.
„Willst du etwa nicht, dass ich dich küsse? Denk daran, du kannst jederzeit gehen!"

Schon wieder beugte er sich über sie und begann, an ihrem Ohrläppchen zu knabbern.
„Ich…", flüsterte sie, ebenso erregt wie er, „ ich kann nicht, Simon. Es ist nicht recht, wir dürfen nicht..."
Sie konnte seine Nähe keine Sekunde länger ertragen, hatte Angst, dass sie sich vergessen könnte. Heftiger als sie es wollte, stieß sie ihn von sich.
„Simon, es geht nicht darum, was ich will. Ich..."
Sie schluckte und als sie seinen verständnislosen Blick sah, spürte sie eine Verzweiflung, die ihr den Atem raubte.
„Ich bin verlobt!"

12

„Meine Herren, bitte! Ich bitte um Ruhe!"
Bürgermeister Hermann Rinck hatte sich von seinem Platz erhoben und bat die anwesenden Ratsherren mit einer Handbewegung um Ruhe.
Er wischte sich den Schweiß von der Stirn, denn in dem Saal, in dem die Versammlung der Ratsherren stattfand, war es aufgrund der äußeren Temperaturen und der zahlreich erschienenen Mitglieder mehr als stickig.
Zwar hatten nicht alle Ratsmitglieder der Einladung zu dieser außerordentlichen Sitzung Folge leisten können, denn nicht Wenige nutzten diese Jahreszeit, um dringende Reisen zu Handelspartnern zu

unternehmen. Dennoch waren etwa drei Dutzend Personen anwesend.

„Meine Herren, ich habe Euch heute hierher gebeten, weil ich es nach der gestrigen Predigt unseres geschätzten Pfarrers Hieronymus für notwendig erachte, dass wir in dieser, äh, Angelegenheit etwas unternehmen."

Erneut wischte er sich über die Stirn während aus seiner Zuhörerschaft zustimmendes Gemurmel erklang.

„Wir können es nicht zulassen, dass solche... Anschuldigungen!...Unfrieden und Zwist in die Stadt Köln tragen!"

„Da habt Ihr vollkommen recht, ehrenwerter Herr Bürgermeister!" Godart van dem Wasservasse, ein erfolgreicher Transithändler, der sein nicht unerhebliches Vermögen mit der Vermittlung von Waren und Geschäftsabschlüssen verdiente, war empört aufgesprungen.

„Wo kommen wir denn hin, wenn plötzlich jeder jeden misstrauisch beäugt? Nach den Gerüchten, und ich betone: Gerüchte!, meine Herren, die der alte Hieronymus da gestern geäußert hat, müsste halb Köln", er hielt inne und sah sich in der Runde um, „nein, ganz Köln! ein Sündenpfuhl sein, werte Freunde!"

Er erntete ein paar Lacher ob seiner Rage, aber einige Ratsherren sahen sich auch betreten an, wohl wissend, dass die Situation eigentlich zu ernst war, um sich darüber lustig zu machen.

Hermann Rinck schien ebenso zu denken, denn er schlug mit der Faust auf den Tisch und donnerte: „Ruhe!"
An Godart van dem Wasservasse gewandt, sagte er mit mühsam unterdrücktem Zorn:
„Sehr verehrter Herr van dem Wasservasse! Ich glaube nicht, dass Spott die richtige Antwort auf die Anschuldigung ist, die unser Herr Pfarrer da vorgebracht hat! Wenn auch nur ein Fünkchen Wahrheit in dem steckt, was wir da gestern gehört haben, ist es unsere Pflicht, der Verbreitung der Sünde Einhalt zu gebieten und so unsere braven Bürger vor der Versuchung zu bewahren! Zumal es Anhaltspunkte dafür gibt, dass es im Zusammenhang mit diesen abscheulichen Vorwürfen ein erstes Todesopfer geben könnte!"
Verblüfft sahen sich die Ratsherren an und wieder entstand eine Unruhe, die sich diesmal aber nicht so schnell legen wollte.
„Wie kann das sein?"
„Wer ist es denn?"
„Wieso soll der Tote etwas damit zu tun haben?"
Aufgeregt und entsetzt begannen die Männer zu diskutieren, einige waren aufgesprungen und redeten auf ihre Nachbarn ein, während andere nur fassungslos vor sich hin stierten.
„Ruhe, so gebt doch Ruhe, meine Herren! Ich will es Euch ja erklären, wenn Ihr mich nur zu Wort kommen lassen würdet!"
Herman Rinck versuchte, sich Gehör zu verschaffen.

„Herrgott, Hennes, öffne die Fenster, man bekommt ja keine Luft!", wies er den Gerichtsdiener an, der unauffällig in einer Ecke des Saales auf Befehle wartete. Dann ließ er seinen Weinkelch, den er glücklicherweise zuvor schon geleert hatte, mit Schwung auf den Tisch krachen, um sich erneut der Aufmerksamkeit der Anwesenden zu versichern.
Tatsächlich verstummten die Gespräche abrupt.
„Ich kann noch nicht alle Eure Fragen abschließend beantworten, aber ich will so gut wie möglich versuchen, Euch über die Vorgänge der vergangenen Tage in Kenntnis zu setzen."
Er wies Hennes an, seinen Becher erneut zu füllen.
„Meine Herren, wie ich heute erfahren habe, hat die Leichenschau bei dem Toten, den man vor einigen Tagen in einer kleinen Gasse am Rheinufer gefunden hat, ergeben, dass dieser wohl vergiftet wurde. Außerdem scheinen...äh...also es gibt an seinen Körper Spuren, die nahelegen, dass er zu der Sorte Männer gehört, die...äh also zu den Sodomitern!"
Eine leichte Röte überzog seine Gesichtshaut, die nicht von seinem Bart verdeckt wurde.
Der Medicus, den man hinzugezogen hatte, weil die Auffindesituation ein Verbrechen vermuten ließ, hatte bei der Leichenschau Verletzungen in einem Bereich des Körpers festgestellt, die nur diesen einen Schluss zuließen.
„Ich bitte Euch, mir Einzelheiten zu ersparen, werte Herren, nur soviel, dass es eindeutig ist, was die Untersuchung des Toten ergab. Bei diesem handelt es

sich um den jungen Matthis Wefers, der einigen von
Euch sicherlich als anstelliger Gehilfe in allen Belangen,
die der Handel so mit sich bringt, bekannt sein dürfte."
Wieder ging ein Raunen durch die Zuhörer, und nicht
wenige machten ihrem Entsetzen lauthals Luft, denn
der junge Mann war in der Tat vielen von ihnen
bekannt, da er durch seine weitreichenden Kontakte in
die Kölner Kaufmannschaft schon des Öfteren den ein
oder anderen Handel eingefädelt hatte.
Arndt van Westerburg war ebenfalls bestürzt darüber,
dass der junge Matthis tot sein sollte, denn er hatte
auch für ihn und seinen Schwager schon das ein oder
andere Geschäft arrangiert.
Er blickte zu seinem Schwager hinüber, der ihm
gegenüber saß und sah, dass dieser aschfahl im Gesicht
war und übermäßig schwitzte, was trotz der geöffneten
Fenster angesichts der im Saal herrschenden
Temperaturen kein Wunder war.
Auch einige andere Ratsherren hatten inzwischen
begonnen, sich mit ihren Baretten oder einfach nur der
flachen Hand Luft zuzufächeln.
„Meine Herren, wie ich feststelle, ist es in aller
Interesse, wenn ich die heutige Sitzung so kurz wie
möglich halte, darum lasst mich bitte fortfahren."
Hermann Rinck begann erneut zu sprechen, allerdings
war auch er unterdessen nass geschwitzt und erweckte
den Eindruck, als wolle er so schnell wie möglich aus
dem Sitzungssaal und vor diesem Thema davoneilen.
„Somit, werte Herren, haben wir ein weiteres Problem.
Es gilt nunmehr nicht nur, die Sodomiter ihrer

gerechten Strafe zuzuführen, sondern zu allem
Überfluss auch noch, eines Mörders habhaft zu
werden, der, so scheint es zumindest im Augenblick,
das Recht offenbar in die eigene Hand nimmt!"
Bestürzt sahen sich die Anwesenden an, denen nun
langsam das ganze Ausmaß dieses Vorfalls bewusst
wurde.
„Ich schlage vor, eine Untersuchungskommission
einzuberufen und die Leitung unserem Stadtsyndikus
Doktor Emundus Frunt zu übertragen. Wenn Ihr
zustimmt, werden wir ihn mit allen Vollmachten
ausstatten, die er benötigt, um in dieser Sache zu
ermitteln. Er hat sich bereits vor zwei Jahren bei der
Ermittlung der Rädelsführer dieser Revolte, angeführt
durch diesen aufständischen Gürtelmacher
Hemmersbach, hervorgetan, die, wie Ihr Euch
sicherlich noch lebhaft erinnern werdet, das Rathaus
stürmten, um den damaligen Ratsherren den Garaus zu
machen. Wenn er uns erste Ergebnisse liefert, können
wir dann über das weitere Vorgehen beraten. Dann
entscheiden wir, ob wir die Sache dem Greven
übergeben oder den Turmmeister mit weiteren
Verhören betrauen. Ich bitte Euch um Euer
Einverständnis für dieses Vorgehen, aber es erscheint
mir in Anbetracht der Situation als die einzig richtige
Maßnahme, dem Unrecht auf die Spur zu kommen, das
sich in Köln auszubreiten scheint."
Er wirkte plötzlich müde und nickte nur kurz mit dem
Kopf, als zustimmende Rufe laut wurden.

„So soll es sein, Herr Bürgermeister! Machen wir diesem Treiben ein Ende!"

13

„Freunde, ich bitte Euch, hört mir einen Augenblick zu! Ruhe!!" Mit fast identischen Worten wie zuvor die Ratssitzung wurde wenig später eine weitere Zusammenkunft eröffnet.
Die sonore Stimme des Redners erfüllte den großen Raum, den Oswalt, der Hurenwirt, ihnen gegen eine nicht unbeträchtliche Summe in regelmäßigen Abständen zur Verfügung stellte.
Ein Geschäft auf Gegenseitigkeit, denn nur so war es der eingeschworenen Gemeinschaft möglich, sich im Geheimen zu treffen.
Wer dachte sich schon etwas dabei, wenn Männer ein Hurenhaus aufsuchten?
Dass in den oberen Kammern, die der gute Oswalt den Männern bei diesen Zusammenkünften ebenfalls vermietete, etwas vorging, bei dem keine der zehn Dirnen vonnöten war, musste dabei ebenso geheim bleiben, wie die Treffen an sich.
Daher schickte Oswalt seine Frauen auch stets ins Badehaus, wenn die Herren wieder einmal ungestört sein wollten, was zudem noch dafür sorgte, dass seine Huren als sauber und adrett galten, was dem Geschäft nur zugute kam.

Er selbst sorgte dafür, dass niemand sonst das Haus betrat, indem er sich vor der Tür postierte und mit dem Hinweis, keine der Hübschlerinnen sei frei, die Freier wieder unverrichteter Dinge weiterschickte.
Das war zwar ungewöhnlich, aber da es in Köln ausreichend Gelegenheiten gab, sein Mütchen zu kühlen, zogen die Abgewiesenen meist klaglos weiter.
„Liebe Freunde, nicht nur die Vorgänge im Gottesdienst haben diese Zusammenkunft notwendig gemacht."
Seine Stimme hatte an Schärfe zugenommen, denn noch hatte er nicht die ungeteilte Aufmerksamkeit aller Anwesenden.
Offenbar hatte der ein oder andere noch gar nicht begriffen, was da am Sonntag passiert war, denn einigen war es augenscheinlich wichtiger, sich mit ihren Nachbarn zu beschäftigen, als ihm zuzuhören.
Unbeherrscht trat er auf sein Gegenüber zu, packte diesen am Wams und zog ihn vom Schoß eines jungen Mannes herunter.
„Gerade Ihr solltet mir gut zuhören, mein Freund!"
Ärgerlich blickte ihn der so Vorgeführte an.
„Was erlaubt Ihr Euch!"
„Die Frage ist wohl eher, was Ihr Euch erlaubt!"
„Ich...ich verstehe nicht..."
„Wart Ihr etwa gestern nicht zugegen, als dieser alte bigotte Pfaffe davon zu berichten wusste, was in Köln vor sich geht? Ich frage mich nun, woher er das alles weiß, verehrter Freund!"
Unbehaglich sah der Angesprochene zu Boden.

„Ich weiß nicht, worauf Ihr hinauswollt!"
Endlich löste der Wortführer seine Hand vom Wams des Anderen und sah statt dessen in die Runde, aus der ihn nun alle Augenpaare aufmerksam ansahen.
„Ich dachte, wir alle wären uns einig, wie wichtig es ist, dass niemand ein Wort über diese Stunden verliert, die wir hier verbringen. Immerhin hängt für nicht wenige von uns eine ganze Menge von diesem Stillschweigen ab! Und ich meine das nicht nur hinsichtlich unserer Geschäfte, wie Ihr Euch ja denken könnt! Und da frage ich mich natürlich, wie es passieren konnte, dass ausgerechnet der alte Eiferer von dem Treiben hier Wind bekommen hat."
Er machte eine Pause und stieß dann unvermittelt mit seinen Zeigefinger gegen die Brust seines Gegenübers.
„Jeder hier kennt Euch als Frömmler vor dem Herren! Und da liegt doch die Vermutung nahe, dass Ihr die Beichte genutzt habt, um Euer Gewissen zu erleichtern, habe ich Recht?"
„Ich… wie könnt Ihr so etwas behaupten?"
Er hatte Schweißperlen auf der Stirn und sein Gesicht war blass geworden.
„Na, dann habt Ihr vielleicht eine andere Idee, wie der Alte auf so etwas kommt? Oder glaubt Ihr etwa, dass der Pfaffe ganz zufällig dieses Thema für seine Ansprache gewählt hat?"
Inzwischen herrschte absolute Stille im Raum und die übrigen Anwesenden verfolgten das Geschehen mit angehaltenem Atem.

„Das ist doch lächerlich! Ich würde niemals, also, ich meine…", er räusperte sich verlegen, „ich meine, selbst wenn es so wäre, wir Ihr sagt, dann wäre Hieronymus doch an sein Beichtgeheimnis gebunden! Er dürfte gar nicht so einfach…"
„Offenbar fühlt er sich genauso an das Beichtgeheimnis gebunden wie Ihr Euch an Euren Schwur, niemals über das zu reden, was hier passiert!"
Unterdessen redeten die Anderen empört durcheinander.
„Ist das wahr? Habt Ihr wirklich…gebeichtet?"
„Wie konntet Ihr nur, Ihr wisst doch genau, dass der Alte als Eiferer verschrien ist!"
„Ihr setzt mit Eurer übertriebenen Frömmlerei alles aufs Spiel!"
„Ruhe, meine Herren!", donnerte der Wortführer.
„Da das Kind nun einmal in den Brunnen gefallen ist und wir nichts mehr daran ändern können, sollten wir uns lieber überlegen, was wir nun tun sollen, meine Herren! Denn wir haben es hier nicht nur mit dem alten Hieronymus zu tun, sondern auch noch, wie einige von Euch ja bereits aus der Ratsversammlung wissen, mit einem gottverfluchten Rächer! Oder glaubt jemand von Euch, dass Matthis einfach so tot umgefallen ist? Dann sage ich Euch, dass er unzweifelhaft durch Gift zu Tode kam, und das wird er wohl nicht freiwillig geschluckt haben!"
Einige der Anwesenden erbleichten.
„Ihr meint also, dieser Matthis musste sterben, weil… ich meine, er war doch gar keiner von uns, oder?"

Der Sprecher sah sich fragend in der Runde um und sein Blick blieb an einem aschfahlen Gesicht hängen.
„Ihr? Ihr habt mit Matthis…?"
„Ja, in der Nacht, in der er starb, waren wir zusammen." Verlegen schaute der Angesprochene zu Boden.
„Wer hat davon gewusst?"
„Niemand."
„Was ist mit Eurem Gesinde und Eurem Weib?"
„Das Gesinde hatte frei, dafür habe ich gesorgt, und mein Weib interessiert es in dieser Hinsicht nicht, was ich tue."
„In der Tat, mit diesem Weib habt Ihr es gut getroffen. Aber das bringt uns nicht weiter. Wir müssen herausfinden, was genau der alte Pfaffe weiß! Ob er Namen kennt und wenn ja, welche. Vielleicht war er es ja, der..."
Die entstandene Pause ließ Raum für die verschiedensten Gedanken.
„Das kann nicht sein, Matthis hat nie vorher…Also konnte Hieronymus auch nicht wissen, dass wir an diesem Abend… Ehrlich gesagt, habe ich es selbst ja nicht geglaubt, bis…also, bis wir dann..."
„Erspart uns Einzelheiten! Lasst uns lieber überlegen, wie wir in dieser Angelegenheit weiter vorgehen wollen."
Wieder sah er eindringlich in die Runde.
„Ich für meinen Teil bin nicht bereit, zu warten, bis das hier alles auffliegt und alles, was ich mir in mühevoller Arbeit aufgebaut habe, vor die Hunde geht! Wir

müssen in der nächsten Zeit nicht nur besonders vorsichtig sein, wir müssen auch Augen und Ohren offen halten, wenn wir etwas über die Person in Erfahrung bringen wollen, die uns nach dem Leben trachtet!"

14

Zufrieden streckte Hieronymus die Beine unter dem alten, schon etwas wackligen Eichentisch aus.
Seine Haushälterin hatte ihm gerade einen Becher von dem guten Rheinwein, von dem immer ein Fässchen für besondere Anlässe im Keller lagerte, gebracht und sich dann in die Küche verabschiedet, um das Essen vorzubereiten.
Es würde gebratenes Hühnchen mit Zwetschgen geben, sein Leibgericht, und zum Nachtisch warteten die süßen Obstwecken auf ihn, die eine Spezialität von Agnes waren.
Ihm lief das Wasser im Mund zusammen, wenn er an diesen Gaumenschmaus nur dachte und zusammen mit der Genugtuung, endlich etwas gegen diese sodomitischen Hurensöhne unternommen zu haben, breitete sich ein Gefühl tiefer Befriedigung in ihm aus.
Einer von ihnen schmorte bereits im ewigen Fegefeuer und dabei hatte er sich noch nicht einmal seine eigenen Hände schmutzig machen müssen.

Er hatte einen Mitstreiter im Kampf gegen diese unaussprechliche Sünde bekommen, den nur Gott ihm gesandt haben konnte.

Wenn er es nur geschickt genug anstellte, würde sein Kampf gegen die Sodomie auch sein persönlicher Rachefeldzug werden.

Er schloss die Augen und wieder stiegen die Gefühle und die Demütigung in ihm hoch, die er so lange schon in seinem Innersten vergraben hatte, so tief, dass er selbst nicht mehr sagen konnte, in welchem Winkel seiner Seele der Schmerz saß.

Dieser alles verzehrende, brennende Schmerz, der längst Teil seines Lebens war, ohne dass er sich dessen bewusst gewesen war, bis...ja, bis er von den Vorgängen in seiner Stadt erfahren hatte.

Mit Macht war plötzlich alles wieder an die Oberfläche seines Bewusstseins getrieben worden. Alles, was er Jahrzehnte so erfolgreich verdrängt zu haben schien!

Die gierigen Hände und Küsse dieses Hurensohnes, der es verstanden hatte, den kleinen Jungen mit Drohungen soweit einzuschüchtern, dass dieser willenlos alles mit sich machen ließ. Diese endlosen Stunden der unaussprechlichen Qual in der dunklen, stickigen Kammer...

Wütend schlug er mit der Faust auf den Tisch, so dass etwas von dem Wein aus dem Becher auf den Tisch schwappte und eine dunkle Lache bildete.

Diese Teufelsbuhlen würden nicht davon kommen, dafür würde er sorgen.

Einen ersten Schritt hatte er mit seiner Predigt getan, hatte ihnen einen Spiegel vorgehalten und ihnen zu verstehen gegeben, dass er es wusste. Dass er alles wusste.
Und er kannte ihre Namen, vielleicht noch nicht alle, aber ein Anfang war gemacht. Alles weitere würde sich ergeben.
Wenn Gott weiterhin wohlwollend an seiner Seite stand und diese Sünder mit der Zeit begreifen mussten, dass sie sich nicht länger hinter dieser Fassade der Gutbürgerlichkeit verstecken konnten, würde die Angst weitere Zungen lösen, da war es sich ganz sicher!
Er musste nur abwarten und in der Zwischenzeit dafür sorgen, dass seine von Gott gesandte Hilfe die Informationen bekam, die notwendig waren, um dieses Gezücht zu vernichten.
Noch zierte die Person sich, als Todesengel über diejenigen Sünder zu richten, die nicht in ihrem persönlichen Umfeld für Schmerz und Leid sorgten. Aber ein Anfang war gemacht und alles weitere würde sich schon ergeben!
Als nächsten Schritt würde er diesen Sodomitern ihre Heimlichkeit nehmen, sie bloßstellen, so dass alle erkennen konnten, wer hier Gottes Gebote mit den Füßen trat!
Natürlich konnte das nur im Verborgenen geschehen, denn seine Stellung als Beichtvater verbot es ihm, die ihm in der Beichte anvertrauten Geheimnisse preiszugeben. Aber hatte Gott ihm nicht deutlich

gezeigt, dass es in dieser Sache vonnöten war, Grenzen zu überschreiten? Und dass ER auf seiner Seite, der Seite des Guten und Gerechten, stand?
Agnes kam herein und stellte eine große Portion Hühnchen vor ihn hin.
„Ich hoffe, es schmeckt Euch, Herr Pfarrer. Ich habe diesmal etwas mehr Sumach an die Soße gegeben, beim letzten Mal war Euch das Essen ja zu fad."
Hieronymus hatte bereits den ersten Bissen probiert und nuschelte anerkennend:
„Agnes, du bist eine Künstlerin. Du hast dich mal wieder selber übertroffen! Wenn deine Obstwecken nur halb so gut sind wie das Hühnchen, werde ich morgen vor dem Herrn beichten müssen, mich der Völlerei hingegeben zu haben!"
Agnes errötete verlegen.
„Aber Herr Pfarrer, wie könnte unser Herrgott denn böse auf Euch sein, nur weil Ihr das zu schätzen wisst, was er auf den Feldern und in den Ställen wachsen lässt, um die Bäuche seiner Schäflein zu füllen?"
Sie verließ die Stube in Richtung Küche, aus der bereits ein verführerischer Duft nach süßen Wecken zu ihm herausströmte und schloss die Tür hinter sich.
Der Gedanke daran, dass vielleicht schon heute Nacht ein weiterer Sünder dem Fegefeuer übereignet werden würde, machte das Hühnchen fast noch schmackhafter als der Sumach, den Agnes hinzugefügt hatte!

Die Rache ist mein; ich will vergelten, spricht der Herr!

15

Katharina konnte später nicht genau sagen, wie sie nach Hause gekommen war.
Simons entsetzter Blick verfolgte sie und auch ihr war das Herz schwer.
Gehetzt hatte sie nach Katlin gerufen, die irritiert aus der Küche gelaufen kam und gerade noch den Umhang ihrer Herrin vom Haken nehmen konnte, bevor diese bereits durch die Tür gestürmt war.
Sie waren zunächst ziellos durch die Straßen gelaufen, bevor die Ruhe und Abgeschiedenheit der Pfarrkirche Klein Sankt Martin sie wie magisch angezogen hatte.
Immer noch schluchzend hatte Katharina sich an eine kühle Wand im Inneren gelehnt und versucht, ihre Fassung wieder zu erlangen.
Katlin, die hilflos daneben stand, trat unruhig von einem Fuß auf den anderen.
„Jungfer Katharina, ihr müsst Euch beruhigen. Bitte!"
Sie streichelte vorsichtig über den Arm ihrer Herrin.
„Es wird alles gut werden."
Katharina zuckte zusammen.
„Ach Katlin, nichts wird gut werden. Bitte, du musst mir versprechen, dass du niemandem erzählst, was du gesehen und gehört hast. Und dass ich mit ihm alleine im Kontor war, ja? Bitte!"
Katharina wischte sich mühsam beherrscht über die Augen und zog wenig damenhaft die Nase hoch.
Katlin runzelte nachdenklich die Augenbrauen.

„Ich werde niemandem etwas sagen, Herrin, das
schwöre ich. Aber meint Ihr nicht, dass Euer Vater
wissen müsste..."
Alarmiert riss Katharina die Augen auf.
„Nein, Katlin, mein Vater am Allerwenigsten! Ich
schwöre dir, es ist nichts passiert, was ich
irgendjemandem erklären müsste, falls du das meinst!"
Das stimmte natürlich nur zum Teil, aber Katharina
war nicht willens, ihrer Magd Rede und Antwort zu
stehen.
„Hm..." Katlin hatte begonnen, an ihrer Unterlippe zu
knabbern.
„Also wenn das so ist...", sie dachte angestrengt nach,
dann glitt ein verstehendes Lächeln über ihr Gesicht,
„ jetzt weiß ich`s! Ist auch gar nicht schwer. Ihr seid in
den Herrn Verbeek verliebt und er in Euch! Aber
heiraten müsst Ihr den Herrn Seger! Ja, genauso muss
es sein."
Sie sah Katharina an, die entsetzt die Luft einsog.
„Wie kommst du denn darauf?"
„Ja, also, das ist doch gar nicht so schwer. Das habe ich
schon gleich beim ersten Mal gesehen, als wir diesem
Satansgaul", sie bekreuzigte sich, „ausgewichen sind
und er Euch aufgeholfen hat. Da war so etwas
zwischen Euch und ihm..."
„Katlin, hör sofort auf mit diesem Geschwätz. Da war
nichts, da ist nichts und da wird auch nie was sein!"
„Aber Herrin, woher wollt Ihr das wissen? Gottes Wege
sind unergründlich. Niemand kann vorhersagen, was
der Herr für uns bereit hält!"

„Du redest dummes Dienstbotengeschwätz, Katlin! Ich bin mit Herrn Lenhart verlobt und werde ihn alsbald heiraten. Und jetzt Schluss, wir müssen nach Hause bevor uns noch jemand vermisst und ebenso törichte Vermutungen anstellt wie du!"
Energisch zog Katharina abermals die Nase hoch und wischte sich mit dem Ärmel über die Augen.
Katlin zuckte nur mit den Schultern.
„Wenn Ihr meint, Jungfer Katharina. Aber..."
„Katlin schweig! Und vergiss nicht, was du mir versprochen hast. Zu niemandem ein Wort!"
Diesmal waren sie ohne Umwege zum Heumarkt gegangen und Katharina war froh, dass bei ihrem Eintreffen weder ihr Vater, noch ihre Mutter zuhause waren.
Sie begab sich sofort in ihre Kammer, wo sie sich auf ihr Bett warf und erneut in Tränen ausbrach.
Sie musste vergessen, was gerade eben in Simons Kontor passiert war.
Niemals hätte sie es soweit kommen lassen dürfen! Sie hatte sich aufgeführt wie eine Hübschlerin, die sich dem Erstbesten anbietet wie ein Krämer auf dem Markt seine Ware!
Er hatte sie vor die Wahl gestellt, jederzeit zu gehen oder zu bleiben, hatte sie zu nichts gezwungen....
Und was hatte sie getan?
Statt ihn energisch zurückzuweisen, wie es ihre Pflicht als Verlobte gewesen wäre, hatte sie seine Küsse erwidert! Und das Schlimmste daran war, dass sie dieses Prickeln und Ziehen im ganzen Körper genossen

und sich gewünscht hatte, dieser Augenblick möge nie enden.
Wie konnte sie Lenhart jemals wieder in die Augen sehen?
Sie wusste jetzt, dass sie ihm niemals die gleichen Gefühle würde entgegenbringen können, wie sie sie gerade in Simons Armen erlebt hatte, aber sie würde ihm dennoch eine treue Gefährtin sein, das schwor sie sich und ihm in diesem Augenblick.
Sie richtete sich auf und wischte sich entschlossen über die Augen.
Sie musste endlich zur Ruhe kommen, musste Simon und die letzten Stunden vergessen.
Sie beschloss, ihrer Tante Lijsbet einen Besuch abzustatten, denn wenn es jemanden gab, der in der Lage war, ihre aufgewühltes Gemüt durch ihr ruhiges und besonnenes Wesen zu beruhigen, dann war es ihre Tante!

16

Fassungslos blickte Simon Katharina hinterher. Ihre Worte klangen wie Donnerhall in seinen Ohren.
Sie war verlobt!
Eine kurze Weile hatte er geglaubt, in Köln doch noch sein Glück gefunden zu haben.
Die Art, wie sie seine Küssen erwidert hatte, ließ keinen Zweifel daran, dass sie ähnlich empfand wie er.

Er hatte sich hinreißen lassen, als sie so vor ihm stand, so schön und mädchenhaft, so verletzlich.
Zu keiner Zeit hatte er geplant, was dann passiert war.
Es war einfach über ihn gekommen und er hatte sie wie aus einem inneren Zwang heraus streicheln und liebkosen müssen.
Als sie nicht vor ihm zurückgewichen war, war er mutiger geworden und hatte sie geküsst.
Und ihre Lippen waren so weich und hatten so süß geschmeckt, dass er beinahe vollends die Beherrschung verloren hätte.
Er wollte lieber nicht darüber nachdenken, wie weit er gegangen wäre, hätte Katharina ihm nicht Einhalt geboten!
Er fühlte sich wie ein Schuft, niemals hätte er die Situation derart schamlos ausnutzen dürfen.
Dass Katharina es ihm erlaubt hatte, sie zu küssen, rechtfertigte sein Verhalten in keiner Weise.
Er fuhr sich verzweifelt durch seine dunklen Haare.
Was sollte sie jetzt nur von ihm denken?
Er hatte mehr von ihr gewollt als nur ein Stelldichein in seinem Kontor, hatte geglaubt, endlich die Frau gefunden zu haben, nach der er schon so lange vergeblich gesucht hatte.
Eine, die ihn nicht nur körperlich reizte, sondern auch sein Herz berührte.
Und nun hatte er sich nicht nur benommen wie ein Schuft, der sich nahm, was er wollte. Er hatte auch jede Hoffnung verloren, ihr jemals beweisen zu können, wie ernst es ihm mit ihr war.

Er musste sich von ihr fernhalten, wollte er ihren Ruf nicht gefährden, durfte ihr niemals wieder so nahe kommen wie gerade eben!

Erregt ging er in seinem Kontor auf und ab, ballte die Fäuste und ließ seine Verzweiflung an einem Ballen Stoff aus, indem er wütend auf diesen einschlug.

Nein, einmal noch musste er sie sehen, musste mit ihr reden, musste sich ihr erklären, auch wenn seine Situation aussichtslos war!

Entschlossen stürmte er aus der Halle und griff sich seinen Umhang, der neben der Tür hing.

Wenn er es nicht jetzt sofort tat, würde ihn der Mut verlassen.

Auf dem Heumarkt blieb er unentschlossen stehen. Ihm wurde bewusst, dass er einmal mehr gehandelt hatte, ohne nachzudenken.

Wie sollte er es denn anstellen, mit ihr zu reden?

Er konnte schlecht zu den van Westerburgs gehen und nach Katharina fragen.

Ihr Vater war ohnehin schon ein wenig misstrauisch und welcher Vorwand ließe sich vorbringen, eine verlobte Jungfer alleine sprechen zu wollen?

Er ging ziellos mal in die eine, mal in die andere Richtung, von der absurden Hoffnung getrieben, Katharina könnte ihm über den Weg laufen.

Aber nichts dergleichen geschah und nach einer Weile beschloss er, dass es keinen Sinn hatte, noch länger auf diese Weise nach ihr Ausschau zu halten. Er dachte daran, nach Hause zu gehen, aber die Aussicht, dort Cristine zu treffen und ihre Art ertragen zu müssen, hielt ihn davon ab und so lenkte er seine Schritte in Richtung des nächstbesten Wirtshauses.

Er war sich inzwischen sicher, dass sie irgendwelche Pläne mit ihm hatte, die er lieber nicht kennen wollte, wenn er sich auch nicht erklären konnte, was wohl ihre Motive sein könnten.

Und so betrat er die Wirtsstube, die auch am frühen Abend schon gut gefüllt war, hielt nach einem freien Platz Ausschau und setzte sich schließlich zu einer Gruppe Kaufleute an den Tisch, die enger zusammen rückten, um ihm Platz zu machen.

Er bestellte einen Krug Wein und wurde gleich darauf in das Gespräch am Tisch mit einbezogen, denn es stellte sich heraus, dass es sich bei den Männern um Kaufleute aus Brügge handelte.

Froh, einen halben Landsmann in Köln getroffen zu haben, drehte sich das Gespräch alsbald um neue Handelswege und Waren, die Gefahren des Reisens und als der Wein schon reichlich geflossen war, auch um die schönen Hübschlerinnen in Köln.

Simon hatte sich anfangs nur aus Höflichkeit an dem Gespräch beteiligt, war aber dann doch froh, dass seine Gedanken wenigstens kurzfristig von seinem Kummer abgelenkt wurden. Und mit jedem Krug Wein, den der Wirt vor sie hinstellte, war er gesprächiger geworden. Als es aber nun darum ging, ebendiese Huren am Berlich noch zu besuchen, winkte er entschlossen ab, verabschiedete sich von der unterhaltsamen Truppe und machte sich auf den Heimweg.

Trotz des Hochsommertages war es inzwischen dunkel, so dass es Simon erst jetzt in den Sinn kam, dass aus seinem geplanten kurzen Besuch im Wirtshaus wohl doch ein längerer geworden war.
Zu seinem Glück verdunkelten in dieser Nacht nur ganz vereinzelt vorbeitreibende Wolken den milchig schimmernden Mond, so dass er auch ohne Kienspan sicher seinen Weg fand.
Zwar hatte er dem Wein ordentlich zugesprochen, aber er fühlte sich nicht betrunken, als er auf den Heumarkt einbog.
Die Gassen lagen wie ausgestorben vor ihm, denn längst hatte der Nachtwächter die Bürger mit lauten Rufen aufgefordert, nach Hause zu gehen.
Umso erstaunter war er, als er eine kleine Gestalt von Haus zu Haus huschen sah, die kurz an einigen Türen verharrte, sich bückte und dann schnell weiter schlich.
Was ging da vor sich?
Er konnte nicht sehen, was genau der nächtliche Besucher da tat, aber fest stand, dass er zumindest nicht klopfte, sondern ganz im Gegenteil darauf bedacht war, nicht gesehen zu werden.
Neugierig schlich Simon sich etwas näher heran.
Die Gestalt war ziemlich klein, vielleicht etwas buckelig, was man aber unter dem langen schwarzen Umhang, den sie trug, nicht genau erkennen konnte.
Die tief ins Gesicht gezogene Gugel machte es unmöglich, das Gesicht der Person zu erkennen.

Immerhin handelte es sich augenscheinlich nicht um einen Einbrecher, denn dazu hielt sich die Gestalt nicht lange genug vor den jeweiligen Häusern auf.
Auch hielt sie nicht bei jedem Haus an, sondern schien ganz gezielt nur bestimmte Türen anzusteuern.
Simon beschloss, sich das einmal näher anzusehen und schlich, den Schatten der Häuser ausnutzend, näher.
Während sich die Gestalt immer weiter von ihm in östliche Richtung entfernte, bewegte Simon sich vorsichtig in die entgegengesetzte Richtung und erreichte bald das Haus der Familie von Starken, die, wie er sich erinnerte, ebenfalls zu den alteingesessenen Kölner Kaufmannsfamilien gehörte.
Auf der Schwelle des Hauses sah er etwas Helles liegen, das im ersten Augenblick wie eine herausgerissene Buchseite aussah.
Als er es aufhob, konnte er erkennen, dass es sich um ein eng beschriebenes Pergament handelte, allerdings war es ihm nicht möglich, in der Dunkelheit die Schrift zu entziffern.
Er legte das Blatt wieder auf die Türschwelle und schlich zum nächsten Haus.
Auch dort fand er ein ebensolches Papier.
Als er es aufhob, um vielleicht doch erkennen zu können, was dort geschrieben stand, donnerte eine dunkle Stimme hinter ihm:
„He, Kerl, was schleichst du da herum? Was hast du an der Tür des ehrenwerten Herrn Kruysgin zu schaffen?"
Misstrauisch kam die riesige Gestalt des Nachtwächters auf Simon zu und hielt ihm eine

Laterne unter die Nase, in der anderen Hand die Hellebarde fest umklammert.

„Was hast du da in der Hand?"

Simon war wie versteinert stehen geblieben.

Er war so beschäftigt mit dem Entziffern der Schrift gewesen, dass er darüber den Nachtwächter gar nicht gehört hatte.

Nun hatte er ein größeres Problem, denn wie sollte er seine Anwesenheit vor dem Haus der Kruysgins zu so später Stunde glaubhaft erklären?

„Ich...äh...also, seht selbst, ich wollte der schönen Tochter des Hauses nur meine Verehrung..."

Er hielt dem Nachtwächter den Zettel in der Hoffnung hin, dass er nicht lesen konnte, was sehr wahrscheinlich war.

So warf dieser dann auch nur einen kurzen Blick auf die Schrift und rieb sich verlegen mit dem Handrücken über den Mund.

Dabei schwenkte die Laterne hin und her und warf ein zuckendes Licht auf die beiden Gesichter.

„Äh, ja, kann schon sein, aber hier gibt es gar keine Tochter, nur drei Söhne und die willst du doch wohl lieber nicht..."

Als ob ihm eine plötzliche Erkenntnis gekommen wäre, riss er erschrocken die Augen auf und hielt Simon die Laterne nun direkt vor das Gesicht.

„Bist du etwa einer von diesen, diesen... Hundsfotten, die es mit Männern treiben? Ganz Köln spricht von diesen Schweinen!"

Simon wurde es heiß und kalt. Diese fatale Wendung der Dinge hatte er mit seiner Notlüge ganz sicher nicht vorausgesehen.

„Ich...nein! Niemals! Ich meine...vielleicht war es gar nicht die Tochter, sondern die... Magd! Ich sah sie heute auf dem Markt und wie sie in dieses Haus ging und da dachte ich..."

Er hielt das Pergament immer noch fest umklammert und war froh, dass der Nachtwächter seine Laterne nun etwas gesenkt hatte, so dass es ihm entging, wie blass er geworden war.

Das hatte er nun von seiner Neugier!

„Hm...du meinst die Magdalin. Da hast du dir ein hübsches Früchtchen ausgesucht, die treibt es mit jedem!"

Er grinste Simon an.

„Da brauchst du das Süßholz gar nicht, die macht auch so die Beine breit! Und lesen kann die allemal nicht!"

Er deutete auf den Zettel.

„Äh, ja, habt Dank für die Auskunft. Nichts für ungut, ich gehe dann mal nach Hause."

Er wollte sich schon umdrehen und gehen, als der Nachtwächter seine Hellebarde vor ihm in die Erde rammte.

„Nicht so schnell, Bürschchen. Erst will ich wissen, wer da so scharf auf die Magdalin ist, dass er hier mitten in der Nacht rumschleicht!"

Simon hatte augenblicklich das Gefühl, sein richtiger Name wäre hier unangebracht.

Wenn bekannt würde, dass er sich hier nachts vor dem Haus eines angesehen Herren herumtrieb, um dessen Magd zu verführen...Also, wenn er aus der Sache mit dem Bankrott seines Vaters einigermaßen unbeschadet herauskommen wollte, ohne sein Gesicht mehr als ohnehin schon zu verlieren, war es wohl besser, wenn er sich für jemand anderen ausgab.
„Ich…mein Name ist...Konrad. Ich bin der Konrad aus der Schildergasse."
Misstrauisch sah der Nachtwächter ihn an.
„Konrad aus der Schildergasse? Willst du mich verarschen?"
„Nein, niemals, guter Mann! Fragt in der Schildergasse nach Konrad ...Schildmacher und ein jeder wird mich kennen!"
Offenbar war die ganze Geschichte dem Mann nicht wichtig genug, als dass er noch mehr Zeit darauf verschwenden wollte, denn er nahm die Hellebarde zur Seite. Dann musterte er Simon ein letztes Mal gründlich und sagte:
„Nun denn, Konrad Schildmacher aus der Schildergasse, das, was du hier versucht hast, ist ja kein Verbrechen, darum will ich mal Fünfe gerade sein lassen. Aber ich warne dich, wenn ich dich nochmal bei sowas erwische, lasse ich dich nicht wieder so einfach laufen!"
Er ließ Simon vorbei und runzelte die Augenbrauen. Für einen Konrad aus der Schildergasse war der Kerl etwas zu gut gekleidet, aber wenn er jeden Gockel, der sich auf Freiersfüßen herausputzte, in den Turm werfen

würde, müssten dort bald die wahren Bösewichte ausziehen.
„Alsdann, Herr Nachtwächter, eine geruhsame Runde wünsche ich Euch noch!"
Simon machte, dass er davon kam.
Natürlich konnte er nicht direkt zu seinem Haus auf der gegenüber liegenden Seite am Heumarkt gehen, also schlug er tatsächlich zunächst den Weg in Richtung Schildergasse ein.
Erst als er um die nächste Ecke gebogen war, hielt er an und wartete, bis der Nachtwächter auf seiner Runde Richtung Dombaustelle aus seinem Blickfeld verschwunden war.
Und bevor er noch einem anderen Nachtschwärmer in die Arme laufen konnte, beeilte er sich, zu seinem Haus zu gelangen und sperrte die Tür mit dem Schlüssel auf, den er für solche Fälle immer an seinem Gürtel trug.
Clara und Trin schliefen ganz sicher schon und hätten sein Klopfen gar nicht gehört und auch Cristine wollte er möglichst nicht begegnen.
Als er in der dunklen Halle stand bemerkte er, dass er immer noch das Pergament in der Hand hielt und so tastete er sich bis zu seinem Kontor vor, wo er nach kurzem Suchen ein Binsenlicht fand, das er rasch entzündete.
Er setzte sich an seinen Schreibtisch und versuchte, etwas zu entziffern, aber erst, nachdem er noch näher in den schwachen, flackernden Schein gerückt war, konnte er die Wörter lesen.
In gestochen scharfer Handschrift stand dort:

Wenn jemand bei einem Manne liegt wie bei einer Frau, so haben sie getan, was ein Greuel ist, und sollen beide des Todes sterben!
Simon hielt den Atem an und ließ das Pergament sinken.

17

Katharina erwachte aus einem unruhigen Schlaf.
Es war warm in ihrer Kammer und sie hatte Durst, also stand sie auf und öffnete zunächst das Fenster.
Ein kühler Luftzug wehte ihr entgegen und am Himmel waren erste Spuren des sich ankündigenden Tages zu erkennen.
Sie lehnte sich etwas weiter heraus und atmete tief die frische Luft ein, die nach den teils kräftigen Regenschauern der vergangenen Tage erstaunlich klar war für eine Stadt wie Köln.
Gerade im Sommer stank es besonders an heißen Tagen in den Straßen und Gassen dieser riesigen Stadt ganz besonders übel.
Sie schloss die Augen und sofort waren die Bilder des gestrigen Tages wieder da.
Und nicht nur die Bilder!
Sie spürte wieder die Gänsehaut und das Prickeln, das Simons Küsse in ihr entfacht hatten, aber auch den Schmerz darüber, dass so etwas nie wieder passieren würde, passieren durfte.

Sie seufzte und öffnete entschlossen die Augen.
Sie musste den gestrigen Tag ganz hinten in ihrem Herzen einschließen, damit er ihre Zukunft nicht beeinflussen konnte.
Sie musste Lenhart die Chance geben, ihr ein guter Ehemann zu sein, nicht mehr und nicht weniger, denn er hatte schließlich nichts falsch gemacht, sondern sie.
Als sie gerade das Fenster schließen wollte, um sich aus der Küche einen Becher Milch zu holen, sah sie aus den Augenwinkeln eine Bewegung unten auf der Straße.
Als sie genauer hinsah, erkannte sie gegenüber eine Gestalt von Haus zu Haus huschen, die sich aber offensichtlich große Mühe gab, nicht gesehen zu werden, denn sie schlich sich an den Wänden entlang.
Fast zur gleichen Zeit öffnete sich die Tür zum Haus ihres Onkels und ein Mann trat heraus, den sie auf die Entfernung nicht erkennen konnte.
Die Gestalt im Schatten stockte abrupt und verschwand in einer Nische zwischen zwei Gebäuden, während der Mann, der das Haus gerade verlassen hatte, sich zwar vorsichtig umsah, sich dann aber anschickte, den Heumarkt zu überqueren.
Dabei kam er direkt auf das Haus ihres Vaters zu und je näher er kam, desto deutlicher erkannte Katharina ihn.
Das war doch Herr Lenhart!
Was machte ihr Verlobter denn so spät, oder besser so früh, im Haus ihres Onkels?

Für eine geschäftliche Besprechung war es doch wohl entschieden zu früh, ebenso für einen freundschaftlichen Besuch.
Und noch während sie darüber nachdachte, was da unten vor sich ging, sah sie, wie sich die Gestalt gegenüber aus dem Schatten löste und kurz darauf durch eben die Tür im Haus verschwand, durch die Lenhart es gerade erst verlassen hatte. Dabei vermeinte sie bei der Person noch kurz einen Korb ausgemacht zu haben, der mit einer Decke abgedeckt war.
Das wurde ja immer mysteriöser, zumal die Gestalt Katharina an ihre Tante erinnerte.
Die Bewegungen waren ähnlich und auch den Umhang meinte sie schon einmal bei ihrer Tante gesehen zu haben.
Energisch schüttelte sie den Kopf.
Offenbar hatten ihr die letzten Tage doch mehr zugesetzt, als es den Anschein hatte, denn was sollte ihre Tante so früh am Morgen zu erledigen haben, dass sie das Haus verließ?
Und selbst wenn etwas Wichtiges sie so früh auf die Straßen getrieben hätte, warum hätte sie heimlich nach Hause schleichen sollen, wie jemand, der etwas zu verbergen hatte?
Nein, wahrscheinlicher war es, dass es sich bei der Gestalt um die Magd handelte, die sich verbotenerweise den Umhang ausgeliehen hatte, um zu einem nächtlichen Stelldichein mit ihrem Liebsten zu eilen. Dazu würde auch passen, dass sie einen Korb bei sich trug.

Den hatte sie wohl mitgenommen, um im Falle einer
Entdeckung vortäuschen zu können, sie hätte
Besorgungen gemacht.
Ja, und die Magd hätte dann natürlich auch allen
Grund gehabt, möglichst ungesehen wieder nach
Hause zu kommen. Wenn ihre nächtliche Abwesenheit
bemerkt worden wäre, wäre eine gehörige Abreibung
das Mindeste, was sie zu erwarten hatte.
Wahrscheinlicher war, dass man sie auf die Straße
setzte, weil sie durch ihr Verhalten den guten Ruf ihres
Herren riskierte.
Katharina schloss das Fenster und ging leise in die
Küche, wo sie sich aus der Vorratskammer einen Krug
Milch holte und sich einen Becher eingoss.
Sie beschloss, gleich heute früh noch einmal bei ihrer
Tante vorbeizuschauen, denn am gestrigen Tage war
Lijsbet zu Besorgungen außer Haus gewesen, als sie
mit ihr sprechen wollte.
Vielleicht ließe sich bei der Gelegenheit ja doch etwas
über die nächtlichen Vorgänge erfahren!
Katharina seufzte.
Ihr Vater hatte recht, wenn er sie wegen ihrer Neugier
schalt, die war wirklich ein kleiner Teufel. Und der gab
gemeinhin erst dann Ruhe, wenn sie ihm nachgab.
Sie stellte die Milch zurück und ging wieder in ihre
Kammer, wo sie sich noch eine Weile unter ihre Decke
kuschelte und den Geräuschen des langsam
erwachenden Hauses lauschte.

Nachdem sie sich gewaschen und angezogen hatte, ging sie hinunter, um Ursel noch etwas bei der Vorbereitung des Frühstückes zur Hand zu gehen. Immerhin konnte es nicht schaden, noch vor der Hochzeit so viel wie möglich über Haushaltsführung zu lernen.
Zwar hatte sie das alles schon von ihrer Mutter beigebracht bekommen, aber wenn sie ehrlich war, hatte sie meistens nur halbherzig zugehört.
„Kann ich dir noch etwas helfen, Ursel?"
Der Blick in den Topf mit Hafergrütze, die Ursel mit viel Milch aufgekocht hatte, verriet ihr, dass sie zu spät kam.
„Lasst gut sein, Jungfer Katharina, ich gebe nur noch etwas Schmalz hinein, dann ist der Brei fertig."
Sie nahm den Topf von der Feuerstelle, gab eine ordentliche Portion Schmalz hinzu und deutete dann auf eine Schale mit Kochbirnen.
„Ich habe für Euch extra Birnen bereit gestellt, Ihr mögt Euren Brei doch lieber süß! Und einen ordentlichen Löffel Honig gebe ich auch noch dazu!"
Sie zwinkerte Katharina zu und füllte eine Portion Brei in eine Tonschüssel, die sie ihr reichte. In den Rest der Grütze schnitt sie schnell ein paar Stücke Blut- und Hirnwurst, rührte noch einmal alles kräftig durch und machte sich dann auf den Weg in die Stube, wo sie der Einfachheit halber den Topf auf den Tisch stellte.
Katharinas Mutter und ihr Vater saßen bereits am Tisch und vermuteten wahrscheinlich, ihre Tochter habe Ursel beim Kochen geholfen, denn ihr verspätetes

Erscheinen am Frühstückstisch wurde nicht weiter erwähnt.
Während die Köchin mit einem Holzlöffel den Brei in zwei Schüsseln verteilte und diese vor ihre Herrschaft auf den Tisch stellte, wandte sich Frau Druytgin an ihre Tochter:
„Liebes Kind, dein Vater und ich haben gerade darüber gesprochen, dass du noch ein paar Kleider und auch noch ein neues Paar Schuhe brauchst, bevor du Herrn Lenhart angetraut wirst. Schließlich soll er nicht den Eindruck gewinnen, wir würden dich nicht standesgemäß ausstatten. Wenn du mit dem Frühstück fertig bist, gehst du bitte mit Katlin zu Meister Berchtold und lässt Maß nehmen, damit noch alles rechtzeitig fertig wird. Stoff kannst du hinterher im Kontor aussuchen und Ott bringt ihn dann rüber."
Katharina machte sich nicht viel aus Kleidern, aber es leuchtete ihr ein, dass ihre Eltern ihr eine ordentliche Ausstattung mitgeben wollten.
Natürlich war ihre Aussteuer seit langem schon vorbereitet und bestand außer aus Kleidung auch aus diversen Schmuckstücken und Hausrat sowie einigen Möbeln, aber offensichtlich war es ihren Eltern wichtig, dass ihr zukünftiger Ehemann auch eine hübsch verpackte Braut bekam.
„Jawohl, Mutter, ich mache mich gleich auf den Weg. Ich würde danach noch gerne kurz bei Tante Lijsbet vorbeischauen und mir einen erbaulichen Text aus ihrer Bibliothek ausleihen."

Das war zumindest nicht ganz gelogen, denn es bereitete ihr immer wieder großes Vergnügen, in den Büchern ihrer Tante zu lesen.
Die hatte im Laufe der Zeit eine recht umfangreiche Sammlung an kostbaren Schriften zusammengetragen, was ihr Onkel immer großzügig unterstützt hatte. Im Gegensatz zu den meisten Männern, die Lesen zumindest bei ihren Ehefrauen für unnützen Zeitvertrieb hielten, hatte ihr Onkel seiner Gattin sogar ein eigenes Zimmer eingerichtet, mit einem Stehpult und Regalen an den Wänden, in denen nun die verschiedensten Bücher standen.
Im Nachhinein war Katharina ganz froh, ihre Tante gestern nicht angetroffen zu haben, denn so aufgelöst, wie sie gewesen war, hätte sie vielleicht Dinge gesagt, die sie besser nicht preisgeben sollte.
„Tu das, mein Kind. Bei der Gelegenheit kannst du deiner Tante gleich etwas von Ursels Birnenmus mitnehmen, sie nascht doch so gerne. Ursel hat gestern erst frisches Mus gekocht." Ihre Mutter lächelte sie an.
„Was ist eigentlich mit den Stoffen von Herrn Verbek? Du hast mir noch gar nicht berichtet, welche Tuche er zum Verkauf anbietet und was ich ihm als Bezahlung anbieten soll!" Arndt van Westerburg löffelte den letzten Rest Brei aus seiner Schüssel.
„Äh, ja, die Stoffe. Also er hat ein paar sehr schöne flandrische Tuche auf Lager, alle gut durchgefärbt, ohne Unreinheiten. Besonders ein Ballen grünes Tuch ist von sehr guter Qualität. Trotzdem möchte ich Euch bitten, wegen des Preises selbst mit Herrn Verbeek zu

verhandeln, Vater. Wir...haben...nicht darüber gesprochen. Ich war mir dann doch zu unsicher, welcher Preis angemessen wäre."
Verlegen schaute Katharina auf ihre Schüssel mit Brei, denn sie spürte, dass sie errötete.
Sie waren gar nicht so weit gekommen, um über den Preis zu sprechen!
Irritiert runzelte ihr Vater die Stirn, sagte aber nichts.
Katharina schob ihren Brei beiseite und stand auf.
„Ich geh dann am besten gleich los, bevor bei Meister Berchtold noch allzu viel Betrieb herrscht. Ich hörte, er hat dieser Tage viel zu tun, da er einen größeren Auftrag aus dem Hause Knüffgen erhielt."
Sie stand auf und ging in die Küche, um Ursel um einen Topf von der süßen Leckerei zu bitten und rief gleichzeitig nach Katlin und wenig später verließen sie das Haus.
Auf dem Heumarkt war für diese frühe Zeit erstaunlich viel los und bei näherem Betrachten stellte Katharina fest, dass sich vor einigen Häusern regelrechte Menschentrauben gebildet hatten.
„Verdammte Ketzer!", schrie eine alte Vettel gerade und warf einen verdorbenen Kohlkopf gegen die Tür eines der Kaufmannshäuser.
„Ja, ihr Schweine, in der Hölle schmoren sollt ihr!"
Verfaulte Eier flogen hinterher.
„Was ist denn hier los?"
Katharina blieb stehen und versuchte, sich einen Reim darauf zu machen.

Auch vor einigen anderen Häusern hatten sich Menschen versammelt, schrien wüste Beschimpfungen und warfen Dreck und Unrat gegen die Haustüren. Dann sah sie, wie Doktor Emundus Frunt in Begleitung von wohl fünf oder sechs Büttteln dabei war, den rasenden Mob zu vertreiben und unter dem Einsatz der Hellebarden und unter Androhung weitere Strafen gelang es den Männern bald, die Menge etwas zu zerstreuen.
Kopfschüttelnd sprach Katharina eine Bürgersfrau an, die mit hochrotem Kopf und verrutschter Haube an ihr vorbei eilen wollte.
„Verzeiht, gute Frau, könnt Ihr mir wohl sagen, was hier vor sich geht?"
Die dickliche Matrone blieb stehen und stemmte die Hände in die Hüften.
„Ei, Ihr wohnt hier inmitten dieser gottlosen Brut und wollt nicht wissen, was hier vor sich geht? Steckt Ihr etwa mit denen unter einer Decke? Aber, Gott sei gelobt und gepriesen, gibt es noch gottesfürchtige Menschen, die sich trauen, die Gottlosen anzuzeigen!"
Sie spuckte auf die Straße, raffte ihre Röcke und eilte davon.
„Was war das denn?" Katlin starrte der Frau empört hinterher.
„Habt Ihr verstanden, was sie damit meint? Inmitten dieser gottlosen Brut? Ich kenne keinen der guten Herren hier am Heumarkt, der nicht regelmäßig in die Kirche geht!"

Verständnislos sah sie Katharina an und bekreuzigte sich vorsichtshalber, schaden konnte das ja nicht.
„Nein, Katlin, ich kann dir auch nicht sagen, was hier gerade passiert ist. Aber gehen wir erstmal zu Meister Berchtold, vielleicht weiß der ja was."
Aber auch der meist gut informierte Schneider konnte sich keinen Reim auf die Vorkommnisse machen und so mussten die beiden hoffen, dass Lijsbet Greveroide mehr wusste.
Die alte Köchin Anna öffnete einige Zeit, nachdem sie angeklopft hatten, die Tür und führte sie in die Halle.
„Entschuldigt bitte, Jungfer Katharina, dass Ihr etwas warten musstet. Meine alten Knochen wollen nicht mehr so richtig und gestern ist es mir auch noch in den Rücken gefahren!"
Katlin bekreuzigte sich augenblicklich.
„Der Pfeil einer Hexe!", murmelte sie und wurde blass.
„Unsinn, eine Hexe braucht nicht mit Pfeilen zu schießen, sie hat doch den bösen Blick!" Katharina konnte es sich nicht verkneifen, die abergläubische Katlin aufzuziehen.
„Jungfer Katharina, Ihr dürft nicht immer so reden!" Entsetzt schlug sie erneut das Kreuz über ihre Brust.
„Ach was, Katlin, es gibt keine Hexen! Die arme Anna hat sich verhoben oder sonst was. Aber sag mal, Anna, warum öffnet Margret denn nicht die Tür, dazu musst du doch nicht extra aus der Küche kommen?"
„Das stimmt schon, Jungfer Katharina, aber Frau Lijsbet hat ihr ein paar Tage frei gegeben, damit sie sich um ihre kranke Mutter in Porz kümmern kann.

Margret ist gestern Abend noch fort und kommt wohl erst morgen oder übermorgen zurück."
Katharina zog überrascht die Augenbrauen hoch. Dann konnte die Gestalt in der Nacht auch nicht Margret gewesen sein. Und auch die Köchin schied aus, die konnte nämlich kaum aufrecht gehen.
Also doch Tante Lijsbet?
„Na dann, Katlin, geh mit Anna in die Küche und geh ihr etwas zur Hand. Die Arme kann Hilfe sicherlich gut gebrauchen. Und nimm das Birnenmus mit!"
Dankbar sah Anna sie an und verschwand eifrig schwatzend mit der jungen Magd.
Katharina stieg die Treppe hinauf und wollte schon an die Tür zu Tante Lijsbets Bibliothek klopfen, als sie ein Geräusch aus der kleinen Kammer hörte, die am Ende des Ganges lag und ab und an als Nachtlager für Gäste hergerichtet wurde. Also wandte sie sich um und ging den schmalen Gang entlang.
„Tante Lijsbet, ich bin es, Katharina. Ich wollte..."
Sie blieb wie angewurzelt in der Tür stehen.
Onkel Johann stand dort und hatte seine Nase in einem Kissen vergraben, das er eng an sich gepresst hatte.
„Oh, Onkel Johann, entschuldigt, aber ich dachte, Tante Lijsbet..."
Onkel Johann fuhr herum und starrte Katharina für einen kurzen Augenblick entgeistert an, bevor er sich wieder gefangen hatte und das Kissen auf das Bett zurück legte.
„Katharina, mein Kind!" Er räusperte sich vernehmlich.

„Wie schön, dass du uns besuchst. Ich...äh... also, Lijsbet ist in ihrem Studierzimmer. Oder wolltest du etwa zu mir?"

„Nein, nein. Ich wollte mir von Tantchen eines ihrer Bücher ausleihen! Und ihr etwas von Ursels berühmtem Birnenmus vorbeibringen."

„Da wird sie sich aber freuen, sie liebt doch Süßes so sehr."

Er lächelte Katharina an und legte seinen Arm um sie.

„Für mich könnte es dagegen eher eine von Ursels wunderbaren Kalbsleberpasteten sein, ich mache mir ja nichts aus diesem Süßkram."

Er blieb vor Lijsbets Kammer stehen und drückte seiner Nichte einen Kuss aufs Haar.

„So, ich wünsche euch nun viel Spaß, ich muss zurück ins Kontor. Geschäfte."

Er zwinkerte ihr zu und wandte sich zum Gehen.

Kurz bevor er die Treppe erreichte, rutschte etwas unter seinem Wams heraus und fiel auf den blank gewischten Boden..

Katharina ging hinter ihm her und hob das Stück Papier auf, aber ihr Onkel war bereits in seinem Kontor verschwunden.

Sie wollte ihm gerade hinterherlaufen, als ihr Blick auf die schön verschnörkelte Schrift fiel.

Das sah ganz und gar nicht aus wie ein Wechsel oder sonst ein geschäftliches Papier.

Natürlich hätte sie es unbesehen einstecken und Onkel Johann bringen müssen.

Es ging sie nämlich gar nichts an und überhaupt gehörte es sich nicht, in fremden Papieren herumzuschnüffeln.
Sie linste auf das Papier.
„Liebster Johann!"
Sie knabberte an ihrer Unterlippe. Also wenn das nicht...Das hätte sie ihrer so spröde wirkenden Tante gar nicht zugetraut!
Jetzt hatte sie noch mehr Grund, den Zettel nicht zu lesen!
„Du bist mein, ich bin dein, des sollst du gewiss sein.
Du bist eingeschlossen in meinem Herzen,
verloren ist das Schlüsselchen.
Du musst immer drinnen bleiben.
In tief empfundener Liebe. L."
Katharina wurde heiß und sie fühlte, dass sie bis an die Haarspitzen errötete.
Welcher Teufel hatte sie nun schon wieder geritten!
Was sollte sie denn jetzt machen?
Ganz unmöglich, dass sie Onkel Johann den Zettel gab.
Er würde sofort argwöhnen, dass sie ihn gelesen hatte, denn so ziemlich jeder kannte ihre Neugier!
Und Tante Lijsbet konnte sie ihn schon gleich dreimal nicht geben, wollte sie sie nicht ebenso in Verlegenheit bringen.
Das hatte sie nun davon.
Am besten war es wohl, wenn sie den Zettel einfach wieder irgendwo hinlegte, dann würde ihn irgendjemand finden, so wie es auch passiert wäre, wenn sie ihn gar nicht erst aufgehoben hätte.

Die Tür zur Kammer ihrer Tante öffnete sich und eine wie immer blasse Lijsbet schaute heraus.
„Habe ich doch richtig gehört! Komm herein, Kind. Wie schön, dass du mich heute besuchst, ich wollte ohnehin mit dir reden. Dein Onkel und ich möchten dir nämlich zur Hochzeit etwas ganz Besonderes schenken!"
Schnell ließ Katharina das Stück Papier hinter ihrem Gürtel verschwinden und hoffte, ihre Tante würde es nicht bemerken.
„Äh ja...ich...wollte mir eines Eurer Bücher ausleihen. Vielleicht einen Eurer hübschen Psalter?"
„Ja, mein Kind, such dir nur etwas aus. Wir möchten dir nämlich zur Verlobung eines der Bücher schenken. Du liest doch so gerne!"
Katharina war verblüfft, denn ein Buch war ein sehr kostbares Geschenk und sie wusste nicht so recht, ob sie das annehmen konnte.
„Tante, das müsst Ihr nicht! Ich bin schon so froh, dass ich jederzeit herkommen und etwas ausleihen kann."
„Nicht doch, sieh dich in Ruhe um und dann sag, womit wir dir eine Freude machen können."
Katharina ließ ihren Blick über die teils prächtig verzierten, teils ganz nüchtern beschrifteten Buchrücken gleiten.
Da stand das Liber abbaci von Fibonaccis, jenes weitgereisten Mathematikers, in dem sie schon als junges Mädchen gerne geblättert, aber bis heute noch nicht alles verstanden hatte.

Daneben stand Hildegard von Bingens Liber simplicis medicinae, welches sich mit den Heilkräften der Natur befasste und daneben die Kleine Heidelberger Liederhandschrift von Walther von der Vogelweide.
Auf dem Pult lag aufgeschlagen ein reich verziertes Gebetbuch, wahrscheinlich hatte Lijsbet gerade darin gelesen.
„Du musst dich nicht heute entscheiden, Kind. Denk nur in Ruhe darüber nach, es hat ja noch etwas Zeit."
Sie drehte Katharina den Rücken zu und suchte augenscheinlich nach einem bestimmten Buch.
„Hier, diesen Psalter habe ich ganz neu. Dein Onkel hat ihn mir unlängst aus Konstanz mitgebracht."
Katharina hatte keinen Blick für das reich verzierte, in Kalbsleder gebundene Buch.
Das schlechte Gewissen plagte sie so sehr, dass sie das Papier so schnell wie möglich loswerden und von hier verschwinden wollte.
„Also, ich...äh...hab ganz vergessen, dass ich noch...zum Schneider muss. Mutter und Vater wollen, dass Meister Berchtold mir noch ein paar neue Kleider näht!"
Das würde eine längere Beichte werden. Neugier, Lügen, na ja, vielleicht nicht direkt eine Lüge, aber immerhin doch auch nicht die Wahrheit.
Wenn Lijsbet irritiert war, dann ließ sie es sich jedenfalls nicht anmerken.
„Dann geh nur, Kind. Und grüße bitte deine Eltern. Ich weiß nicht, ob wir uns vor der offiziellen Verlobungsfeier noch einmal sehen..."

„Ja, Tante, das richte ich aus. Wenn Ihr mich jetzt bitte entschuldigen würdet..."

Sie knickste und war im nächsten Moment schon auf der Treppe.

Tante Lijsbet blieb mit hochgezogenen Augenbrauen in der Tür stehen.

Wenn sie nicht sofort in ihrer Kammer verschwindet, werde ich wohl keine Gelegenheit haben, das Papier unauffällig loszuwerden, dachte Katharina und drehte sich, wie um sich zu vergewissern, noch einmal um.

Lijsbet stand immer noch in der Tür und sah ihr konsterniert nach.

Verlegen winkte sie ihrer Tante zu und war auch schon in der Halle angelangt, wo ihr Onkel gerade einen Kunden begrüßte und in sein Kontor führte.

Gleichzeitig erschien Anna mit zwei Zinnbechern in der Hand in der Küchentür, gefolgt von Katlin, die einen Weinkrug trug.

„Jungfer Katharina, äh, Ihr wollt schon wieder gehen?"

Anna blieb kurz stehen, dann nahm sie Katlin den Krug ab und zuckte kurz zusammen, weil die unbedachte Bewegung ihr erneut ins Kreuz fuhr.

„Geh nur, Katlin und hab Dank für deine Hilfe!"

Schon war sie im Kontor verschwunden und Katharina blieb nichts anderes übrig, als mit ihrer Magd das Haus zu verlassen, ohne eine Gelegenheit gehabt zu haben, das Papier loszuwerden.

18

Emundus Frunt saß in seiner Schreibstube und versuchte, die Ergebnisse der Befragungen zu Papier zu bringen, die er in den letzten beiden Tagen im Auftrag des Rates der Stadt Köln durchgeführt hatte. Er hatte zunächst Professor Hericus, seines Zeichens studierter Theologe und Mitglied des Bettlerordens befragt, um eine theologische Einordnung der sodomitischen Sünde zu erhalten.
Henricus hatte ihm zwar freundlich, aber doch unmissverständlich zu verstehen gegeben, dass diesbezügliche Untersuchungen besser nicht allzu öffentlich durchgeführt werden sollten, obgleich die Sodomie natürlich eine Sünde und damit zu bestrafen sei.
Es stehe aber zu befürchten, dass gerade durch eine allzu forsche Befragung einige junge Männer auf diese unheilvolle Praktik erst aufmerksam würden. Möglicherweise neugierig geworden, könne nicht ausgeschlossen werden, dass sich so Nachahmer finden würden.
Und dadurch würde dann erst recht bekannt und verbreitet, was doch eigentlich bekämpft werden solle.
Dieser Logik hatte Emundus sich nun gar nicht anschließen können.
Danach hatte er auch noch einen Professor der Juristerei aufgesucht, um sich bei diesem Rat zu holen und die Aussichten einer Untersuchung zu besprechen.

Dieser hatte ihm zu bedenken gegeben, dass höchstwahrscheinlich keiner der Sünder freiwillig ein Geständnis vor dem hohen Rat ablegen würde.
Eine Vernehmung der Beichtväter, die im Altstadtgebiet in Frage kämen, sei unter juristischen Aspekten aber keinesfalls zu empfehlen, denn selbst wenn diese von der unaussprechlichen Sünde der Sodomie Kenntnis hätten, wären ihre Aussagen doch nicht gerichtsverwertbar, da sie dem Beichtgeheimnis unterlagen.
Da aber der Rat von ihm Ergebnisse erwartete, hatte sich Emundus über diese Bedenken hinweggesetzt und mit der Befragung der dreizehn in Frage kommenden Geistlichen begonnen. Aber schnell hatte er einsehen müssen, dass er so wahrscheinlich nicht weiter kam.
Der Pastor von Sankt Brigiden und der Augustinereremit hatten sich stur auf das Beichtgeheimnis berufen. Die Beichtväter der Dominikaner, der Franziskaner und der Karmeliter sowie der Pastor von Sankt Kolumba hatten dagegen beharrlich geleugnet, von derartigen Ausschweifungen zu wissen.
Entnervt hatte Emundus daraufhin zunächst die Befragungen abgebrochen.
Das führte zu nichts!
Aber noch während er über seine weiteren Schritte nachdachte, hatte einer der Büttel ihn geholt, weil auf dem Heumarkt der Teufel los war.
Nach Ansicht des Büttels hatte dieser Aufruhr mit den Sodomitern zu tun und so hatte er sich unverzüglich zu

Emundus Frunt begeben, da dieser doch mit der Angelegenheit befasst war.

Dort angekommen hatte sich dann herausgestellt, dass vor und an etlichen Haustüren angesehener Bürger wohl Zettel gelegen hatten, auf denen die Bewohner bezichtigt wurden, Sodomiter zu sein. Freilich waren inzwischen alle Zettel von den Betroffenen vernichtet worden, so dass wiederum niemand genau sagen konnte, wer bezichtigt worden war und wer nicht. Dennoch hatte sich wie ein Lauffeuer verbreitet, dass am Heumarkt etwas vor sich ging und in Windeseile waren Fanatiker, Eiferer oder auch einfach nur Schaulustige zusammengelaufen, um sich mit eigenen Augen ein Bild von der Lage zu machen. Und weil nicht mehr ausgemacht werden konnte, wer diese Zettel vor der Tür gefunden hatte und wer nicht, hatte sich die Wut der Leute eben gegen alle Pfeffersäcke am Heumarkt gerichtet.

Es hatte Emundus und die Büttel einige Mühe gekostet, die aufgebrachte Menge zu zerstreuen, aber schließlich hatten sich die meisten von ihnen unter Androhung von Gewalt und einer Nacht im Turm getrollt.

Zuvor hatte ihn ein altes Mütterlein mit Kopftuch und zerschlissenen Kleidern zur Seite genommen und ihm einen dieser geheimnisvollen Zettel zugesteckt. Den hatte sie zertrampelt und dreckig in der Gosse gefunden. Aber da sie nicht lesen konnte, wusste sie nicht, ob es einer dieser Zettel war, von denen alle redeten. Nun sah sie Emundus erwartungsvoll an, in der Hoffnung, von ihm mehr zu erfahren. Aber dieser

scheuchte sie mit einem rüden Stoß vor die magere Brust davon und die Alte trollte sich, nicht ohne ihm noch ein paar derbe Verwünschungen hinterher zu rufen.
Ein kurzer Blick auf den zerknitterten Zettel in seiner Hand ließ sein Herz höher schlagen.
Wenn jemand bei einem Manne liegt wie bei einer Frau, so haben sie getan, was ein Greuel ist, und sollen beide des Todes sterben!
Nun hatte er also endlich einen Ansatzpunkt für weitere Ermittlungen!
Emundus hatte sich halbwegs zufrieden mit dem Verlauf der Dinge unverzüglich zurück in seine Schreibstube begeben, um sich einige Notizen über die vergangenen Ereignisse zu machen, als es erneut klopfte und einer der Nachtwächter darum bat, ihn sprechen zu dürfen.
Ungehalten über diese Störung wollte er ihn schon abwimmeln, als dieser, seinen Hut verlegen in den Händen drehend, sagte:
„Meister Frunt, äh, ich glaube, ich habe gestern Nacht was gesehen, das... nun, ich meine, jetzt wo das mit diesen merkwürdigen Zetteln und Herrn Kruysgin passiert ist...also ich meine, es gibt da etwas, das ich Euch sagen muss."
Er blieb verunsichert in der Tür stehen und trat von einem Fuß auf den anderen.
„Kerl, ich habe keine Zeit für dein Gestammel. Sag was du zu sagen hast und stottere nicht so herum. Ich habe eine Untersuchung durchzuführen und muss mich

sputen, wenn ich dem Rat bald Rede und Antwort stehen muss."
„Äh ja, darum geht es ja gerade. Also ich hatte gestern Dienst und da...da hab ich vor dem Haus des Herrn Kruysgin jemanden gesehen, der so einen Zettel in der Hand hatte. Und jetzt, wo doch der Herr Kruysgin..."
Schon etwas interessierter winkte Emundus ihn zu sich an den Tisch.
„Was redest du da ständig von dem Kruysgin. Was hat der damit zu tun?"
„Also, der Herr hat gar nichts gemacht...ich meine...ich weiß es nicht...aber jetzt ist er doch tot..."
„Was?" Der Syndikus riss die Augen erstaunt auf. „Was sagst du da? Der Kruysgin ist tot? Woher weißt du das?"
Nun war es an dem Nachtwächter, Emundus verständnislos anzusehen.
„Äh, ich dachte Ihr wüsstet schon, dass...nun, dass man den Herrn heute morgen tot aufgefunden hat. Näheres weiß ich auch nicht, aber heute Nacht, da..."
Emundus seufzte und bat den Nachtwächter nun doch, sich zu setzen. Das hier schien mehr Zeit in Anspruch zu nehmen, als ursprünglich gedacht, aber wenn er sein Gegenüber richtig verstanden hatte, konnte es durchaus interessant sein, was dieser zu berichten hatte.
„Also heute, ich meine vergangene Nacht, habe ich bei meiner Runde über den Heumarkt diesen Kerl bemerkt, der vor der Tür zum Haus der Kruysgins stand. Er hatte genau so einen...", er deutete auf den

Zettel auf Emundus` Tisch, "Fetzen in der Hand. Als ich ihn gefragt hab, was er da mitten in der Nacht an diesem Haus zu schaffen hätte, hat er gesagt, er wolle der Magdalin schöntun. Also, die Magdalin, das ist die Magd im Haus. Äh, er hatte wohl was aufgeschrieben, dabei kann die Magdalin gar nicht lesen!" Er grinste, wurde aber sofort wieder ernst.

„Äh, also er hat mir den Zettel hingehalten, aber was drauf stand weiß ich nicht…", er wurde rot, „…ich kann nämlich auch nicht lesen."

„Und du sagst, es war genau so ein Zettel?" Emundus hob den Zettel hoch und hielt ihn dem Nachtwächter unter die Nase.

„Hm, ja. Sah genauso aus. Vielleicht nicht so dreckig und zerknittert."

„Und wie sah dieser Kerl aus, was weißt du noch über ihn? Denk nach, es ist wichtig, dass du mir alles sagst, was du weißt."

„Ja, äh, der war gut gekleidet, vielleicht etwas zu gut für einen aus der Schildergasse."

„Was meinst du damit?"

„Also der hat gesagt, er sei Konrad Schildmacher aus der Schildergasse."

„Willst du mich foppen, Mann?" Wütend war Emundus aufgesprungen.

„Niemals!" Der Nachtwächter wurde blass.

„Niemals, werter Herr Doktor! Das hat er wirklich gesagt."

„Und das hast du geglaubt, Mann?!"

„Äh ja, warum nicht? Da wusste ich ja noch nicht, dass der, also das mit dem Kruysgin und das von den anderen Zetteln!"
Emundus überlegte. Dass der Kruysgin tot war, war neu für ihn, musste aber rein gar nichts mit seinem Fall zu tun haben, zumal ihm nichts davon bekannt war, dass auch er einen solchen Hinweis an der Tür gehabt hatte. Allerdings, wenn dieser Unbekannte durch den Nachtwächter gestört worden war und den Zettel wieder mitgenommen hatte...
Irgendwie schien alles mit diesen vermaledeiten Fetzen Pergament zusammen zu hängen. Wenn er den Kerl fassen könnte, der diese Nachrichten verteilt hatte, war er der Wahrheit schon ein Stückchen näher gekommen, denn immerhin schien dieser über ein Wissen zu verfügen, das er sich zunutze machen konnte.
Und vielleicht hatte er damit auch schon den Mörder des jungen Matthis, wer konnte das schon wissen?
„Dann geh jetzt sofort in die Schildergasse und treibe diesen Konrad auf und bring ihn augenblicklich hierher. Und nimm vorsichtshalber noch einen Büttel mit, nur für den Fall, dass dieser Kerl Mätzchen macht!"
„Äh..ja...sofort, Herr Doktor." Fast riss der Kerl den Stuhl um, auf dem er gesessen hatte und eilte zur Tür hinaus.
Für einen kleinen Moment verschränkte Emundus die Hände hinter seinem Kopf und streckte sich zufrieden.

Es schien so, als sollte er in dieser Sache doch noch
einen guten Schritt weiterkommen. Damit war vor ein
paar Stunden gar nicht mehr zu rechnen gewesen.
Dann nahm er sein Barett und machte sich auf den
Weg, um Näheres über den Tod des ehrenwerten Herrn
Kruysgin in Erfahrung zu bringen.
Unter Umständen stand dessen Ableben ja doch mit
seinem Fall in Zusammenhang.

19

Simon erwachte nach einer unruhigen Nacht.
Er hatte sich, halb wach, halb schlafend, herumgewälzt
und seine Situation überdacht.
Sein bis vor wenigen Tagen so vorherbestimmtes Leben
war völlig aus den Fugen geraten.
Er war nicht länger der Erbe eines Tuchhandels
sondern nur noch der Verwalter eines Schuldenberges.
Er hatte keine Heimat mehr in Köln und auch in Gent
würde er vermutlich nicht so leicht wieder Fuß fassen.
Die Frau, die nach langer Zeit sein Herz berührt hatte,
hatte er an einen anderen Mann verloren, noch bevor er
überhaupt eine Möglichkeit bekommen hatte, sie für
sich zu gewinnen.
Aber im Grunde war es ohnehin belanglos, ob sie
verlobt war oder nicht, denn niemals hätte Arndt van
Westerburg einer Verbindung seiner Tochter mit einem
mittellosen Mann zugestimmt, und das war er nun ja.

Dass er an diesem Umstand keine Schuld trug war dabei unerheblich. Er schluckte all die Bitterkeit und Hoffnungslosigkeit, die wie ein dicker Kloß in seinem Hals saß, herunter und machte sich auf den Weg zum Haus der van Westerburgs.
Es hatte keinen Sinn, über etwas zu grübeln, das er nicht ändern konnte.
Er musste so schnell wie möglich etwas tun und dazu gehörte, einen Preis für die Tuche auszuhandeln und eventuell auch einen Käufer für sein Elternhaus zu finden.
Die junge Magd, die er schon von seinem ersten Besuch her kannte, öffnete ihm und bat ihn, einen Augenblick in der Halle zu warten, da ihr Herr noch im Kontor beschäftigt sei.
Sie bot ihm einen Becher Wein an, den er aber dankend ablehnte und verschwand wieder in der Küche.
Nervös ging Simon auf und ab, während er sich in der Halle umsah.
Wie anders wirkte doch dieser Raum im Gegensatz zu seiner eigenen Halle!
Hier war schon auf den ersten Blick zu erkennen, wie wohlhabend die Familie war.
An den Wänden hingen kunstvoll geknüpfte Teppiche und Regale, auf denen silberne Trinkbecher und fein gearbeitete Silberteller ausgestellt waren.
Fast so hatte seine Halle auch einmal ausgesehen, und Simon fragte sich einmal mehr, wie es hatte soweit kommen können, dass nun all diese Kostbarkeiten verkauft waren.

Das Geräusch einer sich öffnenden Tür riss ihn aus seinen Gedanken.
Aber es war nicht Arndt van Westerburg, der in der Halle stand, sondern Katharina, die eben mit Katlin das Haus betreten hatte.
Sie blieb abrupt stehen als sie ihn erblickte und zog die Augenbrauen hoch.
„Herr Verbeek, was..." Ihre Stimme klang rau und sie musste sich räuspern.
„Äh...wollt Ihr zu meinem Vater?"
Er machte ein paar Schritte auf sie zu.
„Auch." Er sah ihr so intensiv in die Augen, dass ihr Herz augenblicklich wieder heftig zu klopfen begann.
„Katlin, geh und hole einen Becher Wein für unseren Gast." Katharinas Stimme klang belegt und als Katlin kurz darauf in der Küche verschwunden war, schlang sie die Arme um ihren Körper und trat einen Schritt zurück.
„Was also wollt Ihr hier?"
„Ich möchte meine Tuche so schnell wie möglich an Euren Vater verkaufen. Ihr habt mir ja keinen Preis genannt."
Er trat wieder einen Schritt auf sie zu, aber Katharina wich erneut zurück, als fürchte sie sich vor ihm.
„Und ich möchte Euch um Verzeihung bitten."
Als sie nichts sagte, fuhr er fort.
„Ich hätte Euch nicht...derart...bedrängen dürfen. Aber als Ihr vor mir standet, da..."
Er schluckte und suchte nach Worten.

„Als ich vor Euch stand, da...?" Als er nicht sofort antwortete, vollendete sie den Satz.
„Da wolltet Ihr die Gelegenheit nutzen und Euch auf meine Kosten etwas amüsieren! Oder habt Ihr vielleicht gehofft, die Preise etwas nach oben zu treiben, indem Ihr einer einfältigen Jungfer auf diese Art... schmeichelt?"
Katharina funkelte ihn an. Sie wollte nicht, dass er weitersprach, wollte ihn aus einem kindischen Impuls heraus dafür bestrafen, dass er ihre Gefühle so durcheinander brachte.
Verblüfft sah er sie an.
„Nein, ganz und gar nicht, aber das wisst Ihr genau so gut wie ich, oder?" Um seinen Mund lag wieder dieser verletzte Ausdruck, den sie schon einmal bei ihm gesehen hatte.
Noch bevor sie darauf antworten konnte, öffnete sich die Tür zum Kontor ihres Vaters und Arndt van Westerburg trat in Begleitung eines Mannes heraus, der Simon vage bekannt vorkam.
„Also dann, Herr van Dijk, ich denke, ich kann Euch die gesamte Lieferung abnehmen."
Er hielt inne als er Simon und Katharina erblickte.
„Äh...Katharina...Herr Verbeek? Was...?"
Aber da trat sein Begleiter schon auf Simon zu und schlug ihm auf die Schulter.
„Ja so sieht man sich wieder! Habt Ihr den gestrigen Abend gut überstanden? Ihr hättet nicht so früh aufbrechen sollen, wir hatten noch viel Spaß mit einigen hübschen Kölnerinnen!"

Er zwinkerte Simon zu und der erinnerte sich, dass dieser Herr van Dijk einer von den Fernhandelskaufleuten war, mit denen er am vorherigen Abend im Wirtshaus getrunken hatte.
„Nichts für ungut, Herr van Dijk, aber mir steht im Augenblick nicht der Sinn nach weiblichem Liebreiz."
Kurz streifte er Katharina mit seinem Blick, die daraufhin errötete.
Van Dijk lachte dröhnend.
„Ich sage Euch, Ihr habt etwas verpasst!"
Arndt van Westerburg räusperte sich vernehmlich, bevor das Gespräch noch in Bahnen geriet, die nichts für die Ohren seiner Tochter waren.
„Wie ich sehe, kennt Ihr Herrn Verbeek bereits. Und das hier ist meine Tochter Katharina."
Van Dijk verbeugte sich formvollendet vor Katharina.
„Mir scheint, in Köln lauert der Liebreiz an jeder Ecke!"
„Ich danke Euch für Eure wohlgemeinten Worte, Herr van Dijk. Allerdings gibt es in Köln auch nicht wenige Ecken, hinter denen Eigennutz und Berechnung lauern!"
Katharina lächelte unschuldig, wobei ihr Blick auf Simon gerichtet war.
„Katharina!" Arndt van Westerburg zog irritiert die Augenbrauen zusammen.
„Ich meine ja nur, Vater! Herr van Dijk kennt sich vielleicht in Köln nicht so gut aus und da muss man ihn doch warnen! Manchmal täuscht der äußere Anschein."

Simons Augen funkelten und eine steile Falte bildete sich auf seiner Stirn. Es war offensichtlich, dass Katharina ihn mit ihren Worten hatte treffen wollen. Verständnislos blickte Arndt van Westerburg von seiner Tochter zu Herrn van Dijk und dann zu Simon. Hier ging etwas vor, was er sich nicht ganz erklären konnte. Aber das würde er später in Erfahrung bringen, schwor er sich.

„Ähm, ja, da magst du ganz recht haben, Katharina. Aber Herr van Dijk kann versichert sein, dass ihm als Handelspartner meines Hauses ein wie auch immer geartetes Ungemach nicht droht."

Er deutete eine Verbeugung in Richtung des Flamen an.

„Wenn Ihr mich jetzt entschuldigen würdet, Herr van Dijk, aber ich habe noch ein paar Geschäfte zu tätigen, die sich nicht aufschieben lassen."

„Aber selbstverständlich, Herr van Westerburg! Ich freue mich, dass wir uns so schnell handelseinig geworden sind. Ich lasse Euch dann morgen die Lieferung bringen."

Van Dijk verbeugte sich seinerseits.

„Jungfer Katharina, Herr Verbeek! Ich wünsche Euch noch einen schönen Tag."

Damit ging er zur Tür und war auch schon verschwunden.

„Herr Verbeek, wenn Ihr mir folgen würdet, können wir über den Preis für Eure Tuche verhandeln. Deswegen seid Ihr doch hier?" Mißtrauisch musterte er sein Gegenüber. „Meine Tochter hat mir schon über die Qualität berichtet und ich denke, ich kann ihrem Urteil

vertrauen, ohne dass ich mir die Stoffe ebenfalls
ansehen muss."
An Katharina gewandt sagte er:
„Was sollte das gerade? Ich glaube, wenn ich hier fertig
bin, hast du mir etwas zu erklären."
Inzwischen war auch Katharina klar, dass ihr Verhalten
mehr als ungebührlich gewesen war. Ihre Worten
sollten Simon treffen, warum, war ihr selbst nicht so
ganz klar.
Sie hatte ihn verletzen wollen, was nicht nur reichlich
kindisch, sondern auch ganz und gar ungerecht war,
denn immerhin hatte sie ihn ja nicht zurückgewiesen.
Aber es tat eben gut, einen Schuldigen für das Chaos
ausgemacht zu haben, das in ihr tobte.
Stattdessen hatte sie mit ihren Andeutungen bei Herrn
van Dijk den Anschein erweckt, als gäbe es unter der
Kölner Kaufmannschaft etliche schwarze Schafe.
Das würde eine gehörige Strafpredigt ihres Vaters zur
Folge haben, was sie ihm gar nicht verdenken konnte.
Bis dahin war es wohl besser, sich in ihre Kammer zu
begeben und in Ruhe darüber nachzudenken, was sie
ihrem Vater später als Erklärung für ihr Verhalten
liefern sollte.
Sie wusste allerdings schon jetzt ganz genau, dass es
einmal mehr nicht die ganze Wahrheit sein würde!
„Ja, Vater, es tut mir leid. Ich gehe wohl besser hinauf
und ruhe mich etwas aus. Vielleicht war es doch ein
wenig zu…viel…in der letzten Zeit."
Sie neigte kurz den Kopf und ging zur Treppe.
Bloß nicht Simon ansehen, in seine Augen schauen…

Hinter ihr brummte ihr Vater etwas, was sich anhörte wie, „„...kein Grund...völlig ungebührlich..." Dann wandte er sich an Simon und sagte: „Alsdann, Herr Verbeek, ich hoffe, meine Tochter war Euch gegenüber nicht auch so...so..."
„Herr van Westerburg, in dieser Hinsicht kann ich Euch absolut beruhigen. Mir gegenüber war Eure Tochter äußerst...entgegenkommend!"
Katharina hörte deutlich den Spott aus Simons Worten heraus und wurde augenblicklich rot, ob vor Empörung oder vor Scham konnte sie nicht so recht einordnen.
Gottlob war sie bereits oben angelangt, so dass wenigstens niemand sehen konnte, wie sie auf diese Unverschämtheit reagierte.
Mit brennend heißen Wangen betrat sie ihre Kammer und schloss die Tür hinter sich.

Simon und Arndt van Westerburg hatten sich gerade an den großen Eichentisch im Kontor niedergelassen und waren dabei, über den Preis für die Tuche zu verhandeln, als es erneut an die Tür klopfte.
Kurz darauf führte Gertrud einen Büttel herein, der sich ehrerbietig verbeugte, bevor er den Hausherren ansprach.
„Verzeiht die Störung, Herr van Westerburg, aber der Rat hat eine Sitzung einberufen. Da müssen alle kommen...also, ich meine die Ratsherren..."

„Herrgott, ich frage mich, wann ich noch meinen Geschäften nachgehen soll, wenn ich ständig zu einer Sitzung einberufen werde! Wann soll ich dort sein?"
„Es tut mir leid, Herr, aber..äh...sofort.."
„Jetzt gleich?!"
Der Büttel zuckte zusammen und knetete verlegen an der Krempe seines Hutes.
„Schon gut. Weißt du wenigstens, was schon wieder so dringend ist, dass man uns einbestellt?" Ärgerlich zog der Ratsherr die Augenbrauen zusammen.
„Äh, ich weiß nicht genau,...also, ich könnte mir vorstellen, dass es mit dem Kru...dem Herrn Kruysgin zu tun hat..."
Arndt seufzte.
„Was hat denn der alte Schwerenöter angestellt, dass wir seinetwegen alles stehen und liegen lassen sollen?" Verwirrt schaute der Büttel von Simon zu dem Ratsherren.
„Äh...angestellt? Ich meine, habt Ihr etwa noch nicht gehört, dass...also der Herr Kruysgin hat nichts angestellt, außer, tot in der Gasse zu liegen…!"
„Was?!"
„Na ja, wie es scheint, ist das genauso wie bei dem anderen, also der lag ja auch auf der Straße..."
„Mann, was sagst du da? Das würde ja heißen..."
Arndt war aufgesprungen und fuhr sich aufgebracht durchs Haar.
„Herr Verbeek, es tut mir leid, aber wie Ihr hört, rufen mich dringende Angelegenheit ins Rathaus. Ich werde

Euch in Eurem Kontor aufsuchen, wenn die Sitzung vorbei ist, dann können wir vor Ort weiter sprechen."
Auch Simon hatte sich erhoben und gemeinsam gingen sie zur Tür.
Und während der Ratsherr sich mit dem Büttel in Richtung Rathaus begab, machte sich Simon auf, um zuhause in Ruhe über diese Entwicklung nachzudenken.
Wie es schien, hatte ihm dieser Tag bislang mehr neue Probleme gebracht, als er gelöst hatte.
So wie er es verstanden hatte, ging man wohl nicht davon aus, dass der Kerl eines natürlichen Todes gestorben war, denn dann hätte sein Tod nicht solche Wellen geschlagen, dass man umgehend eine Sitzung einberief.
Der Tod von Kruysgin konnte für ihn unerfreulich werden, nämlich dann, wenn man erfuhr, dass er in der Nacht vor dem Anwesen der Familie gesehen worden war.
Immerhin hatte ihn der Nachtwächter direkt vor dem Haus des Mannes erwischt, der nun tot war.
Im ungünstigsten Fall würde man ihn nicht nur verdächtigen, der Denunziant zu sein, der diese Zettel verteilt hatte, sondern womöglich würde man argwöhnen, dass er auch etwas mit dem Tod dieses Kaufmanns zu tun hatte.
Und wenn er erst einmal eine Rolle bei den Ermittlungen spielen würde, war, unabhängig von dem ungewissen Ausgang derselben, nicht abzusehen, wann

er seine Geschäfte hier zu Ende bringen und Köln verlassen konnte. Rückblickend erschien ihm die Idee mit dem falschen Namen nun mehr als töricht, denn wenn man darauf kam, dass er nicht Konrad Schildmacher hieß, sondern Simon Verbeek, machte es ihn nur verdächtiger. Vielleicht wäre sein kleiner Schwindel unentdeckt geblieben, wenn es nur um die Zettel gegangen wäre, aber nachdem es nun einen Toten gab, konnte er nicht mehr darauf hoffen.
Wie er es auch drehte und wendete, er war da in etwas hineingeraten, das er in seiner Lage gar nicht gebrauchen konnte und er benötigte schnell eine Idee, wie er da möglichst unbeschadet wieder herauskam.

20

„Meine Herren, liebe Freunde!"
Die Stimme hallte laut in dem Raum wieder, um die Unterhaltungen der Anwesenden zu unterbrechen und deren Aufmerksamkeit zu erlangen.
Fast augenblicklich verstummten dann auch die Gespräche und neugierig wandten sich dem Redner viele Augenpaare zu.
„Ich komme gerade aus einer Ratssitzung und habe diese Zusammenkunft einberufen, weil ich fürchte, dass die ganze Sache außer Kontrolle gerät. Einige von Euch waren ja ebenfalls anwesend und wissen, was ich

meine. Andere haben es vielleicht schon gehört und für den Rest fasse ich die Ereignisse der letzten Tage zusammen. Nach dem Tod von Matthis haben wir nun einen weiteren Toten aus unseren Reihen zu beklagen. Und auch bei diesem liegt der Verdacht nahe, dass er nicht freiwillig diese Welt verlassen hat."
Er hob einen Becher Wein an die Lippen und nahm einen kräftigen Schluck.
„Leider hat es unseren guten Freund Kruysgin erwischt. Man hat ihn unweit des Alter Marktes gefunden und der äußere Anschein legt die Vermutung nahe, dass er ebenso wie Matthis zu Tode kam. Der Medicus vermutet ein Gift, Auffindesituation und einige äußere Anzeichen lassen diesen Schluss zu. Es sieht so aus, als ob beide einen schrecklichen Todeskampf ausgefochten haben, bevor sie gestorben sind."
Nachdem die Anwesenden zunächst atemlos gelauscht hatten, durchbrachen nun aufgebrachte Rufe die Stille.
„Wie kann das sein?"
„Wer sagt, dass die beiden Todesfälle zusammenhängen?"
„Welches Gift soll das denn gewesen sein und warum?"
Er hob die Hand und sofort verstummten die Zwischenrufe.
„Ich will Euch alles berichten, was ich weiß. Also, fangen wir vom vorne an. Matthis hat man gefunden, nachdem er bei Euch zu Gast gewesen war. War Kruysgin gestern ebenfalls bei Euch?" Er sah einem der Anwesenden herausfordernd in die Augen.

Der Angesprochenen lief dunkelrot an.

„Ich muss doch bitten, werter Freund! Wollt Ihr damit etwa andeuten, dass ich etwas mit diesen bedauerlichen Todesfällen zu tun habe?" Aufgebracht sprang er von seinem Stuhl auf und wollte den Wortführer am Wams packen, doch dieser war schneller und erwischte seinerseits die Hand seines Gegenübers und bog sie nach unten.

„Nicht doch, mein Freund! Qui se excusat, se accusat! Wer sich so verteidigt, klagt sich an!" Er ließ die Hand seines Widersachers los und trat einen Schritt zurück. Dieser sog scharf die Luft ein und rieb sich das Handgelenk.

„Oho, Ihr bemüht den Namensvetter unseres ehrenwerten Herrn Pfarrers, den heiligen Hieronymus! Lasst Euch gesagt sein, dass ich keinen Anlass sehe, mich zu verteidigen, denn ich bin ebenso entsetzt über die Vorgänge wie Ihr! Und im Gegenteil: nicht ich habe mich durch meine Worte angeklagt, sondern Ihr mich mit Eurer infamen Unterstellung!"

„Oh, dann habt Ihr mich ganz falsch verstanden! Nichts lag mir ferner, als Euch etwas zu unterstellen. Ich habe lediglich eine Frage an Euch gerichtet, die Ihr mir bisher allerdings noch nicht beantwortet habt!" Wie zwei Kampfhähne standen sich die beiden Widersacher gegenüber.

„Ich bitte Euch, meine Herren, so kommen wir doch nicht weiter!" Ein junger Mann mischte sich nun in das Gespräch ein. Offensichtlich stammte er aus reichem Hause, denn sein Wams war aus dunkelblauem Brokat

gefertigt und mit aufwändigen silbernen Stickereien versehen. An seinen Fingern glitzerten etliche Ringe und selbst sein Gürtel war über und über mit Edelsteinen besetzt.
„Welches Motiv sollte denn einer von uns haben, so etwas zu tun? Das ist doch an den Haaren herbeigezogen! Schließlich sitzen wir doch alle in einem Boot."
„Nun, zum Beispiel wäre doch Eifersucht ein vortreffliches Motiv!"
„Also das erscheint mir doch wahrlich zu weit her geholt. Und während wir uns hier gegenseitig verdächtigen, läuft der wahre Schuldige draußen herum und bringt unbehelligt einen nach dem anderen aus unseren Reihen um. Sollten wir nicht lieber darüber beraten, was zu tun ist, um diesem Schurken das Handwerk zu legen? Immerhin scheint es so, als könnte jeder von uns das nächste Opfer sein, jedenfalls wenn er aus dem Grund tötet, den wir wohl alle vermuten!"
Beifälliges Gemurmel begleitete die Worte des jungen Mannes.
Noch immer standen sich die beiden Streithähne gegenüber und fixierten sich gegenseitig mit bösen Blicken, dann aber trat der Wortführer widerwillig einen Schritt zurück und atmete hörbar aus.
„Vielleicht habt Ihr recht, aber lasst Euch gesagt sein, dass ich nichts und niemanden ausschließen werde, wenn es darum geht, den Hurensohn zu finden, der mordend durch Köln zieht!" Er bedachte sein

Gegenüber mit einem letzten vernichtenden Blick, bevor er sich endgültig der gespannt lauschenden Versammlung zuwandte.
„Also, tragen wir zusammen, was wir bislang wissen. Matthis wurde ermordet nachdem er bei Euch zu Gast war." Erneut fixierte er sein Gegenüber, hob aber beschwichtigend die Hand, als der Angesprochene aufspringen wollte.
„Beruhigt Euch! Da wir nicht wissen, um was für ein Gift es sich handelt, wissen wir auch nicht, wann die beiden Opfer damit in Berührung kamen. Es könnte ihnen also auch jeweils auf dem Heimweg verabreicht worden sein, was allerdings eher unwahrscheinlich ist. Und ich glaube auch nicht, dass es sich um ein langsam wirkendes Gift handelt, denn so wie die beiden im Tod ausgesehen haben, muss es sie plötzlich getroffen haben. Es scheint also so, als ob wir hier nicht weiter kommen, jedenfalls im Augenblick nicht."
Er sah sich in dem kleinen Raum um und blickte in nachdenkliche und bestürzte Gesichter. Manche waren hochrot geworden, andere wiederum blass. Nicht wenigen stand Schweiß auf der Stirn, was aber wohl nicht nur von der stickigen Luft kam, die wie schlechter Atem durch die überfüllte Stube waberte.
„Wir haben aber noch einen anderen Ansatzpunkt. Einige von Euch haben diese Zettel an ihrer Tür gefunden, ich übrigens auch, und daraus geht hervor, dass der Verfasser uns tot sehen will. Wenn es uns gelingt, den ausfindig zu machen, haben wir vielleicht den Täter. Und wenn er es nicht war, dann kennt er ihn

vielleicht oder sie arbeiten sogar zusammen. Und auch den alten Pfaffenfurz Hieronymus sollten wir im Auge behalten. Immerhin hat er mit seiner Predigt den Stein erst ins Rollen gebracht und ich glaube nach wie vor, dass der alte Frömmler irgendwie mehr weiß als er vorgibt!"

„Das hört sich ja alles ganz plausibel an, aber sagt, habt Ihr auch eine Idee, wie wir an diesen Hundsfott von Zettelschreiber herankommen sollen? Meiner Kenntnis nach hat der Kerl diese Pamphlete doch nachts verteilt und ist nicht gesehen worden."

„Das stimmt nicht ganz. Ich habe heute in der Ratssitzung erfahren, dass er sehr wohl gesehen worden ist. Ein Nachtwächter hat ihn vor dem Haus der Kruysgins angesprochen. Allerdings hat er ihn nicht festgehalten und der Name, den der Kerl genannt hat, ist natürlich auch falsch. Aber der gute Emundus Frunt lässt schon nach ihm suchen und daher dürfte es nur eine Frage der Zeit sein, bis wir wissen, wer es ist."

„Aber wenn der Stadtsyndikus schon nach ihm sucht, warum überlassen wir ihm dann nicht die Ermittlungen?"

„Weil ich fürchte, dass diese ganze...Sache...nicht mit der notwendigen Härte verfolgt werden wird. Zwar will der Rat den Mörder finden, aber ob er seine gerechte Strafe bekommt? Immerhin hat er nur ein paar Sodomiter auf dem Gewissen. Und die loszuwerden ist durchaus im Sinne des Rates. Es könnte also sein, dass man eine Lösung findet, die, sagen wir mal, nicht so ausfällt, wie ich es mir wünschen würde."

„Wollt Ihr damit andeuten, dass das Hohe Gericht am Ende..." Aufgebracht war einer der Anwesenden aufgesprungen.

„Ich will damit andeuten, dass ich den Rat dieser Angelegenheit entlasten möchte und allein auf mein Urteil vertraue. Und ich sehe hier nur eine gerechte Strafe...der Kerl muss sterben!"

Einen kurzen Augenblick lang herrschte atemlose Stille bevor alle durcheinander zu reden begannen.

Nur einer der Anwesenden blieb blass und still auf seinem Stuhl sitzen.

Dass Kruysgin am Abend vor seinem Tod sehr wohl bei ihm gewesen war, würde er jetzt erst recht für sich behalten müssen.

21

Katharina hatte den Abend mit ihren Eltern irgendwie hinter sich gebracht, hatte gelächelt, wenn es um ihre Verlobung mit Lenhart ging und allem zugestimmt, was ihre Eltern für die geplante Feier vorschlugen. Zuvor hatte ihr Vater sie in sein Kontor beordert und ihr gehörig die Leviten gelesen. Ihr Verhalten gegenüber seinem Geschäftspartner sei nicht hinnehmbar und ihre unbedachten Worte hätten die gesamte Kaufmannsschaft Kölns in ein schlechtes Licht gerückt, was er nicht ungestraft auf sich beruhen lassen würde. Er verbot ihr, in Zukunft das Wort an seine

Geschäftspartner zu richten und darüber hinaus hatte sie sich bis auf weiteres von seinem Kontor fernzuhalten.

Da sie selbst wusste, dass sie mit ihrem Verhalten mehr als unbedacht gehandelt hatte, ließ sie alles über sich ergehen und stimmte ihrem Vater in allem zerknirscht zu. Dass sie nicht mehr in sein Kontor durfte, traf sie dabei am meisten, denn das war ihr der liebste Ort im Haus.

Recht früh hatte sie sich dann zu Bett begeben, aber Schlaf hatte sie, wie so oft in den letzten Tagen, kaum gefunden.

Beim Ankleiden war ihr dann der kleine Zettel wieder in die Hände gefallen, den sie tags zuvor beim Besuch im Haus ihres Onkels mitgenommen hatte. Sie beschloss, ihn nicht wieder zurückzubringen, denn wahrscheinlich würde ihn ohnehin niemand vermissen und wenn doch, dann war es allemal besser, er würde als verloren gelten.

Sie würde ihn zerreißen oder verbrennen und die Sache dann schnell vergessen.

Überhaupt hatte sie das Gefühl, in den letzten Tagen von den Geschehnissen förmlich überrannt worden zu sein.

Erst die Verlobung, dann die Begegnung mit Simon, die Sache mit den Sodomitern…

Sie hatte Kopfschmerzen und wünschte sich eigentlich nur Ruhe, aber schon am Nachmittag würde sie in Begleitung ihrer Eltern ihr neues Zuhause in

Augenschein nehmen, denn Lehart hatte sie gestern noch eingeladen.
Manchmal wünschte sie sich, einfach aufzuwachen und festzustellen, dass sie nur geträumt hatte. Ihre Verlobung, ihre Begegnung mit Simon...Warum war alles so kompliziert, warum musste Simon in dem Augenblick auftauchen und in ihr Leben eindringen, in dem sie sich verlobt hatte und einfach nur ein ruhiges Leben an der Seite ihres Gatten führen wollte? Nichts würde sein wie vor dieser Begegnung, das wusste sie so sicher wie es Sommer und Winter gab.
Um sich abzulenken hatte sie mit ihrer Mutter im Kontor Stoffe für ihre neuen Surkots ausgesucht. Immerhin galt für diesen Anlass das Verbot ihres Vaters, den Raum zu betreten, nicht.
Schon unter normalen Umständen machte sie sich nicht besonders viel aus teuren Gewändern, aber heute war es ihr fast zuwider, Stoffe auszusuchen, mit denen sie das schöne Beiwerk an Lenharts Seite sein würde.
Am Nachmittag machten sie sich dann auf den Weg zum Anwesen der Familie Seger, das nach der Hochzeit ihr neues Heim sein würde. Und trotz ihres Kummers stellte sich doch so etwas wie Neugier ein, denn immerhin würde sie den Rest ihres Lebens dort verbringen müssen.
Eine junge Magd öffnete ihnen die Tür und bat sie, einen kurzen Augenblick in der Halle zu warten, da Herr Seger noch mit einem Kunden verhandelte.
Verstohlen sah Katharina sich in der Halle um. Diese glich der in ihrem Elternhaus sehr, auch hier wurden

allerlei Kostbarkeiten zur Schau gestellt, um auf die
gesellschaftliche Stellung des Eigentümers aufmerksam
zu machen. An den Wänden hingen dicke Teppiche
und in den vier Ecken des Raumes standen silberne
Leuchter, mit dicken Kerzen aus Bienenwachs bestückt,
welche sündhaft teuer waren.
Eine breite Treppe führte hinauf zu den Schlafräumen
und Katharina zweifelte nicht daran, dass diese ebenso
prachtvoll ausgestattet waren wie die Halle.
In diesem Augenblick hörten sie unterdrückte Laute
aus dem Kontor, die fast wie ein Stöhnen klangen, und
gleichzeitig die Stimme eines Mannes, der
augenscheinlich etwas rief.
Ein lautes Krachen folgte und schon war Arndt van
Westerburg an der Tür zum Kontor und riss sie auf.
„Herr Lenhart, seid Ihr in Schwierigkeiten? Kann ich..."
Er blieb wie angewurzelt in der Tür stehen.
„Mein Gott, was zum Teufel geht hier vor?"
Als Katharina und ihre Mutter ebenfalls im Türrahmen
erschienen, hielt er sie mit dem Arm zurück.
Katharina lugte dennoch an ihm vorbei und schlug
dann entsetzt die Hand vor den Mund, während ihre
Mutter einen spitzen Schrei ausstieß.
Auf dem Boden wand sich Lenhart in Krämpfen,
während seine Augen hin und her rollten und
versuchten, Halt an einem vertrauten Gesicht zu
finden. Sein Körper zuckte und schien wie zu einer
tonlosen Musik im Takt zu tanzen. Aus seinem Mund
rann der Speichel über seine Heuke, wo er eine
schleimige Spur auf dem teuren Stoff hinterließ.

Und neben ihm kniete, seinen Kopf haltend und beruhigend auf ihn einredend, Simon Verbeek.

22

Simon hatte die ganze Nacht gegrübelt, wie er sich nun verhalten sollte. Sollte er sich beim Rat melden und seine Geschichte erzählen? Sicherlich würde er dadurch den Eindruck erwecken, dass er nichts zu verbergen hatte. Aber war es auch sicher, dass man ihm die Geschichte glaubte? Wenn nicht, war seine Situation ungleich prekärer, da er dann wahrscheinlich zunächst im Turm landen würde, während man seine vermeintliche Verstrickung in die Mordfälle untersuchte.
Dabei war nicht nur die Zeit, die er bei der Abwicklung des Bankrottes verlieren würde ein wichtiger Punkt, der dagegen sprach, sich zu stellen, sondern auch der ungewisse Ausgang der Untersuchungen. Wer konnte schon sagen, dass er nicht ein Bauernopfer würde, dessen Verurteilung die Menge ruhig stellte während der wahre Mörder unbehelligt blieb?
Und so drehten sich seine Gedanken im Kreis und am Morgen hatte er immer noch keine Lösung gefunden. Daher entschloss er sich, diesem Herrn Seger einen Besuch abzustatten, um mit ihm über die Fälligkeit des Schuldscheins zu reden. Da er nicht über genügend Rheinische Gulden in bar verfügte, um die immense

Summe auszugleichen, hatte er die Idee, diesem Herrn Seger sein Haus anzubieten. Der Wert war in etwa so hoch wie der Wechsel und einen Versuch war es immerhin wert.
Und so hatte er sich am frühen Nachmittag aufgemacht, um bei seinem Gläubiger vorzusprechen. Dieser hatte ihn freundlich empfangen und Simon war nicht wenig erstaunt, dass dieser Seger in etwa in seinem Alter war. Er hatte mit einem deutlich älteren Gegenüber gerechnet, aber wie sich in dem folgenden Gespräch herausstellte, hatte auch dieser ein Erbe angetreten, wenn auch unter gänzlich anderen Voraussetzungen als er selbst.
Die Unterredung war äußerst angenehm verlaufen und Simon empfand seinen Gesprächspartner als überaus höflich und verbindlich.
Er hatte ihm Wein servieren lassen und auch von dem Konfekt angeboten, das Simon als Marzepane kannte und das sündhaft teuer war.
Den Wein hatte er dankend angenommen, aber das Konfekt hatte er nicht angerührt. Immerhin war er nicht zu seinem Vergnügen hier und sein Magen war ohnehin wie zugeschnürt, weil ihm sein Auftreten als Bittsteller noch immer mehr zu schaffen machte, als er sich eingestehen wollte. Und darüber hinaus machte er sich nichts aus Süßem.
Es war entgegen Simons Befürchtungen ein angenehmes Gespräch geworden, denn Herr Seger stellte sich als äußerst kooperativ heraus. Zwar hatte er kein Interesse an dem Verbeekschen Anwesen, aber er

bot Simon an, den Wechsel zu verlängern, bis er genügend Gulden erlöst hatte, um diesen zu begleichen.
Ganz unvermittelt war ihm dann der Schweiß ausgebrochen, er hatte zu zittern begonnen und sich schließlich auf den schweren Eichentisch erbrochen, auf dem, ordentlich sortiert, einige Papiere lagen.
Simon war aufgesprungen und um den Tisch herum geeilt, aber Lenhart war bereits zusammengebrochen und bewegte die Lippen, ohne dass ein Laut herauskam.
Hilflos bettete Simon dessen Kopf in seinen Schoss und rief um Hilfe, während er versuchte, die Kleidung des Mannes zu lockern, um ihm das Atmen zu erleichtern.
„Ich brenne...", stöhnte dieser und wand sich in Krämpfen.
„Ameisen..."
Simon redete beruhigend auf ihn ein und in diesem Augenblick wurde die Tür aufgestoßen und Arndt van Westerburg erschien im Türrahmen.

„Euch schickt der Himmel, bitte, ruft einen Medicus. Ich weiß nicht, was geschehen ist, Herr Seger ist ganz plötzlich..."
„Kalt...es tut so weh..." Sein Atem ging schnell und er versuchte vergeblich, seinen trockenen Mund zu befeuchten und zu schlucken.
Arndt van Westerburg hatte die Situation mit einem Blick erfasst.

„Katharina, sorge dafür, dass der Medicus so schnell wie möglich herkommt. Und Ihr", er wandte sich an seine Frau, die wie gelähmt immer noch in der Tür stand, „besorgt Decken und feuchte Umschläge.
Wir müssen ihn bequem lagern und dafür sorgen, dass er das Bewusstsein nicht verliert!"
Dann kniete er sich zu Simon auf den Boden, wo inzwischen eine stinkende Lache davon kündete, dass der Krampfende auch die Kontrolle über Blase und Darm verloren hatte.
„Was ist hier los?", zischte er Simon zu.
„Ich weiß es nicht! Gerade noch haben wir uns über Geschäfte unterhalten, als...Er brach mit einem Mal zusammen. Es ging alles so schnell!" Simon hielt immer noch den Kopf des Kranken, als dieser sich erneut heftig erbrach.
„Zum Teufel!" Angewidert blickte Arndt van Westerburg auf seinen Umhang, den der Schwall getroffen hatte.
Dann zog er ihn aus und warf ihn achtlos in die Ecke.
„Wir müssen ihn bei Bewusstsein halten." Er klopfte dem bleichen Bündel Mensch kräftig auf die Wangen.
„Lenhart, bleibt bei uns! Noch ist es nicht an der Zeit, abzutreten."
Wieder stöhnte Lenhart wie ein gequältes Tier auf.
„Ich...Katharina, es tut mir leid…bitte..."
Seine Augen traten fast aus den Höhlen und erneut schüttelte er sich wie im Fieber.
„Niemals wollte ich ihr weh tun..."

In diesem Augenblick drängte sich ein kleiner Mann durch das Gesinde, das inzwischen zahlreich im Türrahmen stand und verstört auf die Szene blickte, die sich dem Betrachter bot.
„Lasst mich durch, zum Teufel, oder wollt ihr, dass euer Herr hier elendiglich krepiert?"
Energisch bahnte er sich einen Weg durch die Umstehenden.
Er war nicht mehr ganz jung und sein Gesicht war stark gerötet, so als ob er die Erinnerungen an die unschönen Erlebnisse, die sein Beruf mit sich brachte, mit reichlich Wein hinunterzuspülen versuchte. Er hatte einen dunklen Umhang um die Schultern geworfen und in seiner rechten Hand trug er eine schwere Tasche aus Rindleder, die er mit einem lauten Knall auf die Erde fallen ließ.
„Was ist geschehen?", fragte er, während er schon begonnen hatte, Lenharts Puls zu fühlen und einen Blick in die ängstlich geweiteten Augen zu werfen.
„Ich...also...", Simon räusperte sich kurz bevor er weitersprach, „ich hatte eine geschäftliche Besprechung mit Herrn Seger, als dieser plötzlich zusammenbrach."
Mit einem Blick auf das Erbrochene auf dem Schreibtisch und die Lache, die sich unter dem Zuckenden ausgebreitet hatte, fragte der Medicus: „Hat Herr Seger irgendetwas gegessen oder getrunken? Etwas, von dem Ihr nicht gekostet habt?"
Er schaute Simon durchdringend an.

„Äh nein...oder doch...das Marzepane." Er deutete auf die Schachtel mit dem Konfekt, aus der sechs kleine, wie Halbmonde geformte Stücke fehlten.
Der Medicus erhob sich, nahm ein Stück Konfekt in die Hand und roch daran.
„Hm, nichts." Er besah sich die Süßigkeit von allen Seiten, zerdrückte sie in der Hand und nach einer kleinen Weile sagte er: „Aha."
Simon und Arndt sahen sich irritiert an. Was tat der Mann da? Fast schien es, als habe er den sich am Boden windenden Lenhart vollkommen vergessen.
„Mit Verlaub, Herr Medicus, aber wäre es nicht angebrachter, sich um den Kranken zu kümmern als um eine Stück Konfekt?" Ungehalten war Arndt van Westerburg aufgesprungen und schaute den Arzt wütend an.
Dieser hatte die Überreste des Marzepane auf den Tisch gebröselt und kniff sich mit Zeigefinger und Daumen der linken Hand in die Stelle seiner Rechten, die ganz klebrig und verschmiert von dem Stück Konfekt war.
„Dachte ich es mir doch!", murmelte er in Gedanken versunken.
„Meister, der Mann hier stirbt, wenn Ihr nicht augenblicklich etwas unternehmt!"
Außer sich vor Zorn war Arndt auf den Medicus losgestürmt und hatte ihn an seinem Umhang gepackt, den er immer noch trug.
„Ich muss doch sehr bitten!"

Der Medicus streifte pikiert die Hand ab, die sich in den Stoff gekrallt hatte.

„Der arme Kerl wird ohnehin sterben, ich kann ihm nicht mehr helfen. Niemand kann das und Ihr solltet so schnell wie möglich einen Priester holen lassen, damit er nicht ohne geistlichen Beistand vor seinen Schöpfer treten muss."

Als er sah, dass Arndt van Westerburg ihn verständnislos ansah, fügte er noch hinzu: „Und Ihr solltet auch gleich nach den Bütteln schicken lassen. Der Bedauernswerte ist nämlich vergiftet worden!"

23

Simon saß neben Arndt van Westerburg auf einer unbequemen Bank im Kontor des inzwischen verstorbenen Lenhart Seger und bemühte sich, seine Gedanken zu ordnen.

Er hatte den Eindruck, dass alles, was er in den letzten Tagen anfasste, schief ging. Da war sein Erbe, das nur aus Verbindlichkeiten bestand, Katharina, die unerreichbar für ihn war und die Sache mit Kruysgin. Und jetzt auch noch der Tod von Lenhart Seger, der, wenn man dem Medicus glauben wollte, die Folge einer Vergiftung war.

Und wenn, wie dieser annahm, das Marzepane vergiftet war, musste man davon ausgehen, dass es sich

nicht um einen Zufall handelte, sondern vielmehr um ein Verbrechen.
Das hatte ihnen der Medicus noch einmal bestätigt. Er hatte sogar eine Vermutung hinsichtlich des Giftes geäußert, das sehr wahrscheinlich für den Tod des armen Lenhart verantwortlich gewesen sein könnte. Nachdem das Gift nahezu geruchlos war hatte der Test mit dem Konfekt ein ganz leichtes Taubheitsgefühl in seinen Fingern hervorgerufen. Ein Anzeichen dafür, dass es sich um eine Substanz handeln musste, die nicht nur wirkte, wenn sie eingenommen wurde, sondern schon bei leichtem Hautkontakt reagierte.
Er hatte auf eine Vergiftung mit Eisenhut, auch Mönchshut genannt, getippt, ein Gift, das schon in äußerst geringen Dosen unweigerlich zum Tod führte.
Den toten Lenhart hatte man inzwischen hinausgetragen und in einem anderen Raum des Hauses aufgebahrt. An die grausigen letzten Minuten erinnerte nur noch der Gestank nach Erbrochenem und Exkrementen und der feuchte Fleck auf den ansonsten blank gescheuerten Dielen des Kontors.
Simon hatte den Kopf in die Hände gestützt und versuchte, die Bilder aus seinem Kopf zu bekommen, die ihn in allen grausigen Einzelheiten daran erinnerten, dass eben ein Mensch in seinen Armen gestorben war. Nein, nicht einfach nur gestorben, sondern elendiglich verreckt war dieser Lenhart Seger. Das Schlimmste für Simon war, dass er die ganze Zeit das Gefühl gehabt hatte, Lenhart würde alles bei vollem Bewusstsein erleben. Gerade so, als wäre er

Ehrengast bei einem Schauspiel, das seinen eigenen
Tod zum Inhalt hatte.
Sein Körper dagegen war der Hauptdarsteller auf der
Bühne, der mit immer absonderlicheren Verrenkungen
versuchte, die Zuschauer in seinen Bann zu ziehen.
Fast schien es Simon so, als würde der Teufel dabei
Regie führen, doch als der zuckende Körper in seinen
Armen den letzten Atemzug tat, erklang kein Applaus,
sondern es breitete sich im Gegenteil gespenstische
Stille in dem Raum aus.
Der Medicus hatte dem Verstorbenen daraufhin die
aufgerissenen Augen geschlossen und mit dem
Hinweis, er würde seine Aussage später machen, das
Haus der Familie Seger verlassen, denn inzwischen war
er zu einem anderen dringenden Fall gerufen worden.
Zuvor hatte er aber noch veranlasst, dass man den
Leichnam fortbrachte und für die Totenwache
ordentlich herrichtete.
Und so saßen Simon und Arndt nebeneinander auf
dieser Bank, jeder in seine Gedanken versunken und
versuchten, das Erlebte zu fassen, als sich die Tür
öffnete und der alte Turmmeister Eberhart Cratz mit
seinem Schreiber den Raum betrat.
Er verbeugte sich höflich vor den beiden Kaufleuten.
„Meine Herren, ich bitte um Verzeihung, aber die
Umstände erfordern, dass ich Euch zu den
Vorkommnissen befrage. Der Medicus ließ mir eine
Nachricht zukommen, dass es hier einen Todesfall
gegeben hat, der seiner Ansicht nach durch ein schnell
wirkendes Gift eingetreten ist. Da er vermutet, dass der

arme Herr Seger selbiges mit einer Süßigkeit zu sich genommen hat, steht zumindest der Verdacht im Raum, dass es sich hier um Mord handelt."
Arndt van Westerburg war aufgesprungen und blinzelte den Turmmeister empört an.
„Meister Cratz, ich hoffe doch sehr, Ihr wollt damit nicht etwa andeuten, dass..."
„Verehrter Herr van Westerburg, ich bin zu Euch gekommen, weil es sich bei unserem Gespräch zunächst einmal um eine reine Befragung handelt. Andernfalls hätte ich Euch zum Verhör ins Turmzimmer bringen lassen. Nichtsdestotrotz wird mein Schreiber alles festhalten, was hier gesprochen wird und die Ergebnisse dann dem Syndicus Frunt zur Begutachtung vorlegen. Der wird entscheiden, ob das Hohe Gericht eingeschaltet wird oder ob es sich hierbei...", er deutete vage in den Raum hinein, "...um einen bedauernswerten Unfall handelt. Aber wem erzähle ich das alles, Herr van Westerburg, Ihr seid ja ein Mitglied des Rates um wisst um die Prozedur."
Der Schreiber hatte inzwischen an dem großen Eichentisch im Kontor Platz genommen und bereits die ersten Zeilen zu Papier gebracht, angestrengt bemüht, die nur notdürftig entfernte Lache aus Erbrochenem zu ignorieren.
Der Turmmeister fuhr sich durch sein verfilztes graues Haar und blickte nachdenklich auf die sichtbaren Spuren des Todeskampfes. Währenddessen diktierte er dem Schreiber: „Zum Zeitpunkt des Todes anwesend waren die Zeugen Arndt van Westerburg, Kaufmann,

in Köln bekannt und ansässig, und...", er blickte fragend in Simons Richtung.

„Simon Verbeek...", dann zögerte Simon. Was sollte er angeben? Kaufmann aus Flandern oder Köln? Streng genommen war er beides und auch wieder nicht, denn seinen Tuchhandel würde es nur noch ein paar Tage geben, bis seine Schulden beglichen waren und dann war er...ja, was war er dann?

Er räusperte sich und blickte den Turmmeister an.

„Ich bin der Erbe des Tuchhandels Verbeek und vor ein paar Tagen aus Flandern hergekommen, um die Geschäfte meines Vaters zu übernehmen." Das musste als Angabe zunächst reichen, alles andere ging den Turmmeister nichts an.

„Gut. Wärt Ihr dann so freundlich, mir zu schildern, was sich hier zugetragen hat?"

Arndt und Simon berichteten nacheinander, was vorgefallen war und die Feder des Schreibers kratzte unaufhörlich über das Pergament. Ab und an unterbrach der Turmmeister die Berichte der beiden, um nach scheinbar unwichtigen Details zu fragen. Sein besonderes Interesse galt dabei dem Marzepane.

„Sagt, Herr Verbeek, habt Ihr dem Herrn Seger das Marzepane mitgebracht oder stand es schon auf dem Tisch als Ihr hier eingetroffen seid?"

„Es stand wohl auf dem Tisch."

„Ihr habt auch davon gegessen?"

„Nein."

„Wie viele Stücke Konfekt befanden sich in der Schachtel?"

„Ich weiß es nicht genau, ich habe nicht darauf geachtet."
„Fehlten bereits Stücke? Wie viele hat Herr Seger gegessen, während Ihr mit ihm gesprochen habt?"
Simon überlegte kurz. „Ich glaube, Herr Seger hat zwei Stücke gegessen."
„Hm, es fehlen aber sechs Stücke. Barthel, notiere das, es könnte wichtig sein." An Simon gewandt fuhr er fort: „ Was passierte, nachdem er dieses Konfekt gegessen hatte?"
Simon versuchte, sich so genau wie möglich zu erinnern und nichts bei seiner Schilderung auszulassen, denn immerhin konnte jede Kleinigkeit wichtig sein. Als er geendet hatte, wandte sich der Turmmeister an Arndt van Westerburg und auch dieser schilderte ausführlich, was sich zugetragen hatte, wenngleich er erst dazugekommen war, als Lenhart schon dem Tode nahe in Krämpfen lag.
Als der Turmmeister endlich keine Fragen mehr hatte, schob Barthel sorgfältig etliche klein beschriebene Seiten Pergament zusammen und verstaute sie vorsichtig in der abgegriffenen Ledermappe, die er immer bei sich trug.
Dann verabschiedeten sich die beiden und auch Simon und Arndt verließen schweigend den Ort, an dem sie heute so Schreckliches erlebt hatten.

24

Emundus Frunt saß in seiner Schreibstube und las zum wiederholten Mal das Protokoll, das ihm Barthel auf Veranlassung des Turmmeisters Cratz vorgelegt hatte. Schon wieder hatte es einen Toten gegeben, der einem Giftanschlag zum Opfer gefallen war. Dabei schien das aber auch schon die einzige Gemeinsamkeit zu sein, die alle drei Todesfälle verband.
Matthis, der erste Tote, war einer dieser ekelhaften Sünder wider die Natur und er war durch Gift gestorben.
Kruysgin war ein angesehener Kölner Kaufmann und ebenfalls durch Gift zu Tode gekommen. Allerdings gab es bei ihm keine Hinweise darauf, dass er in irgendeiner Weise mit den Sodomitern in Verbindung gebracht werden konnte. Er war verheiratet und hatte, soweit Frunt sich erinnerte, zwei oder drei Söhne. Allein die Tatsache, dass der Nachtwächter vor dessen Haus diesen Zettelschreiber erwischt hatte, mochte ein Hinweis darauf sein, dass Kruysgin doch etwas mit dieser Brut zu schaffen hatte. Wenn der Unbekannte einen dieser Zettel bei dem Kaufmann ablegen wollte, aber gestört wurde, dann wäre Kruysgin darauf bezichtigt worden, ebenfalls einer dieser absonderlichen Vögel zu sein, von denen im Augenblick ganz Köln sprach.
Und was bedeutete es schon, dass der Alte verheiratet war und Söhne hatte? Immerhin war, wenn man den Chronisten des vergangenen Jahrhunderts glauben

wollte, schon der englische König Edward II. Anhänger dieser widerlichen Praktik gewesen und jedermann wusste, dass dieser mit seiner Frau Isabella, einer französischen Prinzessin und späteren Königin von England, vier Kinder gezeugt hatte.
Ein kleines boshaftes Lächeln stahl sich in sein Gesicht als ihm einfiel, dass es hieß, diesem Edward hätte man sozusagen als versteckten Hinweis auf seine fleischliche Leidenschaft eine glühende Eisenstange in den Hintern gerammt, woran er dann verstorben war. Ob diese Geschichte stimmte, vermochte niemand so recht zu sagen, denn offiziell war der ehemalige Herrscher eines natürlichen Todes gestorben.
Immerhin, wenn die Geschichte stimmte, mochte sie einem wie eine Metapher erscheinen, und der oder die Mörder hatten Humor bewiesen!
Emundus rieb sich über die Augen und rief sich zur Ordnung. Es war nicht seine Aufgabe, darüber zu entscheiden, was richtig und was falsch war; er sollte den oder die finden, die hier in Köln das Recht in ihre Hand nahmen.
Und dabei durfte er sich nicht von Gefühlen oder Mutmaßungen leiten lassen; vielmehr bedurfte es hier einer gründlichen Untersuchung der Vorfälle, bei der auch jedes noch so kleine Detail der Schlüssel zur Lösung sein konnte.
Der dritte Tote war nun Lenhart Seger, der noch nicht allzu lange in Köln weilte, weswegen Emundus über ihn nicht viel wusste. Er war der Erbe eines Handelsgeschäftes, das seinen Hauptsitz nicht hier in

Köln hatte. Er war auch der einzige der drei, der nicht alleine war, als er starb. Diesem Umstand verdankte Emundus wichtige Erkenntnisse, allerdings gab es auch neue Rätsel. So war Lenhart Seger seines Wissens nach mit der Tochter des Arndt van Westerburg verlobt und vor seiner Tür hatte man keinen Zettel gefunden. Also war das einzig verbindende Glied das Gift. Konnte es sein, dass die Todesfälle am Ende gar nichts miteinander zu tun hatten? Suchte er etwa nicht nur einen, sondern mehrere Täter? Es half nichts, er musste Schritt für Schritt vorgehen und am Ende hoffen, den entscheidenden Hinweis nicht zu übersehen. Sein Gefühl sagte ihm, dass es irgendeine Verbindung geben musste und die zu finden war wichtiger denn je, wollte er den Täter finden.

Er goss sich einen Becher Wein ein und nahm sich erneut die Aufzeichnungen des alten Barthel zur Hand. So wie es aussah, musste er Arndt van Westerburg und Simon Verbeek noch einmal persönlich befragen. Vielleicht war ihnen inzwischen ja noch etwas Wichtiges eingefallen oder Turmmeister Cratz hatte etwas übersehen. Und auch die Suche nach dem mysteriösen Zettelschreiber musste er vorantreiben, immerhin war dieser die einzig echte Spur, die er im Augenblick hatte!

Leider hatte der Nachtwächtern diesen bis jetzt noch nicht ausfindig machen können, denn natürlich gab es keinen Konrad Schildmacher, weder in der Schildergasse noch sonst irgendwo.

Also würde er mit der Befragung der beiden Kaufleute beginnen.

25

Müde betrat Simon sein Zuhause.
Es war noch früh am Abend aber er beschloss, sich sofort in sein Schlafgemach zurückzuziehen. Er verspürte keinen Hunger, obwohl er außer der Hafergrütze am Morgen noch nichts gegessen hatte.
Ein Krug Wein würde reichen, den würde er sich später bringen lassen.
Er hatte die Tür zu seiner Kammer noch nicht ganz erreicht, als ihm Cristine entgegen kam. Erstaunt hielt sie inne.
„Gut dass ich dich treffe, Simon. Wir müssen…"
Er hob abwehrend die Hand.
„Nicht jetzt. Ich hatte einen schrecklichen Tag und möchte einfach nur meine Ruhe haben."
„Was ist passiert?" Sie trat dicht vor ihn hin und sah ihn besorgt an.
„Du siehst grauenvoll aus. Soll ich dir einen Becher Wein bringen lassen? Willst du mir erzählen, was vorgefallen ist?"
„Bitte, lasst mich einfach nur alleine. Ich will heute niemanden mehr sehen." Damit ließ er sie einfach stehen und schloss die Tür hinter sich.

Am Allerwenigsten war ihm jetzt danach, mit Cristine zu reden. Er setzte sich mit dem Rücken zur Tür auf das Bett und stützte den Kopf auf seine Hände. Es war zum Verrücktwerden! Er drehte sich nicht nur im Kreis, was seine geschäftlichen Belange anging. Vielmehr war daraus inzwischen ein Strudel aus Ereignissen geworden, der ihn immer tiefer in etwas hineinzog, das kein gutes Ende nehmen konnte. Erst die Sache mit den Zetteln und jetzt war auch noch der junge Seger vergiftet worden und in seinen Armen gestorben. Die Tatsache, dass er alleine mit jemandem gewesen war, der vergiftet wurde, machte ihn verdächtig, auch wenn er vorher in keinerlei Beziehung zu dem Toten gestanden hatte. Dann wurde ihm bewusst, dass das so gar nicht stimmte, denn immerhin hatte er Schulden bei diesem Seger gehabt. Wenn man wollte, konnte man darin bestimmt ein treffliches Motiv sehen.
Es klopfte an die Tür.
„Nein!", rief Simon, er wollte niemanden sehen.
Dennoch hörte er, wie jemand leise die Klinke drückte.
„Herrgott nochmal, ich will alleine sein!"
„Und ich glaube, genau das solltest du nicht!" Cristines leise Stimme ließ ihn aufmerken. Er drehte sich um und wollte aufspringen, da war sie schon bei ihm und setzte sich neben ihn aufs Bett.
„Hier, trink, ich glaube, du kannst jetzt einen Schluck vertragen." Sie reichte ihm einen Becher Wein.
Er wollte sie auffordern, zu gehen, ihn allein zu lassen. Stattdessen sagte er nichts, nahm nur den Becher aus ihrer Hand und leerte ihn in einem Zug. Wortlos stand

sie auf und ging hinaus, nur um kurz darauf mit einer vollen Kanne zurück zu kommen. Immer noch schweigend füllte sie seinen Becher erneut.

„Was ist los, Simon?"

„Jemand ist in meinen Armen gestorben."

Sie setzte sich wieder neben ihn aufs Bett.

„Wer?"

„Bitte, ich…"

Cristine war ihm jetzt so nah, dass er die Wärme spürte, die von ihrem Körper ausging. Sie berührte ihn sanft an der Schulter und er drehte sich zu ihr um. Er starrte auf ihre Brüste, die sich deutlich unter ihrem eng geschnürten Kleid abzeichneten.

Mit ihren Händen umfasste sie seine Wangen und ihr verführerischer Mund war dem seinen auf einmal so nahe, dass er nicht anders konnte, als sie zu küssen. Mit einer Mischung aus tiefer Verzweiflung und Erregung presste er seine Lippen hart auf die ihren und wie von selbst wanderten seine Hände zu ihren Brüsten. Sie hatte inzwischen begonnen, sein Hemd aufzuknöpfen, und auch Simon nestelte schwer atmend an der Verschnürung ihres Surkots.

Sein Verstand schien sich in die hinterste Ecke seines Wesens zurückgezogen zu haben und er gab sich, auch begünstigt durch die inzwischen eintretende Wirkung des Weins, ganz dem Moment hin. Was hatte er schon zu verlieren? Cristine wollte ihn und er wollte sie.

„Simon, ich will dich!" Wie um ihn zu bestätigen streifte sie endlich die Cotte über ihre Schultern und gab den Blick auf ihre weißen, festen Brüste frei.

Sein hungriger Mund fand ein neues Ziel und seine Zunge umkreiste ihre Brustwarzen. Er brauchte sie nicht in die Laken zu drücken, sie zog ihn mit sich und versuchte gleichzeitig, seine Bruche zu öffnen.
„Simon, ich wollte dich vom ersten Augenblick an. Wir sind füreinander bestimmt!"
Während er weiter lustvoll an der harten Warze knabberte, wanderte seine rechte Hand unter ihren Rock. Cristine stöhnte erregt unter seinen Berührungen.
„Ich bin so froh..." Sie stöhnte leise auf, als er seinen Finger in sie hineingleiten ließ.
„Ich hatte schon befürchtet, dass du..." Sie bäumte sich ihm entgegen als er sich auf sie schob.
„Vor ein paar Tagen, als du da im Kontor mit diesem kleinen Kaufmannstöchterlein..."
Auf Simon wirkten ihre Worte wie ein Schwall kalten Wassers.
Katharina! Er sah ihre grünen Augen und ihre widerspenstigen dunklen Locken vor sich, hörte ihr helles Lachen und sofort waren die Gefühle wieder da, die ihn in seinem Kontor überfallen hatten, als er sie geküsst hatte.
Als ihm klar wurde, was er hier tat, hielt er beschämt inne.
„Simon, was ist los mit dir?" Cristine legte seine Hand zurück auf ihre Brust und versuchte gleichzeitig, mit der anderen in seine Bruche zu greifen.
„Lass das!"
Er hielt ihre Hand fest und stand auf.

Verständnislos drehte sie sich auf die Seite und stützte sich auf ihren Ellbogen.
„Was hast du? Du willst es doch auch, warum...?" Sie zog die Brauen hoch.
„Oder denkst du etwa doch an diese trockene Jungfer? Wenn ja, dann schlag sie dir besser aus dem Kopf, die macht bald die Beine für einen anderen breit. Du weißt doch, dass sie verlobt ist?" Sie stand nun ebenfalls auf und schlang ihre Arme um seinen Hals, wobei sie ihre entblößten Brüste verführerisch an seinem nackten Oberkörper rieb. Er spürte ihre harten Brustwarzen, aber während ihn das vor wenigen Augenblicken noch erregt hatte, stieß ihn ihr Verhalten jetzt nur noch ab. Er griff in seinen Nacken und löste ihre Hände, dann schob er sie von sich weg.
„Cristine, hör auf damit. Du bist eine begehrenswerte Frau und hast es gar nicht nötig, dich jemandem an den Hals zu werfen, der dich nicht will." Er hob abwehrend die Hände. „Ich weiß selbst, wie sich das für dich jetzt anhört, nachdem ich...wir...aber es geht einfach nicht!"
„Da hatte ich aber gerade einen ganz anderen Eindruck!" Sie trat auf ihn zu und er konnte gerade noch verhindern, dass sich ihre Hand in seine Bruche schob.
„Hör jetzt endlich auf damit!" Grob stieß er sie weg und drehte sich um.
„Zieh dich wieder an und dann geh. Mein Vater ist noch nicht lange tot und du..."
„Deinen Vater lass aus dem Spiel! Dein Vater war ein geiler alter Bock!"

Simon hielt den Atem an und drehte sich um.
„Bitte?"
Cristine hatte ihre Brüste inzwischen wieder notdürftig bedeckt und funkelte ihn wütend an.
„Du hast mich schon richtig verstanden. Dein Vater war wie ein brünstiger alter Bock.
Er hat mich überall genommen, es gab Tage, da sind wir nicht aus dem Bett herausgekommen. Und auch im Kontor...weißt du überhaupt, was man auf dem Schreibtisch noch alles tun kann, oder auf den Tuchballen? Soll ich dir genauer erzählen, wie er es mir schon auf der Treppe besorgt hat, kaum dass ich vom Einkauf zurück war?"
Sie holte kurz Luft und fuhr dann fort: „Was glaubst du denn, warum sein Tuchhandel in der letzten Zeit so schlecht lief, hm? Weil er sich mehr um mich gekümmert hat als um das Geschäft!"
Entsetzt starrte er sie an, während ihr inzwischen Tränen die Wange herunter liefen.
„Cristine, ich..."
„Wann hast du deinen Vater das letzte Mal gesehen? Was weißt du schon.?" Sie wischte sich mit einer entschlossenen Geste die Tränen fort und wollte an ihm vorbei zur Tür.
Diesmal war er es, der sie festhielt.
„Cristine, ich weiß zwar nicht, was das mit dem hier...", er deutete auf das zerwühlte Laken, „...zu tun hat, aber es tut mir leid, wenn mein Vater dich...so..." Er brach hilflos ab.

Sie atmete nun weniger heftig, aber ihre Augen schienen immer noch Funken zu sprühen.

„Das kann ich dir erklären. Vom ersten Augenblick an, als du in der Halle standest, wollte ich dich. Weißt du eigentlich, wie du auf Frauen wirkst? Ich finde, ich habe es lange genug ertragen, die Gelüste alter Männer zu befriedigen. Es war so ekelhaft, wenn er mich mit seinen feisten Fingern gestreichelt hat, wenn er keuchend und schwitzend auf mir lag. Ich will endlich den Mann haben, der mir gefällt, dem ich mich gerne hingebe..."

„Cristine, wenn du meinen Vater so verabscheut hast, warum hast du ihn dann geheiratet?" Entsetzt schaute er in ihr blasses Gesicht.

„Weil...er...er hat mir im Gegenzug ein Leben ermöglicht, von dem ich lange geträumt habe."

Er fuhr sich durch die Haare. „Wie meinst du das? Ich dachte, das Leben mit ihm war dir zuwider, wie konntest du dir das dann wünschen?"

„Ach Simon, du hast keine Ahnung, nicht wahr? Weißt du, wo wir uns das erste Mal begegnet sind? Er war auf einer Handelsreise in Nürnberg und kam durch Zufall in das Hurenhaus, an das mein Vater mich verkauft hatte. Er sah mich und ich musste ihm die ganze Nacht zu Willen sein. Danach kam er regelmäßig, nicht nur, wenn er in Frankfurt zu tun hatte. Er wollte immer nur mich und so kam es, dass er dem Hurenwirt eine horrende Summe zahlte, um mich mit nach Köln zu nehmen. Natürlich war es nicht möglich, dass er mich in sein Haus holte, ohne mich zu heiraten. Er war nach

außen hin sehr um seinen Ruf bemüht. Also wurde ich seine Frau und musste nur noch einen Mann bedienen. Das erschien mir trotz allem besser, als in Frankfurt jeden noch so stinkenden Hurenbock in mir ertragen zu müssen."
„Er hat dich...gekauft?" Fassungslos sah er sie an. „Du bist eine..."
„Nenn es, wie du willst. Verstehst du jetzt, warum ich nicht um ihn trauern kann? Warum ich mir wünsche, dass du mich nicht fortschickst?"
„Cristine..." Wenn er gedacht hatte, dass die Welt, die er bis dahin gekannt hatte, durch die Ereignisse der letzten Tage ins Wanken geraten war, hatte er sich geirrt. Seine Welt trudelte nicht nur. Es war ein teuflischer Tanz, immer schneller und schneller drehte sich die Welt, die bislang seine gewesen war. Es war fast so, als wolle sie ihm vor Augen führen, wie unbedarft er in den Tag hinein gelebt hatte, wenn er wie selbstverständlich glaubte, alles habe seine Ordnung. Den letzten Schwung hatte dieser nicht existierenden Ordnung gerade Cristine gegeben, und nun lag diese - seine - Welt zerbrochen vor seinen Füßen. Es war nicht so, dass er seinen Vater allzu gut gekannt hatte. Als er noch klein gewesen war, hatte sein Vater natürlich viel Zeit im Kontor verbracht und Simon sich selbst überlassen. Dann hatte er ihn nach Flandern geschickt und der Kontakt hatte sich auf geschäftliche Anweisungen beschränkt. Aber dass sein Vater sich eine Hure kaufte und sie heiratete, nur um…

Niemals hätte er so etwas für möglich gehalten! Nicht
bei seinem Vater und auch sonst bei keinem anderen
Mann, den er kannte. Dass Männer ins Hurenhaus
gingen und dort auch immer wieder ein bestimmtes
Weib aufsuchten, war gar nicht so ungewöhnlich.
Insbesondere, wenn dieses Weib Wünsche befriedigte,
die man gemeinhin besser nicht jedem anvertraute.
Aber gleich als Gemahlin ins Haus holen?!
Simon war zu dem kleinen Tischchen gegangen, das
neben einem Stuhl noch in seiner Kammer Platz fand
und füllte Wein in seinen Becher. Wortlos stürzte er ihn
hinunter, füllte den Becher erneut und trank auch
diesen in einem Zug aus.

„Bist du jetzt entsetzt?" Cristine hatte einen Schritt auf
ihn zu gemacht und schaute ihn mit einer Mischung
aus Trotz und Angst an.

„Ja, aber das hat nichts damit zu tun, was du
bist...warst. Du hast nichts falsch gemacht, aber mein
Vater...Weißt du, niemals hätte ich das von ihm
gedacht. Du hast gerade das Bild, das ich von ihm
hatte, ausgelöscht. Fast ist es so, als wäre er nun ein
Fremder, als hätte ich den Mann, den du beschreibst,
nie gekannt!"

Sie kam nicht näher, versuchte auch nicht, ihn wieder
durch eine Berührung in ihren Bann zu ziehen.
Stattdessen sah sie ihn unbehaglich an.

„Da ist noch etwas, das du wissen musst. Ich will nie
wieder zurück in ein Hurenhaus..."

„Das verspreche ich dir, egal, ..."

„Bitte Simon, lass mich aussprechen. Ich...also..dieser Sadelmacher, der hier vor ein paar Tagen einfach so herkam...", sie biss sich auf die Lippe und verschränkte verlegen die Finger ineinander, „...also dieser Sadelmacher ist kein Kaufmann, mit dem dein Vater Geschäfte gemacht hat. Er ist...also... er war damals in Nürnberg der Hurenwirt, bei dem ich...gearbeitet habe. Er hat wohl gedacht, dass dein Vater sehr vermögend sein muss, nachdem er diese Summe für mich bezahlt hat. Er ist uns bis nach Köln gefolgt und hat immer wieder Geld von deinem Vater erpresst. Er hat damit gedroht, dass er sonst beim Rat und in der Zunft bekannt machen will, dass ich eine...also... was ich vorher war. Dein Vater hat wieder und wieder gezahlt, damit er schweigt."

Entsetzt sah Simon sie an. Sein Vater hatte also nicht nur eine Hure geheiratet, sondern dieser Verbindung auch das gesamte Vermögen des Hauses Verbeek geopfert. Sein Erbe hatte jetzt ein elender Hurenwirt aus Nürnberg!

„Aber das ist noch nicht alles, Simon. Als Sadelmacher vor ein paar Tagen hier auftauchte, wollte er mich zwingen, wieder mit ihm nach Nürnberg zu gehen. Er hat gesagt, ich gehörte jetzt wieder ihm, weil dein Vater ja tot ist."

Simon war auf Cristine zugegangen und berührte sanft ihren Arm.

„Du musst nie wieder nach Nürnberg oder irgendwo hin, wo du...Das lasse ich nicht zu!"

Cristine sah ihn traurig an. „Dann wirst du ihm Geld geben müssen, das du nicht hast. Du kennst ihn nicht, Simon, er ist brutal und kennt keine Skrupel, wenn es um seinen Vorteil geht. Und wenn er will, dass ich mit ihm gehe, wird er Mittel und Wege finden…es sei denn….“
„Was?“
„Du heiratest mich und wir gehen fort von hier. Vielleicht nach Flandern, wenn du willst, da wo mich niemand kennt!"

26

Am Nachmittag des folgenden Tages begrüßte Emundus Frunt seinen Besucher mit ausgesuchter Höflichkeit und unter fast endlos scheinenden Beteuerungen, wie leid es ihm täte, den vielbeschäftigten jungen Kaufmann von seinen sicherlich mannigfaltigen Tagesgeschäften abzuhalten. Es sei diesem gar nicht hoch genug anzurechnen, dass er seine Geschäfte ruhen ließe, nur um der Gerechtigkeit Genüge zu tun…
Simon hatte auf dem harten Stuhl im Schreibzimmer des Syndicus Platz genommen und bemühte sich, sich den desolaten Zustand nicht anmerken zu lassen, in dem er sich befand. Er fühlte sich miserabel, was in erster Linie auf den Versuch zurückzuführen war, seine zerbrochene Welt mit sehr viel Wein wieder zusammen

zu fügen. Wie vorauszusehen war, war ihm dies nicht gelungen und so trank er aus Ärger darüber weiter. Am Morgen war er, vollständig angekleidet, auf seinem Bett aufgewacht und hatte sich gefühlt, als wäre er unter ein Pferdefuhrwerk geraten. An dem Blick der guten alten Trin hatte er ablesen können, dass er auch so aussah. Aber Gott sei Dank hatte die Köchin ihn nicht darauf angesprochen und ihm nur sein Frühmahl gerichtet, welches er aber aus nachvollziehbaren Gründen nicht angerührt hatte. Dann hatte er einige Zeit darauf verwendet, wieder einigermaßen klar zu werden, hatte sich gründlich gewaschen und angekleidet und war dann zu Arndt van Westerburg gegangen, der ihm einen anständigen Preis für die restlichen Tuche gezahlt hatte. Ganz kurz hatte er dabei Katharina gesehen, die an ihm vorbei gehuscht war. Wie schmal und verletzlich sie ausgesehen hatte! Offensichtlich hatte auch ihr der gestrige Tag sehr zugesetzt und am liebsten hätte er sie in seine Arme gezogen und getröstet. Flüchtig hatten sich ihre Blicke getroffen und sofort war wieder dieses Gefühl da gewesen, das seine Brust eng werden ließ. Dann war der Augenblick vorbei und er war in sein Kontor zurückgekehrt. Die Summe, die Arndt ihm gezahlt hatte, würde reichen, um seine Schuld bei den Kruysgins zu begleichen, was immerhin ein erster Schritt war. Blieben die Verbindlichkeiten gegenüber dem Hause Seger und noch einige kleinere Beträge. Und die Sache mit Cristine. Er hatte ihr noch gestern unmissverständlich klar gemacht, dass eine Ehe mit

ihm nicht in Betracht kam, er aber alles tun werde, damit sie nie wieder ihren Unterhalt als Hure verdienen musste. Sie war enttäuscht und verletzt gegangen, und langsam kam Simon zu der Erkenntnis, dass sie wohl doch mehr für ihn empfand, als er gedacht hatte. Aber das änderte nichts an dem Entschluss, den er nach dem Tod seiner ersten Frau gefasst hatte. Wenn er sich überhaupt wieder vermählen würde, dann kam nur eine Frau in Betracht, die er liebte und die ihm ebenso zugetan war.
Dann war ein Bote gekommen und hatte ihn freundlich gebeten, Meister Frunt aufzusuchen, da dieser noch ein paar Fragen wegen des Todesfalls am gestrigen Tag hatte.
Und weil Simon ohnehin nicht so genau wusste, was er als nächstes tun sollte, war er dem Boten gefolgt und saß nun hier in der stickigen Schreibstube des Syndicus und ließ dessen Höflichkeitsfloskeln über sich ergehen.
„Herr Verbeek?"
Erschrocken sah Simon auf und stellte fest, dass Emundus Frunt ihn fragend ansah.
„Entschuldigt bitte, Meister Frunt, aber ich war gerade in Gedanken. Der gestrige Tag…"
„Aber das ist doch nur zu verständlich, werter Herr Verbeek! Ich habe Euch gefragt, in welchen Geschäften Ihr bei Herrn Seger zu tun hattet."
„Äh…also…" Simon überlegte, inwieweit es diesen schleimigen Frunt etwas anging, dass er Schulden bei Seger hatte, die er nicht begleichen konnte, jedenfalls im Augenblick nicht.

„Ich habe ihn in Geldgeschäften aufgesucht. Mein Vater hatte vor seinem Tod noch mit Herrn Seger ein... Geschäft angebahnt, dass ich abzuschließen gedachte."
„Ah ja. Schlimme Sache mit Eurem Vater, wirklich schlimme Sache. Welche Geschäfte?"
„Mit Verlaub, guter Mann, ich glaube das tut hier nichts zur Sache. Ich bin hergekommen, um Euch Eure Fragen zum bedauerlichen Tod des Herrn Seger zu beantworten, soweit ich kann jedenfalls." Müde rieb er sich über die Augen.
„Ihr werdet doch sicherlich auch nicht jedem verraten, wie Ihr Eure Untersuchungen führt?"
Emundus lächelte ihn kühl an.
„Da habt Ihr vollkommen Recht, werter Herr Verbeek. Und genau aus diesem Grund mögt Ihr auch nicht verstehen, warum ich diese Frage stelle. Und ich gedenke auch nicht, Euch zu erklären, warum ich sie stelle. Wenn Ihr also so freundlich sein würdet..."
In diesem Augenblick klopfte es an die Tür.
„Nicht jetzt!", rief Emundus ungehalten.
Es klopfte noch einmal, diesmal dringlicher.
Emundus seufzte und brummte verärgert: „Zum Teufel nochmal, was gibt es denn so Dringendes, das nicht warten kann, bis ich hier fertig bin?"
Laut rief er: „Kommt herein!"
Die Tür öffnete sich und eine hünenhafte Gestalt schob sich ein kleines Stück in den Raum. Sich mehrmals verbeugend, den Hut verlegen in den Händen knetend, sagte der Mann: „Verzeiht untertänigst, Meister Frunt, aber ich habe Neuigkeiten für Euch."

„Dann sprich, aber fasse dich kurz, Mann. Ich habe nicht viel Zeit!"

„Äh, also...es geht um diesen Mann, den Ihr so dringend sucht. Ich habe..." Er trat einen Schritt in den Raum hinein und sein Blick blieb an Simon hängen. Er musterte ihn kurz, dann glitt ein erstaunter Ausdruck über sein Gesicht.

„Oh, Meister Frunt, wie ich sehe, habt Ihr ihn bereits ausfindig gemacht."

„Was?" Verständnislos sah Emundus den Hünen an.

„Na, der da sitzt", er deutete auf Simon, „ das ist doch der mit den Zetteln, den ich für Euch auftreiben sollte!" Jetzt erkannte Simon den Nachtwächter wieder, der ihn vor ein paar Tagen vor dem Haus der Kruysgins festgehalten hatte.

„Das kann nicht...Bist du dir da sicher?" Emundus war aufgestanden und um den Tisch herumgegangen. Dicht vor Simon blieb er stehen.

Auch der Nachtwächter war näher getreten und musterte Simon ganz genau.

„Ja, der war`s. Sah nicht ganz so versoffen aus, aber ich erkenn ihn wieder."

„Hm, das ist ja sehr interessant. Herr Verbeek, was sagt Ihr dazu?"

Einen kurzen Augenblick lang überlegte Simon, ob er wieder versuchen sollte, sich herauszureden, aber schließlich sagte er: „Ich wusste nicht, dass Ihr mich sucht. Aber ja, wenn Ihr den Mann sprechen wollt, der nachts vor der Tür der Kruysgins von dem

Nachtwächter angesprochen wurde, habt Ihr ihn gefunden. Das war ich."
Mit einem zufriedenen Gesichtsausdruck wandte Emundus sich an den Nachtwächter.
„Sehr gut, sehr gut. Äh, du kannst jetzt gehen, Mann. Aber...bleib doch bitte noch vor der Tür stehen, bis ich dir sage, dass du verschwinden kannst. Nur für den Fall, dass Herr Verbeek gehen möchte, bevor ich mit ihm fertig bin!"
„Sehr wohl, hoher Herr. Ich bleibe, so lange Ihr mich braucht!" Beflissen verbeugte er sich und verließ den Raum.
„So so, Herr Verbeek. Da nimmt unser Gespräch doch noch eine ganz interessante Wendung. Ich muss gestehen, dass ich das heute morgen noch nicht gedacht hätte."
Er setzte sich wieder auf seinen Stuhl und sah Simon mit einer Mischung aus Interesse und Verachtung an.
„Ich fürchte, Ihr habt mir eine Menge zu erklären. Erst treibt Ihr Euch vor dem Haus der Kruysgins herum und am nächsten Tag ist der Gute tot. Dann besucht Ihr Herrn Seger und, sagt selbst, ist es nicht merkwürdig!, kurz darauf stirbt der in Euren Armen. Ein bisschen viel Tod, um noch Zufall zu sein, oder?"
„Was wollt Ihr damit andeuten?" Simon war noch blasser geworden, als er ohnehin schon war.
„Andeuten will ich gar nichts. Ich frage mich allerdings, ob ich gerade den Mann gefunden habe, den ganz Köln sucht. Den...Mörder!"

„Meister Frunt, ich versichere Euch, ich bin kein Mörder! Ich leugne ja gar nicht, dass ich bei Kruysgin gewesen bin und auch bei Herrn Seger, aber das allein kann doch nicht bedeuten, dass ich mit deren Tod etwas zu tun habe! Und überhaupt…warum sollte ich denn die beiden getötet haben?"

„Hm, ich habe da so ein paar Theorien, aber vielleicht solltet Ihr erst einmal Eure Version der Geschehnisse schildern? Ich habe seit gerade heute nichts Wichtiges mehr vor und Ihr auch nicht. Nehmt Euch also ruhig Zeit, Herr Verbeek!"

Er lehnte sich mit einem zufriedenen Lächeln zurück und wartete gespannt darauf, was Simon ihm erzählen würde.

Auf der anderen Seite des Tisches hingegen überlegte Simon genau, was er sagen oder besser nicht sagen sollte.

Ganz unvermittelt kroch ihm eine unangenehme Gänsehaut über den Körper. Ihm war plötzlich eiskalt und er begann, am ganzen Körper zu zittern. Zu gut kannte er die Mühlen des Gesetzes, die schon so manchen unter der peinlichen Befragung gemahlen hatten, bis er selbst glaubte, das ihm vorgeworfene Verbrechen begangen zu haben.

Und dass dieser Frunt zu allem entschlossen war, hatte Simon dem Tonfall entnommen, mit dem er die letzten Worte ausgesprochen hatte.

27

Unglücklich saß Katharina auf ihrem Bett. Gerade war ihr in der Halle Simon begegnet und sofort war da wieder dieses bekannte Gefühl, dieses Prickeln, das von ihrem Nacken aus langsam über den gesamten Körper kroch. Dieses Herzklopfen, als sie ihn kurz angesehen hatte. Wie müde und verzweifelt er aussah! Am liebsten wäre sie zu ihm gegangen und hätte sich in seine Arme geworfen. Wie leid es ihr tat, ihn vorgestern so angefahren zu haben. Es war kindisch gewesen, ihn für das bestrafen zu wollen, was in seinem Kontor vorgefallen war. Sie hatte ihm verschwiegen, dass sie verlobt war, hatte ihn nicht zurückgewiesen und ihm so Hoffnungen gemacht. Wie gerne hätte sie sich bei ihm entschuldigt, aber da ihr Vater mit Simon in der Halle stand, hatte sie ihm nur einen kurzen Blick zuwerfen können.
Was sollte sie bloß tun? Sie hatte sich Hals über Kopf in einen Mann verliebt, den sie niemals bekommen würde. Stattdessen würde sie einem Mann heiraten müssen, nur um den Fortbestand des väterlichen Tuchhandels zu sichern! War das nicht so ein bisschen wie verkauft werden? Sicherlich hatte ihr Vater eine nicht unbeträchtliche Summe an Brautgeld gefordert und auch für sie wurde wohl eine stattliche Mitgift mit der Familie Seger ausgehandelt.
Ganz plötzlich kam ihr die Erkenntnis, dass Lenhart tot war und damit auch das Verlöbnis hinfällig! Warum hatte sie bisher noch nicht daran gedacht? Sie war

wieder frei - und auch wieder nicht. Ihr Vater würde Lenhart durch einen neuen Bewerber um ihre Hand ersetzen. Sie schämte sich dafür, nicht mehr um Lenhart trauern zu können. Sicherlich hatte sein qualvoller Tod bei ihr große Bestürzung ausgelöst, aber Trauer? Sie hatte ihren Verlobten einfach nicht lange und gut genug gekannt, um um ihn zu trauern, wie es einem Familienmitglied zustand.

Verzweifelt rollte sie sich auf dem Bett zusammen und zog sich die Decke über den Kopf, ganz so, als könnte sie sich damit vor der Welt verstecken, die sie umgab. Sie wollte selbst eine erfolgreiche Tuchhändlerin sein, wollte den Mann heiraten, den sie liebte, wollte ihre eigenen Entscheidungen treffen. Aber in der Welt außerhalb ihrer Kammer zählte das alles nicht. Niemals würde ihr Vater ihr den Tuchhandel überlassen und niemals würde er ihr erlauben, Simon zu heiraten! Was ihr blieb, war, zu gehorchen und sich zu fügen. So war sie erzogen worden und das war ihr Schicksal!

Zunächst ignorierte sie das Klopfen an ihrer Tür, aber es wollte einfach nicht aufhören. Schließlich öffnete sich die Tür einen Spalt breit und Katlin erschien.

„Jungfer Katharina, es tut mir leid, Euch stören zu müssen. Aber Euer Vater möchte mit Euch reden und erwartet Euch im Kontor."

Katharina wischte sich die Tränen, die ihr unbemerkt über die Wangen gelaufen waren, ab und richtete sich auf.

„Danke Katlin, sag ihm, ich komme sofort herunter."

„Jawohl." Leise schloss sie die Tür und Katharina versuchte, sich ein wenig zu fassen.
Dann ging sie ins Kontor, wo ihr Vater an seinem Schreibtisch saß und von ein paar Briefen aufsah, die er vor sich ausgebreitet hatte.
„Ah, Kind, gut, dass du kommst. Ich habe etwas mit dir zu besprechen, setz dich."
Katharina nahm auf dem gepolsterten Lehnstuhl Platz, der für besondere Kunden bereit stand und wartete gespannt, was ihr Vater ihr mitzuteilen hatte.
„Ja, also...", begann er und drehte verlegen seine Schreibfeder zwischen Daumen und Zeigefinger, „nachdem dein Verlobter nun auf diese grausame Art ums Leben gekommen ist und damit natürlich auch eine Eheschließung zwischen Euch nicht stattfinden wird, also...ich habe gestern nach dem Begräbnis mit seinem jüngeren Bruder gesprochen."
Katharina erinnerte sich kaum daran, was gestern auf der Beisetzung geschehen war. Sie war viel zu bestürzt gewesen, hatte ein ums andere Mal den sich im Todeskampf windenden Lenhart gesehen, als dass sie der Zeremonie hätte folgen können.
Beileidsbekundungen waren ebenso an ihr vorbeigezogen wie die Gesichter der Trauergäste. Am Rande hatte sie mitbekommen, dass Lenharts Familie am Tag zuvor angereist war, ursprünglich, um bei der Verlobung dabei zu sein. Stattdessen trugen Mutter und Bruder ihn zu Grabe. Seine Mutter war eine verhärmte, ältliche Frau und Katharina hatte sich bei dem Gedanken geschüttelt, sie als Schwiegermutter zu

haben. An den jüngeren Bruder erinnerte sie sich fast gar nicht. Er hatte keine Ähnlichkeit mit Lenhart, war klein und dicklich, soviel war ihr noch im Gedächtnis.
„Wie schon gesagt, habe ich mit Albrecht Seger gesprochen und er ist bereit, dich an seines Bruders statt zu heiraten. Auch der Familie Seger ist sehr an einer Verbindung mit unserem Handelshaus gelegen. Natürlich gebietet es der Anstand, dass wir noch etwas mit einer neuerlichen Verlobung warten. Alles andere wäre unschicklich, nachdem Lenhart gerade erst zu Grabe getragen wurde."
Katharina brauchte einen Augenblick, bis sie die Tragweite der Worte ihres Vaters erfasst hatte.
„Ihr wollt mich gleich mit dem Nächstbesten verheiraten, obwohl Lenhart gerade erst einen Tag unter der Erde ist?! Vater, das kann nicht Euer Ernst sein!" Empört war sie aufgesprungen und baute sich nun vor dem Schreibtisch ihres Vaters auf.
„Katharina, wie redest du denn mit mir? Albrecht ist nicht irgendjemand, er ist Lenharts jüngerer Bruder und nun Erbe des Hauses Seger!"
Katharina spürte eine nicht gekannte Wut in sich aufsteigen, ein Gefühl, dass sich schon lange in ihr aufgestaut hatte und sich nun endlich Bahn brach.
„Vater, es geht nicht darum, wer er ist. Ich will ihn nicht und ich habe auch Lenhart nicht gewollt. Gewiss, Lenhart war ein sehr angenehmer Mann und sicherlich wäre er auch ein guter Ehemann gewesen. Aber ich will einfach nicht. Nicht ihn und nicht seinen Bruder! Ich will mir meinen Mann selbst aussuchen!" Jetzt war es

heraus und Katharina hielt, erschrocken über sich selbst, inne. Was war nur in sie gefahren? Es war nicht nur der Ton, in dem sie mit ihrem Vater sprach, sondern auch die vollkommen unmögliche Forderung, sich ihren Mann selbst auszusuchen.

Arndt van Westerburg lief rot an und mit vor Wut zitternder Stimme fuhr er seine Tochter an: „Was ist denn in dich gefahren? Wie kommst du auf solche Ideen? Du heiratest den Mann, den ich dir aussuche und...!"

„Nein!"

„Nein?"

„Nein!" Trotzig streckte Katharina ihr Kinn vor und wappnete sich gegen die Predigt, die sie nun erwartete. Gleichzeitig aber breitete sich eine Ruhe in ihr aus, die ihr die Kraft gab, den folgenden Kampf anzunehmen. Es ging immerhin um nichts anderes als um ihre Zukunft!

„Katharina, die letzten Tage waren nicht leicht für uns alle, das verstehe ich sehr wohl. Du bist durcheinander..." Seine Stimme hatte einen versöhnlichen Klang angenommen, der sie besänftigen sollte.

„Ihr irrt Euch, Vater. Ich habe das Gefühl, noch nie so klar gesehen zu haben wie jetzt! Ich werde diesen Albrecht nicht heiraten. Ihn nicht und niemanden sonst, den Ihr für mich aussucht. Ich bin Eure einzige Tochter und Erbin, und als solche lasse ich mich nicht an den Meistbietenden verschachern!"

Einen kurzen Augenblick war es totenstill im Raum, dann sog Arndt van Westerburg scharf die Luft ein. Eine pochende Ader erschien auf seiner Schläfe, dann sagte er mit gefährlich ruhiger Stimme: „Mein liebes Kind, ich frage mich zwar, wie du auf die lächerliche Idee kommst, dir deinen Mann selbst aussuchen zu dürfen, aber wenn du darauf bestehst, können wir über gewisse…Möglichkeiten reden. Immerhin gibt es einige angesehene Familien in Köln, deren Söhne in Betracht kommen. An wen hattest du denn gedacht?" Katharina hörte deutlich den Spott aus diesen Worten heraus und ganz gleich, wie ihre Antwort lauten würde, ihr Vater hatte seine Entscheidung bereits getroffen.
Die Selbstsicherheit, die sie noch vor wenigen Augenblicken gespürt hatte, verging wie das Schmalz, das Ursel so gerne unter ihre Grütze mischte. Es blieb ein Gefühl von Trotz und aus diesem heraus antwortete sie, ohne weiter zu überlegen: „Simon Verbeek!"
Ihr Vater riss erstaunt die Augen auf und öffnete den Mund, um etwas zu sagen, aber es kam kein Ton über seine Lippen. Dann räusperte er ich.
„Kind, ich verstehe ja, dass er dir gefällt. Er ist gutaussehend, ja. Aber er ist ein Bankrotteur! Er hat nichts als Schulden und wenn er sich nicht vorsieht, landet er im Schuldenturm. Eine solche Verbindung ist für unsere Familie ganz und gar indiskutabel!"
„Aber er kann doch gar nichts dafür, dass er Schulden hat. Sein Vater…"
„In unseren Kreisen spielt es keine Rolle, warum jemand in finanziellen Schwierigkeiten steckt. Er

könnte das Brautgeld niemals aufbringen, selbst wenn ich dieser...Verbindung zustimmen würde. Also Schlag dir diesen Kerl aus dem Kopf. Überhaupt habe ich mich von dir zu einem Disput verleiten lassen, den es gar nicht hätte geben dürfen! Wo kämen wir denn hin, wenn demnächst die Töchter sich ihre Männer selber aussuchen würden! Aber Schluss jetzt. Du wirst dich mit Albrecht Seger verloben, ob du willst oder nicht. Und Katharina...", seine Stimme hatte jetzt wieder einen freundlichen, wenn auch bestimmten Klang, „du wirst bis auf weiteres in deiner Kammer bleiben. Das Essen wird Katlin dir nach oben bringen. Ich werde mich wohl mit deiner Mutter besprechen müssen, wie wir dein ungebührliches Verhalten bestrafen. Du kannst jetzt gehen." Er bedeutete ihr mit einer Handbewegung, dass er das Gespräch als beendet ansah und Katharina verließ mit hängendem Kopf das Kontor.

Wie hatte sie nur glauben können, dass ein solches Aufbegehren gegen die Wünsche ihres Vaters Erfolg haben könnte!

Arndt van Westerburg war nun einmal kein Mann, der mit Traditionen brach. Er ignorierte so gut er konnte, dass es bereits seit dem vergangenen Jahrhundert in Köln Frauenzünfte gab, nämlich die der Goldspinnerinnen und Garnmacherinnen. Seit 1437 war gar eine dritte Zunft dazu gekommen, nämlich die der Seidenspinnerinnen. Und auch im Tuchhandel gab es einige erfolgreiche Frauen, die auf eigene Rechnung Geschäfte machten.

Allerdings hatten diese Frauen es nicht leicht, sich gegen Männer wie ihren Vater, die eine Frau ausschließlich als Herrin über Haus und Gesinde sahen, zu behaupten. Aber es gab sie, und vielleicht würde eine Zeit kommen, in der es keine Ausnahme mehr war, wenn Frauen Handel trieben.
Katharina seufzte und betrat ihre kleine Kammer. Aber diese Zeiten waren noch fern, zu fern, als dass sich ihr Traum erfüllen würde. Und auch von dem Gedanken, dass sie sich ihren Gemahl selbst erwählen konnte, musste sie sich wohl verabschieden.

28

„Mit Verlaub, Herr Verbeek, Ihr glaubt doch nicht wirklich, dass ich Euch diese Geschichte abnehme?" Zunehmend verzweifelt schüttelte Simon den Kopf. Er saß seit geraumer Zeit in der kleinen Schreibkammer, wo Frunt ihm immer und immer wieder die gleichen Fragen stellte.
„Ich habe aber keine andere Geschichte parat, denn es ist die Wahrheit!"
„Dann will ich Euch auf die Sprünge helfen! Ihr kommt aus Flandern nach Köln, um Euer Erbe anzutreten. Aber da gibt es außer Schulden nichts zu erben. Was sollt Ihr also tun? Euch ist klar, dass Ihr Euch schon bald im Schuldenturm wiederfinden werdet, wenn Ihr kein Geld auftreibt." Er stand von seinem Stuhl auf

und begann, in dem engen, stickigen Raum auf und ab zu gehen.

„Ihr seht, ich habe mich über Euch erkundigt. In Köln pfeifen es die Spatzen von den Dächern, dass Ihr bankrott seid!"

Er blieb dicht vor Simon stehen und bohrte ihm den Zeigefinger in die Brust.

„Aber warum die Schulden bezahlen, wenn es auch noch einen anderen Weg gibt? Na?"

„Aber das ist doch Unsinn. Sowohl Kruysgin als auch Seger haben doch Erben, die die Begleichung der ausstehenden Summen an ihrer statt einfordern können! Was hätte ich also gewonnen, wenn ich sie getötet hätte?"

Kurz schien es, als habe Simon ihn aus dem Konzept gebracht, aber Emundus fuhr schon fort.

„Nun, das mag Euch in Eurer Verzweiflung vielleicht nicht sofort in den Sinn gekommen sein, aber sei es drum, da ist noch etwas anderes: Warum schleicht Ihr nachts durch Köln und verteilt diese...", er zog mit einer schnellen Bewegung einen Zettel aus seinem Wams hervor, „...Anfeindungen?"

„Ich habe Euch doch schon erzählt, dass ich das nicht war. Ich habe auf dem Nachhauseweg diese Gestalt von Haus zu Haus schleichen sehen. Ich war neugierig, was da vor sich ging und als ich vor dem Haus der Kruysgins diesen Zettel fand, hat mich dieser Nachtwächter überrascht."

„Das ist mir bekannt, Herr Konrad Schildmacher!"

Seine Stimme triefte vor Hohn, und als Simon etwas

erwidern wollte, hob er die Hand und gebot ihm, zu schweigen.

„Ein weiterer Punkt, der gegen Euch spricht! Aber lassen wir das vorerst auf sich beruhen. Mich interessiert vielmehr, was Ihr über die Sodomiter wisst. Ich will wissen, was Ihr mit denen zu schaffen habt, woher kennt Ihr ihre Namen?"

„Aber ich habe Euch doch schon gesagt, dass ich nichts mit den Zetteln zu tun habe! Ich kenne keinen dieser Männer!" Verzweifelt fuhr sich Simon durch die Haare. Er hatte das sichere Gefühl, dass Emundus bereits seinen Schuldigen ausgemacht hatte, ganz gleich, was er nun sagen würde.

„Dann verrate ich Euch noch etwas! Der erste Tote, Matthis, war so ein widerlicher kleiner Hundsfott, der es mit Männern treibt. Und den Kruysgin habt Ihr beschuldigt, auch einer von denen zu sein. Und wenn Ihr mich jetzt fragt, was das alles mit Herrn Seger zu tun hat: alle drei starben durch Gift!" Seine Stimme überschlug sich fast vor Eifer.

„Aber ich kenne keinen Matthis und auch keinen anderen dieser...dieser Männer. Das passt doch alles vorne und hinten nicht zusammen! Wenn ich Kruysgin und Seger wegen meiner Schulden getötet haben sollte, wie passt dann dieser Matthis ins Bild? Und wenn ich Kruysgin und Matthis, den ich ja gar nicht kenne!, wegen ihrer...ihrer Neigungen getötet haben sollte, wie passt dann Seger ins Bild?" Simon konnte nicht nachvollziehen, warum sich dieser Frunt derart auf ihn als Täter eingeschossen hatte. Sicherlich machte er in

dieser ganzen Geschichte keine glückliche Figur, was er sich leider in Teilen selbst zuzuschreiben hatte. Aber dennoch waren diese vermeintlichen Zusammenhänge doch an den Haaren herbeigezogen!
„In der Tat, Herr Verbeek, ich gebe zu, dass mir da noch ein paar kleine Rädchen fehlen, die meiner These den entscheidenden Dreh…", er lächelte verschmitzt wegen dieser Formulierung, „geben. Aber ich werde sie finden, dessen seid gewiss, denn meine Erfahrung sagt mir, dass ich den Mörder vor mir sitzen habe."
Er rief den Büttel, der vor der Tür wartete und inzwischen den Nachtwächter abgelöst hatte.
„Sebolt, komm doch herein und zeige dem Herren hier seine Bleibe für die nächsten Tage."
Als der Büttel ihn verständnislos ansah, schnauzte er: „Herrgott, du blöder Trottel! Was werde ich damit wohl meinen? Der ehrenwerte Herr Verbeek wird die nächsten Tage in einer gemütlichen Zelle im Kunibertsturm verbringen. Ich werde den Rat über meine Ermittlungen in Kenntnis setzen und sollte es dann notwendig erscheinen, wird das Hohe Gericht eingeschaltet. Und wenn das Hohe Gericht dann die peinliche Befragung anordnet, hat er es nicht so weit!" Böse grinsend sah er Simon an. Der war leichenblass geworden.
„Ihr könnt mich nicht einsperren! Dazu seid Ihr gar nicht befugt!" Inzwischen hatte der Büttel ihn am Arm gefasst und zog ihn hinter sich her.
„Darüber zerbrecht Euch nicht den Kopf, Herr Verbeek! In dieser Angelegenheit habe ich sämtliche

Befugnisse, die ich brauche. Ihr solltet Euch lieber überlegen, ob Ihr nicht vielleicht doch mit der Wahrheit herausrückt, denn so wie ich die Lage einschätze, ist dem Hohen Gericht in dieser Sache jedes Mittel recht, um den Täter zu finden!"
Und während Simon sich verzweifelt aus dem Griff des Büttels zu befreien versuchte, musste Emundus sich eingestehen, dass er in der Tat nur sehr dürftige Beweise, nein, mehr Hinweise, auf Simon als Täter hatte. Aber er stand unter enormem Druck, denn der Rat wollte Ergebnisse sehen! Und da dieser Verbeek im Gegenzug auch keine entlastenden Beweise vorlegen konnte, musste er so lange an diesem als Täter festhalten, bis sich möglicherweise neue Erkenntnisse ergaben. Und wer sagte denn, dass er nicht vielleicht doch der Gesuchte war? Immerhin sprach auch eine Menge gegen ihn!

29

Katharina saß im Bücherzimmer ihrer Tante und las in einem reich bebilderten Stundenbuch, aber so recht konnte sie sich nicht auf die erbaulichen Texte und Bilder konzentrieren.
Gerade hatte sie von ihrer Tante erfahren müssen, dass Onkel Johann unpässlich war und zu Bett lag. Das war äußerst ungewöhnlich. Onkel Johann war, soweit sie sich zurück erinnern konnte, noch nie krank gewesen,

und daher machte Katharina sich doch ein wenig Sorgen.
Tante Lijsbet hatte sie beruhigt und stand nun an ihrem Pult und blätterte ebenfalls in einem dicken, in Leder eingebundenen Buch, das naturgetreue Abbildungen von Blumen und Kräutern enthielt. Als Strafe für ihr ungebührliches Verhalten durfte sie ihre Kammer bis auf weiteres nur verlassen, um sich bei ihrer Tante der Lektüre erbaulicher Texte und Psalmen zu widmen. Einen ganzen Tag lang hatte sie sich schmollend in ihrer Kammer eingeschlossen, aber dann hatte sie es nicht mehr ausgehalten und ihrer Tante einen Besuch abgestattet. Ihr Vater hatte sie persönlich den kurzen Weg begleitet, was immerhin so ungewöhnlich war, dass es Katharina zeigte, wie ernst es ihm damit war. Seit dem Gespräch mit ihrem Vater schwankte sie zwischen Aufbegehren und Gehorsam.
Sie grübelte, was eine Jungfer in ihrer Lage tun könnte, um keine ungewollte Ehe eingehen zu müssen, aber eine Lösung wollte ihr nicht einfallen. Also blieb am Ende doch nur, sich dem Willen des Vaters zu beugen. Aber während sie sich noch vor gar nicht allzu langer Zeit in eine arrangierte Hochzeit gefügt hätte, hatte sich alles verändert, seit sie Simon begegnet war. Und obwohl sie ihn fast gar nicht kannte, hatten diese kurzen Begegnungen doch ausgereicht, in ihr Gefühle zu wecken, die ihr bis dahin fremd waren.
„Katharina, was ist mit dir?"
Die Stimme ihrer Tante riss sie aus den Gedanken. Sie hatte gar nicht bemerkt, dass Lijsbet vor ihr stand und

sie besorgt musterte. In der Hand hielt sie das kostbare Buch, das Katharina wohl unbemerkt entglitten und auf den Boden gefallen war.
„Ich...ach nichts, Tante."
Behutsam berührte Lijsbet sie am Arm.
„Ich sehe doch, dass dich irgendetwas bedrückt. Dein Vater hat zudem auch so etwas angedeutet. Hat es mit Lenharts Tod zu tun?"
„Ach Tante. Ja und nein." Sehr zu ihrem Verdruss begannen sich ihre Augen mit Tränen zu füllen. Sie hatte nicht vorgehabt, mit irgend jemandem über ihr Dilemma zu sprechen. Schon gar nicht mit ihrer Tante, die ganz sicher nicht verstehen würde, was in ihr vorging. Darüber hinaus mochte sie ihre Tante zwar sehr gerne, aber für ein derart persönliches Gespräch stand sie ihr dann doch nicht nahe genug.
„Ich kann nicht so um Lenhart trauern, wie er es verdient hätte!", brach es plötzlich aus ihr heraus. Und ganz ohne dass sie es hätte verhindern können, sprach sie auch schon weiter. „Ich habe ihn nicht geliebt. Sicher, er war ein angenehmer Mann und wäre auch ein Gemahl gewesen, um den mich viele Jungfern in Köln beneidet hätten, aber ich...ich..." Ihre Tante hatte sie inzwischen ganz sanft in den Arm genommen und wiegte sie wie ein kleines Kind.
„Ich habe mich Vaters Willen gefügt, weil es doch so sein muss, dass eine Tochter gehorsam ist. Aber dann bin ich jemandem begegnet, und seitdem ist alles anders. Aber Vater wird mir niemals erlauben, diesen Mann zu heiraten, weil er arm ist."

„Ich verstehe."
„Wie könntet Ihr? Ihr habt den Mann geheiratet, den Ihr wolltet!"
Lijsbet hatte Katharina inzwischen zu einer kleinen, gepolsterten Bank gezogen, die unter einem Fenster stand.
„Setz dich, Kind. Ich will dir etwas erzählen." Sie setzte sich neben Katharina und nahm sanft deren kalte Hand in die ihre.
„Ja, es stimmt, ich habe den Mann geheiratet, den ich wollte. Aber bevor ich ihn kennenlernte, wollte ich einen ganz anderen!"
Verblüfft sah Katharina ihre Tante an.
„Ja, da schaust du. Aber meine Liebe galt schon immer auch Gott. Ihm wollte ich nahe sein, ihm wollte ich mein Leben widmen. Aber wir waren arm. Niemals hätte ich die Summe aufbringen können, die für meine Aufnahme in einen Orden gefordert worden wäre."
„Und dann habt Ihr Onkel Johann geheiratet. Aber warum, wenn Ihr ihn nicht geliebt habt? Ich meine..."
„Oh, ich liebe ihn ja! Ich habe mich sofort in ihn verliebt, als ich ihn das erste Mal sah! Aber am Ende gab es den Ausschlag, dass meine Eltern ein sehr großzügiges Brautgeld von ihm bekamen. Und das, obwohl sie selbst mir keine Mitgift mitgeben konnten. Ich will damit sagen, dass Vermögen oft ein unschlagbares Argument sein kann. Sicherlich will dein Vater nur das Beste für dich, wenn er dir einen reichen Mann sucht."
„Aber wenn Ihr das Geld damals gehabt hättet…?"

„Wäre ich einem Orden beigetreten und hätte niemals geheiratet! Bist du jetzt entsetzt?"
„Ja...nein. Ich meine, Ihr habt eine Lösung gefunden, mit der Ihr gut leben könnt, nicht wahr? Ihr habt am Ende einen Mann bekommen, den Ihr liebt. Aber ich...für mich gibt es eine solche Lösung nicht. Ich muss den Mann heiraten, den Vater bestimmt."
Katharina wischte sich ein paar Tränen von der Wange.
„Und nun, Kind, wer ist es?" Aufmunternd zwinkerte Lijsbet ihr zu.
„Wer ist was?"
„Na der Mann, an den du dein Herz verloren hast und wegen dem du hier deine Strafe absitzt?"
Katharina zögerte, aber da ihr Vater bereits wusste, um wen es ging, sagte sie: „Simon Verbeek!"
Lijsbet zog überrascht die Augenbrauen in die Höhe.
„Das kann schwierig werden!"
Verständnislos sah Katharina ihre Tante an.
„Wie meinst du das?"
„Nun, ich wollte dich darin bestärken, um deine Zukunft zu kämpfen, ganz gleich, ob das deinem Vater passt oder nicht. Ich habe auch lange von einem anderen Leben geträumt, als von dem, das ich jetzt führe!" Verwirrt blickte Katharina ihre Tante an. Sie hatte doch den Mann geheiratet, den sie liebte. Wieso war es dann nicht das Leben, das sie sich erträumt hatte?
„Aber lassen wir das. Dass du in diesen Simon Verbeek verliebt bist, macht dein Unterfangen ungleich schwieriger. Ich kenne deinen Vater gut genug, um zu

wissen, dass er einer solchen Verbindung niemals zustimmen würde. Dein Simon hat keinen Pfennig mehr, soweit ich weiß, und könnte das Brautgeld niemals aufbringen. Zudem ist sein Ruf hier in Köln ziemlich beschädigt. Er gilt als Bankrotteur."
„Aber was kann er denn für die Schulden, die sein Vater gemacht hat?"
„Ach Kind", Lijsbet strich ihr tröstend über die dunklen Locken, „in diesem Fall zählt wohl nicht, ob dein Simon für die Schulden verantwortlich ist. Weißt du, manchmal verurteilt man Menschen für Taten, die sie gar nicht zu verantworten haben. Manche Menschen dagegen haben nur deswegen einen untadeligen Ruf, weil niemand von ihren Machenschaften weiß. So ist die Welt nun einmal. Aber nun lass uns überlegen, wie wir deinen Vater vielleicht doch umstimmen können." Lijsbet war aufgestanden und zur Tür gegangen. „Ich gehe nur schnell in die Küche und hole uns etwas Wein und eine kleine Mahlzeit." Schon war sie hinaus und ließ Katharina verwirrt zurück. Noch nie hatte ihre Tante derart offen mit ihr gesprochen und nie, niemals, hätte sie gedacht, dass ihre Tante sie darin bestärken würde, ihre Wünsche gegenüber ihrem Vater zu vertreten.
Dazu war sie ihr immer zu weltfremd und unterwürfig erschienen.
Katharina stand auf und besah sich das aufgeschlagene Buch auf dem Pult. Es war das „Physica" von Hildegard von Bingen, jener bekannten Äbtissin vom Rupertsberg, die in der Zeit ihres Wirkens viele

namhafte Werke verfasst hatte und als gelehrteste Frau ihrer Zeit galt. Fast erschien es Katharina wie ein Fingerzeig, dass ausgerechnet ein Buch dieser außergewöhnlichen Frau vor ihr lag, die sich in einer von Männern beherrschten Zeit gegen viele Anfeindungen hatte durchsetzen müssen. Liebevoll strich sie über die wunderschön bebilderten Seiten. Da fiel ihr Blick auf einige kleine Notizen, die Lijsbet in gestochen scharfer Handschrift auf einige Pergamentfetzen geschrieben hatte. Diese hatte sie lose zwischen die Seiten gesteckt, wohl um bestimmte Stellen zu markieren.

„Lindenblütenaufguss bei Husten", las sie, und „Ringelblume bei Reizung der Haut."

Ihre Tante hatte schon immer allerlei Wissen rund um Kräuter und Blüten gesammelt. Unwillkürlich musste Katharina lächeln.

„Mandeln, Zucker, Rosenwasser", stand auf einem anderen Zettel. Daraus sprach die Leidenschaft ihrer Tante für süße Speisen. Wobei Zucker noch gar nicht lange auf den Märkten zu bekommen war, und wenn er doch einmal angeboten wurde, war er sündhaft teuer. Aber Onkel Johann schien seiner Frau ja jeden Wunsch von den Augen abzulesen.

In diesem Augenblick kam Tante Lijsbet mit einem Tablett zurück, auf dem sich Speck, Käse und kalter Braten befanden und auch zwei Pokale mit Wein balancierte sie darauf vor sich her.

„Komm, Kind, lass uns etwas essen, und dann überlegen wir, was wir tun können."

Auf dem Weg nach Hause grübelte Katharina über die vergangenen Stunden nach. Sie glaubte, sich noch nie in einem Menschen so sehr getäuscht zu haben, wie in ihrer Tante. Insgeheim leistete sie Abbitte für all die kleinen, spöttischen Gedanken, die sie so oft in Bezug auf Lijsbet gehabt hatte. Nie hatte sie es wirklich böse gemeint, aber heute hatte ihr ihre Tante eine Seite von sich offenbart, die sie verletzlich und schwach erscheinen ließ und dabei doch so stark, wie Katharina es niemals für möglich gehalten hätte.

Aber irgendetwas hatte sie auch irritiert, sie konnte es allerdings nicht fassen. In ihrem Kopf versuchte eine Erinnerung, an die Oberfläche zu kommen. Etwas hatte nicht gepasst, aber sie konnte es nicht greifen. Und so schob sie den Gedanken ganz weit nach hinten in ihr Gedächtnis. Sie hatte im Augenblick wahrlich andere Sorgen!

Zuhause angekommen öffnete Katlin ihr die Tür und deutete in die Halle.

„Gut, dass Ihr kommt, Jungfer Katharina. Ihr habt Besuch."

„Besuch? Wer ist es denn?"

Katharina war in die Halle getreten und blieb wie angewurzelt stehen, als sie erkannte, wer sie da sprechen wollte.

„Frau Verbeek!"

„Jungfer Katharina, gut dass Ihr kommt. Ich muss Euch in einer sehr dringenden Angelegenheit sprechen."

Cristine erhob sich hastig und trat auf Katharina zu.

„Frau Verbeek, ich wüsste nicht, was wir zu besprechen hätten!" Misstrauisch musterte Katharina ihren Gast. Sie konnte sich beim besten Willen nicht vorstellen, was diese Frau von ihr wollte.
„Bitte, Jungfer Katharina. Ich wäre nicht hier, wenn… wenn ich eine andere Lösung wüsste. Es fällt mir wahrlich nicht leicht, gerade Euch um Hilfe zu bitten! Macht es mir also nicht schwerer als nötig!" Cristine rang deutlich mit sich.
„Ich weiß selbst, dass unser Kennenlernen nicht gerade…harmonisch verlaufen ist, und dafür möchte ich mich bei Euch entschuldigen."
Katharina glaubte, sich verhört zu haben. Diese schnippische, überhebliche Frau entschuldigte sich bei ihr?! Argwöhnisch fragte sie: „Was wollt Ihr von mir?"
„Können wir irgendwo ungestört reden?"
So langsam wurde sie doch neugierig, was Cristine ihr wohl zu sagen hatte.
„Also gut. Gehen wir in meine Kammer." Immerhin hatte ihr Vater ja nicht verboten, dass sie Besuch empfing.
Schweigend folgte Cristine ihr, und kaum dass sie die Tür hinter sich geschlossen hatte, sprudelten die Worte auch schon aus ihr heraus.
„Es geht um Simon. Ich mache mir große Sorgen."
Katharinas Herz setzte einen Schlag aus. „Ist er krank, was ist mit ihm?" Erschrocken biss sie sich auf die Lippe. Sie wollte nicht, dass gerade Cristine ihre Gefühle für diesen Mann erriet, daher fügte sie

scheinbar gleichgültig hinzu: „Also, ich wüsste nicht, wie ich Euch und Herrn Verbeek helfen könnte."
Hastig unterbrach Cristine sie. „Bitte, ich fürchte, es bleibt nicht genug Zeit für Eure Scheu, Eure Gefühle für ihn preiszugeben. Ich will offen zu Euch sein. Wir wollen beide denselben Mann und das ist auch der Grund, warum ich hoffe, dass Ihr mir helfen werdet."
Vollkommen verblüfft starrte Katharina ihr Gegenüber an.
„Woher...wer sagt Euch, dass..."
Cristine wischte den Einwand mit einer Handbewegung fort.
„Ich bin nicht blind, Katharina. Außerdem war die Tür vom Kontor wohl nicht richtig geschlossen, als Ihr bei Simon...in einer geschäftlichen Angelegenheit vorgesprochen habt." Da war wieder dieser spöttische Unterton, der so bezeichnend für Cristine war.
„Also das ist doch...Ihr habt uns belauscht?" Empört stemmte Katharina die Hände in die Hüften.
„Nicht nur belauscht, aber lassen wir das. Der Grund, warum ich Euch aufgesucht habe, ist,...also man hat Simon in den Turm gesperrt."
Das war es also! Simon hatte die Verbindlichkeiten nicht bedienen können und nun hatte man ihn in den Schuldenturm gesperrt!
„Und jetzt soll ich Euch helfen, die nötige Summe aufzutreiben, damit er wieder frei kommt?" Fieberhaft arbeitete es in Katharina. Ihr Vater würde ihr das Geld niemals geben. Vielleicht Onkel Johann? Immerhin waren sie so verblieben, dass ihre Tante ihr jede

erdenkliche Hilfe in dieser Angelegenheit zugesagt hatte.
Irritiert zog Cristine die Augenbrauen zusammen, dann schien sie zu begreifen.
„Aber Simon sitzt doch gar nicht im Schuldenturm! Man hat ihn in den Kunibertsturm gesperrt! Er kam gestern nicht nach Hause, da habe ich mir Sorgen gemacht. Ich habe überall nachgefragt, aber niemand konnte mir etwas sagen. Schließlich kam Trin vorhin vom Markt und...also sie hat gehört, dass Simon im Kunibertsturm ist. Ich weiß noch nicht einmal, warum man ihn dorthin gebracht hat. Ich komme gerade von dort, aber niemand will mir etwas sagen oder mich zu ihm lassen!" Verzweifelt schlug sie die Hände vor das Gesicht und schluchzte auf.
Katharina hatte Cristines Schilderung mit wachsendem Entsetzen verfolgt. Eine Gänsehaut kroch ihr langsam vom Nacken aus den Rücken hinab und eine innere Kälte ergriff von ihr Besitz.
„Er ist im Kunibertsturm?", flüsterte sie. „Aber da bringt man doch nur die...die..."
„Eben! Und darum bin ich ja so besorgt. Ich weiß nicht, wessen man ihn bezichtigt, aber ich habe kein gutes Gefühl dabei."
„Und wie, glaubt Ihr, kann ich Euch helfen?" Alle Farbe war aus Katharinas Gesicht gewichen.
„Nun, Euer Vater ist doch Ratsmitglied. Vielleicht weiß er, warum man Simon eingesperrt hat. Und wenn nicht, kann er es doch sicherlich herausfinden?" Flehentlich sah sie Katharina an. In diesem Blick lag soviel Sorge

und Angst, dass Katharina fast so etwas wie Sympathie für die Frau empfand, die nun so verzweifelt und hilflos vor ihr stand. Gleichzeitig wurde ihr schmerzlich bewusst, dass diese Frau Simon wirklich lieben musste.
„Mein Vater ist im Augenblick der Letzte, den ich in dieser Angelegenheit um etwas bitten kann, glaubt mir!" Katharina riss sich zusammen und überlegte.
„Aber ich könnte meinen Onkel fragen, der hat auch einen Sitz im Rat." Entschlossen schüttelte sie einen Anfall von Eifersucht ab und ging zur Tür.
„Kommt mit, wir gehen sofort zu ihm!"
Unten in der Halle griff sie sich ihren Umhang, den Katlin sorgfältig auf einen Haken neben die Tür gehängt hatte, öffnete kurz die Tür zur Küche und rief:
„Ursel? Katlin? Falls mein Vater nach mir fragt, richtet ihm doch bitte aus, dass ich nochmal zu meiner Tante gegangen bin."
Dann eilte sie mit Cristine im Schlepptau zum Haus ihres Onkels, wo Lijsbet sie verwundert begrüßte.
„Kind, ist etwas passiert? Hast du etwas vergessen?"
„Nein, Tante, aber ich brauche Onkel Johanns Hilfe. Man hat Simon in den Turm gesperrt!"
Einen kurzen Augenblick sah Lijsbet ihre Nichte sprachlos an, dann bedeutete sie ihr und Cristine, einzutreten.
In kurzen Worten ließ sie sich schildern, was vorgefallen war, bevor sie bedauernd den Kopf schüttelte.

„Es tut mir leid, Kind, aber Johann geht es schlechter als ich dir vorhin gesagt habe. Ich wollte dich nicht beunruhigen, ich weiß ja, wie sehr du an ihm hängst. Wir wissen nicht, was der Auslöser war, aber er hatte wohl einen Schlagfluss, sagt der Medicus. Es geht ihm gar nicht gut, er schläft viel und wenn er einmal wach ist, redet er unverständliches Zeug. Der Medicus hat ihm absolute Ruhe verordnet."

Bestürzt hatte Katharina ein kurzes Gebet für Johann gesprochen. Dann hatte sie, mit schlechtem Gewissen zwar, ihre Gedanken wieder auf die vertrackte Situation gelenkt, wegen der sie hierher gekommen waren. Onkel Johann war unverwüstlich, hatte sie sich selber beruhigt, aber jetzt ging es um den Mann, den sie liebte!

Ratlos hatten sie in Lijsbets Studierzimmer gesessen, Möglichkeiten und Wege erdacht und wieder verworfen. Bis Lijsbet plötzlich aufgesprungen war und ihnen bedeutet hatte, ihr zu folgen. Katharina hatte einmal mehr diesen Ausdruck in ihren Augen gesehen, diese Mischung aus Entschlossenheit und Verschlagenheit, die sie noch nie vorher bei ihrer Tante bemerkt hatte. Im Kontor ihres Onkels hatte Lijsbet dann eine Schublade des großen Schreibtisches aufgezogen und in den Papieren zu kramen begonnen. Triumphierend hatte sie kurz darauf ein Schriftstück herausgezogen.

„So könnte es klappen!"

Katharina und Cristine hatten sich ratlos angesehen, aber Tante Lijsbet hatte bereits eine weitere Schublade

aufgezogen, die eine schmucklose Geldkassette enthielt.
Zielstrebig hatte sie einen Schlüssel von ihrem Gürtel gelöst, sie geöffnet und ihr einige Münzen entnommen.
Katharina hatte erstaunt den Atem angehalten. Mit welcher Sicherheit sich ihre Tante in dem Kontor ihres Mannes bewegte! Niemals hätte sie gedacht, dass ihre Tante sich für die Geschäfte ihres Mannes interessieren könnte!
Als Lijsbet den erstaunten Blick ihrer Nichte sah, sagte sie lächelnd: „Da staunst du, mein Kind, was? Aber ich bin nicht ganz so weltfremd wie du vielleicht immer geglaubt hast!"
Dann hielt sie Katharina die Münzen und das Schriftstück hin.
„Hier ist ein vom Rat gesiegeltes Schreiben. Ich glaube nicht, dass der Büttel im Turm lesen kann. Das Ratssiegel kennt er dagegen sehr gut. Ihr müsst ihm also nur das Schreiben zeigen und fest behaupten, es sei eine Besuchsgenehmigung. Und die paar Münzen zusätzlich werden bestimmt bewirken, dass er nicht so genau hinsieht."
Katharina sah ihre Tante sprachlos an. Das konnte sie doch gerade nicht wirklich gesagt haben? Den Büttel mit einem falschen Schreiben hinters Licht zu führen und zu bestechen?
„Das könnte vielleicht wirklich klappen, wenn wir es nur geschickt genug anstellen!", hörte sie Cristine anerkennend sagen.

„Tante, ich...", setzte Katharina an, aber Lijsbet winkte nur ab.
„Kind, versucht euer Glück, mehr kann ich im Augenblick nicht für euch tun. Wenn es deinem Onkel besser geht…" Ein besorgter Ausdruck trat in ihre Augen, und sie schob die beiden Frauen zur Tür. „Geht jetzt, ich muss wieder nach Johann sehen! Und vergesst nicht, mir zu erzählen, ob unsere kleine List gelungen ist!"

30

Simon zog die Beine an und lehnte sich mit dem Rücken gegen die kühlen Steine des Verlieses. Er versuchte sich zu erinnern, wie lange er hier schon gefangen gehalten wurde, aber er konnte noch nicht einmal abschätzen, ob es Tag oder Nacht war. Es gab keine Öffnung, durch die auch nur ein kleiner Lichtstrahl drang, und so saß er hier auf stinkendem, nassen Stroh und versuchte, nicht zu verzweifeln. Der versoffene Kerl, den man zu seiner Bewachung abgestellt hatte, hatte ihm gerade einen verschimmelten Knapp Brot und faulig stinkendes Wasser gebracht und ihm dabei boshaft lächelnd mitgeteilt, dass das Hohe Gericht auf der Grundlage der von Emundus Frunt gewonnenen Erkenntnisse tatsächlich eine peinliche Befragung ersten Grades angeordnet hatte. Dabei würde der Henker ihm zwar zunächst nur die Folterwerkzeuge zeigen und erst, wenn das nicht das gewünschte Geständnis brachte, diese auch gebrauchen, aber was sollte er denn zugeben? Ihm war klar, dass es am Ende darauf hinauslief, entweder etwas zu gestehen, was er nicht getan hatte und dafür hingerichtet zu werden, oder aber nichts zu gestehen und dann durch die Folter zu sterben.

Wütend schlug er mit der Faust auf den harten Boden und traf dabei den Becher mit dem stinkenden Wasser. Mit einem lauten Scheppern fiel dieser um und sein Inhalt ergoss sich in das ohnehin feuchte Stroh. Simon kümmerte das nicht, er hatte ohnehin nicht vor gehabt, diese Brühe zu trinken. Ein Rascheln und Fiepen kündete davon, dass auch das Stückchen Brot einen neuen Besitzer gefunden hatte.

Was konnte er tun, um seine Unschuld zu beweisen? Frunt war offenbar fest entschlossen, ihm die Morde irgendwie in die Schuhe zu schieben, wohl um vor dem Rat und dem Hohen Gericht nicht mit leeren Händen dazustehen. Dabei spielte es ihm auch in die Hände, dass Simon in Köln so gut wie niemanden kannte. Die wenigen Tuchhändler, an die er sich noch von früher erinnerte, waren entweder inzwischen alle tot oder nicht so gut mit ihm bekannt, dass sie ihm in dieser Angelegenheit helfen würden. Immerhin wurde er des Mordes bezichtigt.

Blieb vielleicht noch Cristine, die ihm helfen würde. Aber auch sie hatte so gut wie keine Kontakte in Köln und alleine würde sie nichts ausrichten können.

Katharina! Ihr Bild schob sich wie selbstverständlich vor sein inneres Auge. Ihre wunderschönen grünen Augen, die so empört funkeln konnten, ihre dunklen Locken, die ihr schmales Gesicht umrahmten…
Er verspürte einen Stich im Herzen und sprang unvermittelt auf. Dabei stieß er sich heftig den Kopf, denn der Raum war so niedrig, dass er nicht aufrecht darin stehen konnte. Aber der Schmerz, der daraufhin durch seinen Schädel pochte, war nichts gegen den Schmerz, den er in seinem Herzen trug.
Er wusste nicht, was schlimmer war. Dass er dieses stinkende Loch nur zu seiner Hinrichtung wieder verlassen würde, oder dass er Katharina niemals wiedersehen würde.
Im Grunde hing er gar nicht mehr so sehr an seinem Leben, stellte er bitter fest. Es gab nichts mehr, wofür es sich zu kämpfen lohnte.
Müde setzte er sich wieder auf das klamme Stroh.
Ein Knarzen und Knarren ließ ihn aufhorchen und die schwere Eichentür, die ihn von der Welt da draußen abschnitt, öffnete sich.
Ein schwacher Lichtschein drang an seine Augen und dann blendete ihn ein helles Licht so sehr, dass er nicht erkennen konnte, wer da sein Gefängnis betrat.
„Ihr habt nur ein paar Minuten, denkt dran", hörte er die lallende Stimme des Büttels.
„Und nicht, dass ihr da Schweinereien macht!" Mit einem anzüglichen Lachen schloss der Kerl die Tür und legte den schweren Riegel vor.

„Simon, oh mein Gott!" Noch bevor sich seine Augen an das Dämmerlicht gewöhnt hatten, das die Fackel, die sein Besuch mitgebracht hatte, verbreitete und nun in eine rostige Halterung steckte, erkannte er ihre Stimme.
„Cristine, was machst du denn hier?"
Im gleichen Moment erkannte er, dass sie nicht alleine gekommen war.
„Katharina!" Fassungslos starrte er die beiden Frauen an.
„Simon, wir haben nicht viel Zeit. Es war ohnehin schwierig genug, hier herein zu kommen!"
„Wie habt Ihr, ich meine…?"
„Also mein Onkel…. ich meine, meine Tante…ach was, das tut jetzt nichts zur Sache." Katharina nahm sanft seine Hand. „Simon, wir wollen Euch helfen. Habt Ihr eine Idee, was wir tun können?"
Cristine hatte die Szene schweigend beobachtet und setzte sich nun vor Simon auf den Boden.
„Simon, du musst uns alles erzählen, was du weißt. Und zwar möglichst schnell."
Die Gedanken schwirrten wie kleine Vögel durch seinen Kopf, mal in die eine, mal in die andere Richtung.
War das die Gelegenheit, von der er gerade noch gedacht hatte, dass er sie nie bekommen würde?
Er riss sich zusammen und begann zu erzählen, was passiert war und was dieser Frunt daraus machte.
Entsetzt sahen sich Cristine und Katharina zwischendurch immer wieder an.

„Aber das passt ja alles nicht zusammen!", rief Katharina aus, nachdem er geendet hatte und zynisch erinnerte er sich, dass das so ziemlich der Wortlaut war, den auch er im Verhör benutzt hatte.
„Ich fürchte, Jungfer Katharina, dass es in meinem Fall nicht darauf ankommt, ob die Beweisführung schlüssig ist oder nicht. Dieser schmierige Syndicus hat sich auf mich als Täter eingeschworen und ich schätze, er wird erst von mir als Täter ablassen, wenn der wahre Mörder gesteht. Und warum sollte der das tun, wenn ich doch hier an seiner statt festsitze?"
Die schwere Tür ächzte wieder und schwang auf.
„Tut mir leid, wenn ich euer kleines Schäferstündchen schon wieder stören muss, aber eure Zeit ist abgelaufen. Los, raus mit euch oder muss ich euch Beine machen?" Drohend baute sich der Büttel im Türrahmen auf.
Cristine erhob sich und auch Katharina stand auf und ließ Simons Hand los.
An der Tür drehte sie sich noch einmal um und in ihren Augen standen Tränen.
„Simon, ich..."
„Los, raus!" Der Büttel packte sie brutal am Arm und zog sie hinaus.
„Lass sie los, du Schwein! Katharina!" Simon wollte aufspringen und hinter den beiden her, aber schon warf der Kerl die Tür ins Schloss und schob wieder den Riegel zu.
Simon war wieder allein, hin und her gerissen zwischen Hoffnung und Verzweiflung, und je mehr

Zeit verging, desto mehr fragte er sich, ob der Besuch von Katharina und Cristine vielleicht nur eine tröstliche Einbildung gewesen war.

31

Katharina und Cristine hatten sich in aller Eile mit dem Geld und dem gesiegelten Schreiben auf den Weg zum Kunibertsturm gemacht. Tatsächlich hatte der Wärter zunächst ihr Ansinnen energisch abgelehnt, aber ein Blick auf das Siegel und die Münzen hatten ihn dann doch dazu bewogen, sie einzulassen.
Nach dem, was Simon ihnen berichtet hatte, waren sie nun keinen Schritt weiter als zuvor, außer, dass sie nun den Grund für seine Gefangennahme kannten.
„Und was sollen wir nun tun?" Katharina zuckte ratlos mit den Schultern.
Zwar waren die Schlüsse, die dieser Frunt aus den vermeintlichen Beweisen zog, mehr als haarsträubend, aber das half Simon gar nicht, denn solange er diese nicht schlüssig widerlegen konnte oder der wahre Mörder gefasst war, sah es schlecht für ihn aus.
„Hm, ich weiß es auch nicht so genau. Aber vielleicht sollten wir in Simons Kontor nachschauen, ob wir irgendetwas finden, das ihn entlastet." Cristine riss Katharina aus ihren Gedanken.
„Das können wir doch nicht, ich meine..."

„Jungfer Katharina, wenn wir Simon wirklich helfen wollen, dann dürfen wir vor nichts zurückschrecken. Oder glaubt Ihr etwa, dass dieser Frunt sich an Recht und Gesetz hält? Dann säße Simon jetzt nicht im Turm! Ihr habt doch selbst gehört, wie hanebüchen die Anschuldigungen gegen ihn zusammengestrickt sind! Wenn es ihm aber gelingt, das Gericht davon zu überzeugen, dass Simon als Täter in Frage kommt und dieses daraufhin die Befragung unter der Tortur anordnet...wie lange wird Simon wohl standhalten?" Sie schnaubte empört. „Ihr müsst noch ziemlich viel über die böse Welt lernen, die vor Eurer Haustür anfängt! Mit Gerechtigkeit hat das Leben wenig zu tun!" Ihre Stimme hatte einen bitteren Klang angenommen und Katharina hatte das Gefühl, dass Cristine dabei auch an sich selbst dachte.
Inzwischen hatten sie das Haus der Verbeeks betreten und Cristine ging entschlossen auf das Kontor zu. Katharina fühlte einmal mehr ihr Herz heftig klopfen, als sie an ihren letzten Besuch in diesem Raum dachte. Was hatten Simons Küsse damals in ihr ausgelöst! Fast schien es ihr, als wenn das Jahre und nicht Tage her gewesen wäre.
Schon hatte Cristine begonnen, die oberste Schublade zu durchwühlen. Als sie Katharina unentschlossen in der Tür stehen sah, winkte sie diese energisch herbei. „Jetzt kommt schon! Je schneller wir etwas finden, je eher können wir diese Farce beenden!"
Sie drückte Katharina einige Schriftstücke in die Hand und bedeutete ihr, sie durchzusehen.

Alles in Katharina sträubte ich dagegen, Simons Korrespondenz zu lesen, aber dann begann sie doch, die Papiere zu überfliegen.
„Wonach suchen wir eigentlich?", fragte sie, als sie den ersten Brief zur Seite legte, der von Simon an seinen Vater gerichtet war und nur eine Auflistung gekaufter Stoffe enthielt.
„Das weiß ich auch nicht. Ich hoffe, wir werden es bemerken, wenn wir auf etwas stoßen, was wichtig sein könnte." Cristine hatte angestrengt die Stirn gerunzelt und machte sich an einer weiteren Schublade zu schaffen.
Wieder gab sie Katharina einen Stapel Schriftstücke, diesmal fast ausschließlich Schuldscheine, wie Katharina feststellte. Zum Teil waren die Beträge durchgestrichen und der Gläubiger hatte den Erhalt der Summe bestätigt, doch dann hielt sie einen Wechsel in der Hand, der etwas in ihrem Kopf in Gang setzte, eine Erinnerung, die in einem hinteren Winkel ihres Gedächtnisses darauf gewartet hatte, wieder hervorgekramt zu werden. Sie brauchte einen kleinen Moment, um die verschiedenen Bilder zusammenzusetzen, die wie Schneeflocken in ihrem Kopf herum wirbelten. Als sie erkannte, was sie da soeben entdeckt hatte, wurde ihr schwarz vor Augen. Dass Cristine erschrocken aufgesprungen war, um sie aufzufangen, merkte sie schon nicht mehr.

32

Emundus Frunt rieb sich in freudiger Erwartung die Hände. Er saß im Verhörzimmer des Kunibertsturms und wartete darauf, dass man diesen Verbeek zu ihm brachte. Er hatte beim Hohen Gericht förmlich darum gebeten, ein erneutes Verhör durchführen zu dürfen, da er neue Erkenntnisse in diesem Fall zu Tage gefördert hatte. Man hatte ihm schließlich nach einigem Hin und Her erlaubt, Simon Verbeek zu befragen, allerdings unter der Bedingung, dass der Turmmeister und sein Schreiber sowie ein Ratsmitglied dabei anwesend sein müssten. Das Hohe Gericht selbst hatte in der Kürze der Zeit keine Befragung anberaumen können, da es gerade über einen auswärtigen Kaufmann zu urteilen hatte, der im Verdacht stand, zwei Hübschlerinnen vom Berlich allzu hart angepackt zu haben. Die Huren waren dabei aufs Grausamste gefoltert worden und schließlich an ihren Verletzungen gestorben.
Und so saß Emundus nun hier in der kleinen feuchten Kammer und konnte sich ein zufriedenes Grinsen nicht verkneifen.
Er hatte immer geglaubt, dass dieser dreckige Kaufmann nicht die ganze Wahrheit gesagt hatte. Ihm hatte keine Ruhe gelassen, dass der erste Tote, Matthis, so scheinbar gar nicht in die Geschichte, die Verbeek immer und immer wieder erzählte, hineinpasste.
Darum hatte er Erkundigungen eingezogen, hier und dort gefragt, und schließlich den entscheidenden

Hinweis erhalten, der ihn ein ganzes Stück
weitergebracht hatte.
Endlich öffnete sich die Tür und der Büttel stieß Simon
in den Raum.
„Hier ist der Herr Kaufmann, ehrenwerter Doktor." Die
Stimme des Büttels klang hämisch und die Betonung
ließ allenfalls eine Ehrerbietung gegenüber dem auf
einem bequemem Stuhl sitzenden Emundus erkennen.
Simon hingegen war durch die Heftigkeit des Stoßes
ins Straucheln geraten und vor dem Tisch der Herren,
die seiner Befragung beiwohnen würden, hart auf die
Knie gefallen. Und während Simon insgeheim vor Wut
über die Behandlung, die ihm hier zuteil wurde, die
Hände zu Fäusten ballte, nahm Emundus die Szene,
die sich ihm bot, mit einem zufriedenen Lächeln zur
Kenntnis. Nicht nur, dass dieser Verbeek nun auch
äußerlich dem glich, was er in ihm sah, nämlich einem
dreckigen Mörder, er hatte ihn nun auch am Boden,
wenn auch zunächst nur bildhaft. Emundus nahm das
als gutes Omen für die folgende Befragung. Aber noch
musste er wegen der anderen Anwesenden ein wenig
nachsichtig sein, wollte man ihm nicht eine
Vorverurteilung unterstellen.
„Herr Verbeek, bitte entschuldigt die rauen Manieren
des guten alten Sewolt. Er weiß es nicht besser! Aber
nehmt doch bitte auf diesem Stuhl dort Platz, dann
plaudert es sich angenehmer." Emundus wies mit
einem falschen Lächeln auf den harten Stuhl, der vor
dem Eichentisch stand, hinter dem, außer dem
Syndikus, bereits der Turmmeister Cratz und der

Schreiber Barthel, sowie der Kaufmann Godart van dem Wasservasse als Vertretung des Rates saßen. Letzterer trommelte unaufhörlich mit den Fingerkuppen auf das Holz des Tisches und seine säuerliche Miene verriet, dass er nur widerwillig an dieser Befragung teilnahm. Er hatte weiß Gott Besseres zu tun, als in dieser feuchten, unwirtlichen Kammer zu sitzen und dem Verhör dieses Verbeek zuzuhören. Seiner Kenntnis nach hatte Emundus Frunt sich auf den Kaufmann als Täter eingeschossen, während dieser die ihm zur Last gelegten Taten beharrlich leugnete. Das bevorstehende Verhör konnte also eine langwierige Angelegenheit werden, und darauf hatte er keine Lust. Zuhause wartete seine junge Gemahlin auf ihn, und bei dem Gedanken an ihre weiblichen Reize schoss ihm das Blut in die Lenden.

„Doktor Frunt, lasst uns beginnen. Ich habe meine Zeit nicht gestohlen und auch die Gulden springen nicht von alleine in meinen Beutel, wenn Ihr versteht, was ich meine!"

Ungeduldig wandte er sich an Emundus und bedeutete diesem mit einer Handbewegung, mit der Befragung zu beginnen.

„Nichts lieber als das, ehrenwerter Herr van dem Wasservasse."

Wieder setzte Emundus dieses unangenehme Lächeln auf, das seine Augen nicht erreichte und so falsch war, wie seine gespielte Höflichkeit.

„Lieber Herr Verbeek, sitzt Ihr bequem?"

Simon knirschte mit den Zähnen, denn natürlich saß er nicht bequem. Das war auf diesem harten Schemel auch gar nicht möglich, und das wusste dieser Frunt genau. Aber es spielte ihm in die Karten, wenn sich der Delinquent möglichst unwohl fühlte.
„Danke der Nachfrage, verehrter Herr Frunt. Ich weiß es zu schätzen, wie zuvorkommend ich hier behandelt werde!" Simon wusste, dass es unklug war, die Herren gegen sich aufzubringen, aber ein letzter Rest Stolz und Kampfgeist lauerten noch in ihm.
Godart van dem Wasservasse zog dann auch irritiert die Augenbrauen zusammen und im Gesicht des Syndicus zuckte ebenfalls verräterisch ein Muskel.
„Sehr schön, Herr Verbeek. Schließlich sollt Ihr nicht den Eindruck bekommen, ich hätte persönlich etwas gegen Euch. Mir ist nur an der Wahrheit gelegen."
Emundus kramte umständlich in den Papieren, die vor ihm auf dem Tisch lagen und zog schließlich ein Pergament hervor.
„Ähm, ja, hier ist es. Herr Verbeek, ich habe Euch ja bei unserer letzten Begegnung versprochen, dass ich mich noch einmal genauer umhören würde, was Eure...äh... sagen wir einmal... Eure Verwicklung in die Geschehnisse angeht. Und ich habe etwas herausgefunden, das Ihr mir beim letzten Mal verschwiegen habt!"
Emundus machte eine Pause, um die Worte wirken zu lassen.
„Aber ich habe Euch alles gesagt, was ich weiß." Simon versuchte, Ruhe zu bewahren.

„Hm, ja, also Ihr sagtet, Matthis Wefers sei Euch nicht bekannt?"

„So ist es. Ich kenne keinen Matthis...Wefers."

„Hm, und ich sage Euch, dass Ihr lügt. Ihr kennt...kanntet Matthis Wefers!"

Simon unterdrückte mühsam ein verzweifeltes Aufstöhnen. Was hatte dieser Frunt nun schon wieder ersonnen? Der Name, zu dem Simon auch kein Gesicht hatte, war ihm unbekannt und so sehr er auch in die hintersten Winkel seines Gedächtnisses drang, konnte er doch keinen Matthis Wefers finden.

„Nun, so schweigsam, Herr Verbeek? Es würde Euch - und auch uns - viel Zeit ersparen, wenn Ihr endlich die Wahrheit sagen und alles gestehen würdet!" Emundus war zornig aufgesprungen und hatte sich nun drohend vor Simon aufgebaut.

„Nun, Herr Verbeek, ich höre!"

„Ich kann nichts anderes sagen als bisher. Ich kenne diesen Mann nicht und ich habe auch niemanden ermordet", murmelte Simon tonlos und schloss verzweifelt die Augen.

„Dann will ich Euch ein wenig auf die Sprünge helfen. Ist es richtig, dass Euer Vater gelegentlich ungefärbtes Tuch kaufte und es dann hier in Köln von Schwarz- oder auch Buntfärbern färben ließ?"

„Ja, ich kann mich daran erinnern, dass er das sogar recht häufig tat."

„Ach, daran könnt Ihr Euch erinnern?" Emundus hockte inzwischen auf der Kante des Tisches und hatte die Arme vor seiner Brust verschränkt. Sein Blick hatte

etwas Lauerndes und Simon fühlte sich wie eine Maus in der Falle, ohne sagen zu können, warum. Er hatte keine Ahnung, worauf Frunt hinaus wollte, aber er ahnte, dass es seine Lage nicht verbessern würde.
„Könnt Ihr Euch denn auch daran erinnern, dass einer dieser Schwarzfärber Wilbalt Wefers hieß?"
Simon dachte angestrengt nach.
„Nein? Und auch nicht, dass dieser einen Sohn namens Matthis hatte?" Ein feiner Speichelregen ging auf Simon nieder als sich Emundus erneut vor ihm aufbaute und ihm die Worte wütend entgegenschleuderte.
In Simons Kopf begann es zu arbeiten. Es war schon zu lange her, als dass er sich wirklich an die beiden erinnern konnte, zumal sein Vater ihn damals durchaus nicht in alle seine Geschäfte eingeweiht hatte. Aber ganz dunkel, im hintersten Eckchen seiner Erinnerung, nahm ein Bild Gestalt an.
„Na, ich höre, Herr Verbeek? Es ist zwecklos, zu leugnen, dass Ihr Matthis Wefers kanntet, denn natürlich weiß ich noch mehr über Eure Beziehung zu ihm!" Triumphierend wandte sich Emundus wieder den Beisitzern am Tisch zu.
„Leider sind sowohl der gute Wilbalt als auch - und deswegen sitzen wir ja hier zusammen! - der arme Matthis tot, aber es ist mir gelungen, eine Zeugin aufzutreiben, die bestätigt, dass Simon Verbeek und Matthis Wefers sich sehr wohl kannten und darüber hinaus nicht gerade gute Freunde waren!"

Barthels Feder kratzte eifrig über das Pergament, ansonsten herrschte eine angespannte Stille. Das Interesse am Fortgang dieser Befragung war bei den Beteiligten nun endgültig geweckt. Nur Simon grübelte immer noch, worauf Frunt hinaus wollte.
„Nun, so schweigsam, werter Herr Verbeek? Soll ich fortfahren?"
Zufrieden betrachtete Emundus den leichenblassen Simon, der wie ein Häuflein Elend auf der Kante seines Stuhles herumrutschte.
Endlich hatte er ihn da, wo er ihn haben wollte! Die Schlinge um seinen Hals zog sich immer mehr zu und gleich würde er diesem Hundsfott den Todesstoß versetzen.
„Die Zeugin, von der ich rede, ist Wilbalts Witwe und die Mutter von Matthis Wefers. Und die hat mir ein paar nette Geschichten über Euch und ihren Sohn erzählt!"
Dass er bei dem Gespräch den Eindruck gewonnen hatte, die alte Vettel wäre etwas verwirrt und würde manchmal Einbildung und Wahrheit vermischen, verschwieg er natürlich. Auch, dass er der Alten gewisse Begebenheiten sozusagen eingeflüstert hatte, würde er an dieser Stelle wahrlich nicht preisgeben.
Simon grübelte. Aus Frunts Worten schloss er, dass er diesen Matthis Wefers von früher kennen musste, also bevor sein Vater ihn nach Flandern geschickt hatte.
„Nun, Ihr erinnert Euch immer noch nicht? Oder wollt Ihr Euch besser nicht erinnern, weil sich aus dieser

Erinnerung ein Motiv für Euren abscheulichen Mord an diesem armen Mann ergeben würde?"
„Egal, was ich jetzt sage, Ihr habt Euer Urteil doch bereits gefällt. Und Ihr habt Euch von Anfang an auf mich als Mörder versteift, anstatt auch andere Möglichkeiten in Betracht zu ziehen. Und das, obwohl Eure angeblichen Beweise an den Haaren herbeigezogen sind und jegliche Unvoreingenommenheit vermissen lassen!" Simon wusste, dass Frunt ihn provozieren wollte und dass ihm das auch gelungen war, aber die Verzweiflung über seine Lage brach aus ihm heraus. Er fuhr sich erregt durch die Haare und konnte nur mühsam einen resignierten Seufzer unterdrücken. Diesem von Ehrgeiz zerfressenen Syndicus war es egal, ob er wirklich der Täter war. Er würde dem Hohen Gericht den Mörder präsentieren, den ganz Köln suchte und dabei einen ganz gehörigen Schritt auf der Karriereleiter nach oben machen. Und dabei stellte er ein ganz passables Bauernopfer dar, denn es gab in der gesamten Stadt niemanden, der für ihn Partei ergreifen würde oder den es auch nur interessierte, ob er wirklich schuldig war!
„Nun, verehrter Herr Verbeek, ich bin nicht für die Wahrheit verantwortlich! Die ist, wie sie ist. Und es gibt immer nur eine Wahrheit, alles andere ist Interpretation! Und wahr ist, dass Ihr Matthis Wefers kanntet!"
Emundus machte eine kurze Pause und holte tief Luft.

„Seine Mutter wusste zu berichten, dass Ihr und er nicht gerade Freunde gewesen seid. Erinnert Ihr Euch nicht daran, wie Ihr diesen Matthis einmal derart verprügelt habt, dass er tagelang als Gehilfe seines Vaters ausfiel? Und dass dieser daraufhin von Eurem Vater eine beträchtliche Summe als Entschädigung forderte?"
„Aber das…" Simon hielt inne, als sich der Nebel in seinem Kopf plötzlich verzog und die Erinnerung an eine lange vergangene Szene freigab.
Seine Nase blutete und dennoch prügelte er erbarmungslos auf seinen Gegner ein. Dieser Mats hatte seinen geliebten Hund mit Steinen beworfen und getreten, so dass dieser jaulend unter einem Fuhrwerk Schutz gesucht hatte. Mats hatte einen Hang zum Quälen, es war nicht das erste Mal, dass er ihn dabei erwischte, wie er sich an Schwächeren vergriff. Dabei spielte es keine Rolle, ob es sich um Tiere oder kleinere Kinder handelte, Hauptsache, er war ihnen überlegen. Und weil Simon wegen seines ausgeprägten Gerechtigkeitsgefühls immer wieder für die Schwächeren Partei ergriff, ließ Mats keine Gelegenheit aus, ihn herauszufordern , wo er nur konnte.
Und an jenem Tag war es aus Simon herausgebrochen. Er hatte seine Wut nicht mehr unter Kontrolle, als Mats ihn erneut provozierte, indem er vor seinen Augen dieses arme Tier quälte.
Und so drosch er auf den gleichgroßen, aber ungleich bulligeren Mats ein, bekam selbst einige heftige Faustschläge ab, aber am Ende lag dieser wimmernd

auf dem Boden und Simon musste in seiner ohnmächtigen Wut von den inzwischen zahlreichen Umstehenden davon abgehalten werden, weiter auf ihn einzuprügeln. Er wusste später nicht mehr so genau, wie er danach in seine Kammer gekommen war. Woran er sich aber erinnerte, war die heftige Tracht Prügel, die sein Vater ihm verabreicht hatte, nachdem der Vater von Mats bei diesem vorstellig geworden war.
Sein Vater hatte ihn grün und blau geschlagen, hatte ihn nicht einmal nach dem Grund für die Auseinandersetzung gefragt. Ein Verbeek prügele sich nicht mit einem Schwarzfärbersohn, das sei unter seiner Würde! Und würde sich das Geschehen in irgendeiner Weise wiederholen, hätte Simon mit einer weitaus erheblicheren Strafe zu rechnen als nur ein paar Schläge. Damit war die Sache für seinen Vater ein für allemal erledigt, aber Simon hatte in der folgenden Zeit immer wieder unter Mats hinterlistigen Einfällen zu leiden, der ihm die Niederlage nicht verzeihen konnte.
„Nun, kann ich Eurem Gesichtsausdruck entnehmen, dass Ihr Euch erinnert? Daran, dass Ihr Matthis kanntet und daran, dass Eure Wut auf ihn ein treffliches Mordmotiv abgibt?"
Selbstgefällig lehnte sich Frunt in seinem Stuhl zurück und sah Simon erwartungsvoll an.
„Nun…?"
„Ich…ja, ich kannte damals einen Jungen, aber den nannten alle nur Mats. Ich wusste nicht, dass sein richtiger Name Matthis war. Und ja, wir hatten Streit,

aber damals waren wir acht oder neun Jahre alt! Wenn alle Jungen, die sich in diesem Alter streiten, später aus diesem Grund zu Mördern würden, sähe es überall auf der Welt ziemlich leer aus!"
Simons Verzweiflung wuchs, denn wenn es ausreichte, aus einem Streit unter Kindern Jahre später ein Mordmotiv zu machen, dann war es mit der unvoreingenommenen Untersuchung durch das Hohe Gericht nicht weit her!
Unvermittelt kroch wieder diese innere Kälte in ihm hoch, die ihn kurz nach seiner Gefangennahme in dem feuchten Verlies erstmals überfallen hatte. Auf seiner Stirn glänzten vereinzelt kleine Schweißtropfen und in seine Augen trat ein fiebriger Glanz. Es fiel ihm zunehmend schwer, sich auf die weitere Befragung zu konzentrieren, denn Frunts Worte hallten in seinem Kopf wie Donnerschläge, ohne dass er deren Sinn verstand. Schließlich sank er kraftlos in sich zusammen und kippte seitlich zu Boden.

33

Katharina kämpfte sich durch dunkle Fluten ans Licht. Das Wasser machte ihr das Atmen schwer und drückte schmerzhaft auf ihren Brustkorb. Ihr war kalt und in ihrem Kopf wirbelten Gedanken, die sie nicht festhalten konnte, festhalten wollte. Widerwillig öffnete sie die Augen und brauchte einen kurzen Augenblick,

um die Situation zu erfassen. Vor ihr kniete Cristine, einen Becher in der Hand. Sie selbst lag auf dem kalten, harten Boden und erst langsam erkannte sie, dass sie sich in Simons Kontor befanden.
Mühsam richtete sie sich auf.
„Verzeiht mir, aber ich wusste mir keinen anderen Rat." Entschuldigend drehte Cristine den leeren Becher um und jetzt erst bemerkte Katharina, dass sich ihr Gesicht und ihre Brust nass anfühlten.
„Was war denn los?" Sie schüttelte sich kurz und versuchte, ihre wirbelnden Gedanken zu ordnen. Sie war mit Cristine bei Simon gewesen und danach waren sie zu ihm ins Kontor gegangen, um vielleicht Hinweise auf seine Unschuld zu finden.
„Das müsst Ihr mir schon sagen! Ihr seid plötzlich ohnmächtig geworden. Habt Ihr das öfter oder hat es etwas damit zu tun?" Cristine deutete auf das Blatt, das Katharina noch immer fest umklammert in der rechten Hand hielt.
Verwirrt blickte sie auf den Schuldschein, dann traf sie die Erkenntnis erneut mit Macht und sie stöhnte laut auf.
„Habt Ihr etwas gefunden, das Simon entlastet? Oder aber etwas, das…? So redet doch!"
Ungeduldig rüttelte Cristine an Katharinas Schulter, die geistesabwesend in die Ferne starrte.
„Nein, ich…" Katharina schüttelte sich und stand auf. „Es tut mir leid, aber mit Simon hat das nichts zu tun. Ich wünschte, es wäre anders! Ich habe etwas entdeckt, dass ich Euch jetzt nicht erklären kann, bitte

entschuldigt mich jetzt. Ich muss so schnell wie möglich nach Hause." Sie wandte sich zum Gehen, dann drehte sie sich noch einmal um. „Darf ich das hier mitnehmen?" Sie hielt der verdutzten Cristine den Schuldschein hin. „Ihr bekommt ihn so schnell wie möglich zurück!"

„Aber…Ihr glaubt doch nicht im Ernst, dass ich Euch jetzt so einfach gehen lasse. Ihr müsst mir schon erklären, was es mit diesem Papier auf sich hat!" Cristine stellte sich zwischen Katharina und die Tür. „Bitte! Es…ist…hat mit meiner Familie zu tun. Mehr kann ich Euch jetzt nicht sagen. Bitte!"
Misstrauisch verschränkte Cristine die Arme vor dem Körper, wich aber keinen Schritt zurück.
„Ihr wollt jetzt nach Hause und Simon im Stich lassen, um eine Familienangelegenheit zu regeln? Das kann nicht Euer Ernst sein! Wir sind hier noch nicht fertig! Schaut Euch nur den Stapel mit Papieren an, die wir noch nicht durchgesehen haben!"
„Ich verspreche Euch, wenn es so ist, wie ich denke, wird mein Vater bereit sein, Simon zu helfen! Das nützt uns im Augenblick mehr als die Hoffnung, hier etwas Entlastendes zu finden!" Bittend sah sie Cristine an, die nach kurzem Zögern einen Schritt zur Seite machte und die Tür freigab.
„Ich hoffe, Ihr wisst, was Ihr tut. Oder auch nicht tut. Ihr seid Simons einzige Hoffnung und wenn Ihr ihn liebt, dann enttäuscht ihn nicht. Und vergesst nicht, dass wir nicht mehr viel Zeit haben, ihn da raus zu holen!"

„Ich danke Euch, Cristine. Ich lasse Euch Nachricht schicken, sobald ich mit meinem Vater gesprochen habe!"
Dankbar nickte Katharina der Anderen zu und verließ eilig das Haus. Sie war sich nicht so sicher, wie sie es Cristine glauben machen wollte, was sie nun zu tun hatte. Auch hatte sie keine Ahnung, wie ihr Vater auf ihre Entdeckung reagieren würde.
Es konnte durchaus sein, dass er ihr nicht glauben würde.
Was sie dann tun sollte, wusste sie nicht, aber sie musste es wenigstens versuchen!
Atemlos und immer noch ohne einen richtigen Plan betrat sie ihr Elternhaus.
Im gleichen Augenblick verließ Arndt van Westerburg sein Kontor und blieb wie angewurzelt stehen, als er seine Tochter in der Tür stehen sah.
„Katharina? Was machst du denn hier? Du solltest doch bis auf weiteres in deiner Kammer bleiben!"
„Ich...Vater, ich muss mit Euch reden. Es geht um...Onkel Johann!"
„Wo warst du?" Arndts Stimme klang ungehalten und auf seiner Stirn hatten sich bedrohliche Falten gebildet. Katharina kannte ihren Vater gut genug, um zu erkennen, dass dies kein günstiger Zeitpunkt war, ihr Anliegen vorzutragen. Aber andererseits konnte sie auch nicht auf eine bessere Gelegenheit warten, denn dazu fehlte ihr die Zeit. Und wahrscheinlich auch der Mut.

Und so straffte sie sich und begann ohne Umschweife:
„Ich habe mich über Euer Verbot hinweggesetzt und dafür bitte ich Euch um Verzeihung. Aber Frau Cristine Verbeek suchte mich auf und bat mich um Hilfe. Es geht um Simon Verbeek."
Noch bevor sie weiter sprechen konnte, vertieften sich die Falten auf der Stirn ihres Vaters.
„Schon wieder dieser Kerl! Hatte ich dir nicht gesagt, dass du ihn dir aus dem Kopf schlagen sollst? Das ist kein Umgang für dich! Und zu allem Überfluss sitzt er jetzt auch noch wegen Mordes im Turm!"
„Und genau darum geht es, Vater. Frau Cristine bat mich um Hilfe, weil sie an die Unschuld ihres Stiefsohnes glaubt. Und ich übrigens auch!"
„Komm mit!" Arndts Stimme klang gefährlich leise als er Katharina hart am Arm fasste und sie in sein Kontor dirigierte
Erst jetzt wurde ihr bewusst, dass sie bis dahin noch in der Halle gestanden hatten.
Mit einem heftigen Stoß warf Arndt die Tür ins Schloss und drückte Katharina auf einen Stuhl vor seinem Schreibtisch.
„Ich verliere langsam die Geduld. Erst weigerst du dich, den Mann zu heiraten, den ich für dich bestimme. Dann setzt du dich über meine Verbote hinweg und zu allem Überfluss setzt du dich jetzt auch noch für diesen Mörder ein. Ich muss schon sagen, dafür, dass er erst so kurze Zeit in der Stadt ist, hat dieser Verbeek hier einiges erheblich durcheinander gebracht!"

Als Katharina darauf etwas erwidern wollte, hob Arndt van Westerburg bestimmend die Hand.
„Schweig, Tochter, ich bin noch nicht fertig! Ich werde dir jetzt sagen, was ich von der Sache halte. Dieser Verbeek kommt hier nach Köln, um seinen Vater zu beerben. Als er merkt, dass es hier nichts für ihn zu holen gibt, verdreht er der erstbesten törichten Jungfer den Kopf, in der Hoffnung, sich so in ein gemachtes Nest zu setzen. Dummerweise ist es ausgerechnet meine Tochter, bei der dieser Plan aufzugehen scheint! Und was noch viel ärgerlicher ist, ist, dass diese bereits verlobt ist. Also muss dieser Nebenbuhler verschwinden, wenn der Plan aufgehen soll. Was liegt da näher, als persönlich dafür zu sorgen, dass dieser Konkurrent um die Hand meiner Tochter verschwindet? Na?" Kurz holte Arndt van Westerburg Luft. Sein Gesicht war inzwischen rot angelaufen und auf seiner Stirn und an seinem Hals traten deutlich die Adern hervor Noch bevor Katharina etwas sagen konnte, fuhr er auch schon fort
„Und dass er mit dem armen Lenhart auch gleichzeitig einen seiner Gläubiger aus dem Weg räumt, nennt man wohl zwei Fliegen mit einer Klappe schlagen! Du warst selbst dabei, als wir deinen Verlobten fanden - in den Armen seines Mörders! Der machte gute Miene zum bösen Spiel, denn es war ihm nicht gelungen, unerkannt zu verschwinden. Also machte er uns glauben, der arme Lenhart sei einfach so zusammengebrochen."

In dem gleichen Maß, wie die Wut ihres Vaters wuchs, wurde Katharina immer ruhiger. Sie wusste, sie würde einen klaren Kopf behalten müssen, wenn sie hier und heute etwas für Simon erreichen wollte. Und für sich!
„Vater, Ihr redet wie dieser Emundus Frunt, den der Rat damit beauftragt hat, die Sache mit diesen Sodomitern zu klären."
Misstrauisch schaute Arndt seine Tochter an. „Woher willst du denn wissen, was Frunt so redet?"
Katharina biss sich auf die Lippe. Mist. Das hatte Simon ihnen bei ihrem Besuch im Turm erzählt.
„Das hat mir Frau Verbeek erzählt. Sie...war bei Simon Verbeek im Turm."
„Wie ist sie denn da hineingekommen? Soviel ich weiß, haben der Rat oder das Hohe Gericht keine Besuchserlaubnis erteilt!" Scharf musterte ihr Vater sie.
„Ich...wir, also Tante Lijsbet hat uns geholfen."
„UNS? Willst du damit sagen, dass...du...auch..." Fassungslos öffnete und schloss Arndt seinen Mund und schüttelte seinen Kopf. Offenbar hatte er seine Tochter unterschätzt, sie war weitaus tiefer in die ganze Sache verstrickt, als er gedacht hatte! Und seine Schwägerin hatte sie auch schon da hineingezogen!
„Ja, Vater, ich war mit Frau Cristine bei Simon im Turm, wenn Ihr es genau wissen wollt! Ich kann ihn nicht einfach seinem Schicksal überlassen, denn er hat nicht getan, was man ihm vorwirft."
„Warum bist ausgerechnet du dir da so sicher?"
„Weil...warum seid Ihr Euch denn so sicher, dass er schuldig ist?" Katharina hatte sich vorgebeugt und

funkelte ihren Vater wütend an. Vergessen war ihr Vorsatz, ruhig und überlegt an die Sache heranzugehen.
Konsterniert zog Arndt die Augenbrauen hoch und musterte seine Tochter einige Atemzüge lang, ohne zu antworten. Er dachte kurz darüber nach, was wäre, wenn sie Recht hätte. Er kannte diesen Frunt und wenn er ehrlich war, mochte er ihn und seine verschlagene Art nicht. Er stand in dem Ruf, seinen Mantel in den Wind zu hängen, der ihm gerade günstig blies. Ob er dabei allerdings so weit gehen würde, einem Unschuldigen diese abscheulichen Taten anzuhängen, um seinen Ruf als unerbittlicher Aufklärer zu unterstreichen, das glaubt er nun wiederum nicht.
„Weil alles gegen ihn spricht! Ich habe die Verhörprotokolle gesehen, Katharina. Er kannte diesen Matthis, bei dem alten Kruysgin hatte er Schulden, ebenso wie bei deinem...bei Herrn Lenhart. Und immerhin war er ihm ja auch in Bezug auf seine Absichten mit dir im Weg! Und wer weiß, vielleicht hat er sogar auch etwas mit diesen Sodomitern zu tun. Immerhin hat er ja diese Zettel verteilt."
„Du meinst, so wie Onkel Johann und Herr Lenhart?" Verständnislos sah Arndt seine Tochter an.
„Was haben die denn mit den Zetteln zu tun?"
„Das weiß ich nicht, aber sie gehören zu diesen...Männern, von denen Pfarrer Hieronymus geredet hat." Jetzt war es heraus.
„Was meinst du denn damit, Kind? Johann und Lenhart sind doch keine...Wie kommst du denn auf eine derart

abscheuliche Idee?" Arndt van Westerburg war leichenblass geworden. Was redete seine Tochter denn da? War sie krank oder hatte dieser Verbeek etwa seine Finger im Spiel? Hatte er inzwischen eine solche Macht über Katharina, dass…

„Ich habe Beweise, dass Lenhart und Onkel Johann..."
„Kein Wort mehr, Katharina! Schweig! Du weißt nicht, was du sagst. Dein Onkel ist und Lenhart Seger war ein angesehener Bürger dieser Stadt und als solche sind sie über jeden Verdacht erhaben!" Ihr Vater war aufgesprungen und hatte ihr eine schallende Ohrfeige gegeben, noch bevor Katharina reagieren konnte. Entsetzt fasste sie sich an die brennende Wange. Nie zuvor hatte ihr Vater sie geschlagen und neben dem körperlichen Schmerz trieb ihr die Enttäuschung darüber die Tränen in die Augen. Wie hatte sie nur so naiv sein können, zu glauben, dass sich ihr Vater in Ruhe anhören würde, was sie zu sagen hatte? Schon gar nicht, wenn sie andeutete, ihr Onkel könne einer dieser unfassbar sündigen Menschen sein? Immerhin stand damit auch der Ruf ihrer eigenen Familie auf dem Spiel! Und was das für Onkel Johann und Tante Lijsbet zu bedeuten hatte, wagte sie sich gar nicht auszumalen.

„Katharina, ich...Wie kannst du nur so etwas behaupten? Weißt du überhaupt, was du mit deinen absurden Anschuldigungen anrichten kannst?" Wütend hatte sich Arndt vor seiner Tochter aufgebaut und seine grünen Augen blitzten sie nur noch durch zwei schmale Schlitze an.

„Ja Vater, das ist mir durchaus bewusst. Und ich habe es genauso wenig glauben können, wie Ihr. Was ich allerdings noch weniger glauben kann, ist, dass Ihr Euch nicht einmal anhört, was ich herausgefunden habe! Ihr hättet mich beinahe einem Mann zur Frau gegeben, der das Lager lieber mit Männern teilt, nur weil er nach Eurem Dafürhalten ein angesehener Bürger dieser Stadt war. In Wahrheit war er ein Sodomiter, ob Ihr das glauben wollt oder nicht! Und einen Mann wie Simon traut ihr diese fürchterlichen Morde zu, nur weil Ihr ihn nicht kennt und er in Euren Augen ein schlechter Kaufmann ist." Katharina holte tief Luft und sie hatte Mühe, weitere Tränen zurückzuhalten. Vor Wut und Enttäuschung ballte sie die Hände zu Fäusten. Dann stand sie auf und schaute ihrem Vater fest in die Augen. Ihr war plötzlich ein Gedanke gekommen, wie sie ihn vielleicht doch dazu bewegen könnte, ihr zuzuhören.

„Nun dann, Vater, wenn Ihr Euch nicht dafür interessiert, dann werde ich wohl beim Rat und bei Meister Frunt vorsprechen müssen. Immerhin könnte es wichtig sein, dass damit alle drei Toten zu diesen...Männern gehörten. Damit müsste auch Meister Frunt einsehen, dass Simon gar kein Motiv hat!" Sie wandte sich zur Tür. Würde ihr Vater sie aufhalten? Oder hielt er ihr Anschuldigungen für so absurd, dass er sie gehen lassen würde? Sie hatte die Tür fast erreicht. Natürlich würde sie nicht beim Rat vorsprechen und ihren Onkel dadurch einem Spießrutenlaufen aussetzen, geschweige denn einer

sicheren Verurteilung. Aber wie gut kannte ihr Vater sie? Traute er ihr zu, den Rat einzuschalten?
Sie wollte gerade über die Schwelle treten, als ihr Vater sich räusperte.
Einen Schritt noch.
„Katharina, warte!"
Erleichtert hielt Katharina inne, drehte sich aber noch nicht um.
„Komm her. Ich werde mir anhören, was du zu sagen hast, wenn ich auch nach wie vor überzeugt bin, dass du in deinem Bestreben, diesem Simon zu helfen, weit über das Ziel hinausschießt!" Seine Stimme klang immer noch sehr ärgerlich und Katharina wusste, dass sie jetzt sehr vorsichtig vorgehen musste. Sie drehte sich um und ging langsam zum Tisch zurück, während sie überlegte, wie sie am besten beginnen sollte. Sie setzte sich und auch ihr Vater nahm ihr gegenüber wieder Platz.
„Nun, was hast du zu sagen?"
Langsam zog sie die Seite mit dem Liebesgedicht aus einem Beutel, der an einem schmalen Gürtel um ihre Taille befestigt war und strich sie glatt.
„Das hier ist Onkel Johann vor kurzem aus seinem Wams gerutscht, als ich dort zu Besuch war. Ich habe es aufgehoben und wollte es ihm zurückgeben, aber es kam…etwas dazwischen. Ich steckte es ein und wollte es ihm später bringen, habe es aber dann vergessen."
„Was ist das?", fragte Arndt und griff nach der Seite.
Katharina gab sie ihm und fuhr fort:

„Ein Liebesgedicht, gerichtet an Onkel Johann. Unterzeichnet ist es mit `L` und natürlich dachte ich sofort, dass Tante Lijsbet es geschrieben hätte."
„Lijsbet?" Arndt kräuselte amüsiert die Lippen. „Das hätte ich ihr gar nicht zugetraut!"
„Sie hat es ja auch gar nicht geschrieben!"
Konsterniert ließ er den Zettel sinken. „Wie kommst du denn darauf? Wer soll es denn sonst gewesen sein? Glaubst du etwa, Johann hat eine…eine…"
„EINEN, Vater. Das `L` steht für Lenhart. Lenhart Seger."
Katharina beobachtete, wie alle Farbe aus dem Gesicht ihres Vaters wich. Er schluckte einmal, zweimal, dann räusperte er sich.
„Katharina, weißt du, was du da sagst? Wie kommst du darauf, dass dein…dass Lenhart das geschrieben hat?"
„Als ich mit Frau Verbeek in Simons Kontor nach Hinweisen suchte, die seine Unschuld beweisen könnten, da fand ich zufällig einen Schuldschein, den Lenhart unterzeichnet hatte und in dem er Simon einen Zahlungsaufschub gewährt. Dieses verschnörkelte `L` ist seine Schrift!"
„Du warst in Verbeeks Kontor, um…?" Verzweifelt stützte Arndt seinen Kopf in seine Hände. Was war nur in sein Mädchen gefahren? Sie war zwar immer schon etwas eigenwillig gewesen, aber im Großen und Ganzen war sie ein folgsames, braves Kind. Wieso tat sie zunehmend so unmögliche Dinge?

Seufzend besah er sich den Zettel, dann zog er seine Augenbrauen zusammen und wurde noch blasser, als er ohnehin schon war.
Langsam zog er eine Schublade heraus und begann, in den Papieren zu suchen, die sich ordentlich verstaut in ihr türmten. Lange war nur das Rascheln von Papier zu hören, während Arndt jedes einzelne Blatt herauszog und es nach kurzer Musterung zur Seite legte.
Katharina wagte nicht zu fragen, was er dort tat, denn offensichtlich suchte er etwas. Dann hielt er ein schweres Pergament in der Hand und während er es studierte, entrang sich seiner Brust ein tiefes Grollen, das sich anhörte, als verteidige einer dieser Straßenköter seine Beute.
„Was ist das, Vater?", fragte sie vorsichtig.
Arndt holte tief Luft und Katharina erschien er plötzlich um Jahre gealtert. Seine Haut war fahl und um seinen Mund hatten sich tiefe Falten eingegraben.
„Das ist der Ehevertrag, den Lenhart und ich ausgehandelt haben." Seine Stimme war fast nicht zu verstehen und als er Katharina das Schriftstück hinhielt, zitterte seine Hand.
Wortlos nahm sie es und blickte auf die Unterschriften, die aufrechten, leicht nach rechts geneigten Buchstaben ihres Vaters und die kleine, verschnörkelte Schrift Lenharts.
Kein Zweifel, es *war* seine Unterschrift!
„Katharina, vielleicht tun wir ihm unrecht, er kann sich ja nicht mehr verteidigen. Vielleicht ist alles ganz anders, als..." Es kam Katharina wie ein letzter,

verzweifelter Versuch vor, doch noch um die Wahrheit herumzukommen.
„Vater, da ist noch etwas!" Lange hatte sie diese Erinnerung verdrängt, hatte ihr keine Bedeutung beigemessen, aber als sie jetzt die Zusammenhänge erkannte, fiel ihr auch diese Beobachtung wieder ein.
„Als ich vor einiger Zeit nicht schlafen konnte, stellte ich mich an mein Fenster, um etwas frische Luft zu schöpfen. Dabei sah ich, wie Lenhart das Haus von Onkel Johann verließ. Vater, es war *sehr früh* am Morgen!"
Arndt van Westerburg hatte die Augen geschlossen und atmete heftig ein und aus. Dann stand er abrupt auf und bedeutete Katharina, ihm zu folgen.
„Wir werden jetzt sofort deinen Onkel aufsuchen und ihn fragen, was das hier...", er griff sich den Zettel mit dem Gedicht, „zu bedeuten hat!"
Katharina zögerte, doch dann stand auch sie auf.
„Auf ein Wort, Vater! Werdet Ihr Euch nun für Simon einsetzen? Ich meine, alle drei Opfer sind Sodomiter und..."
„Wieso alle drei? Was hat denn der alte Kruysgin damit zu tun?" Irritiert hielt Arndt kurz inne.
„Weil doch auf dem Zettel stand, dass er auch einer von denen ist!"
„Aber bei ihm hat man doch gar keinen Zettel gefunden!"
„Ja, weil Simon ihn doch in dieser Nacht gefunden und mitgenommen hat!"
„Und wenn er sie doch geschrieben und verteilt hat?"

„Vater!"
„Schon gut. Wir kümmern uns jetzt zuerst um Onkel Johann, dann werden wir entscheiden, was in...Verbeeks Sache zu tun ist! Und jetzt komm!"

34

Lijsbet saß am Bett ihres Gemahls und ihr schmaler Körper wurde von einem heftigen Weinkrampf geschüttelt. Gerade war der herbeigerufene Medicus gegangen, aber auch er hatte nichts mehr für ihren Gemahl tun können. Lijsbet hatte nur kurz das Krankenlager verlassen, um der Köchin Anweisung zu geben, eine kräftige, stärkende Hühnerbrühe für Johann zuzubereiten.
Als sie zurück kam, hatte Johann mit weit aufgerissenen Augen auf dem Lager gelegen, ein dünner Speichelfaden rann ihm aus dem Mund und seine rechte Gesichtshälfte hing seltsam grotesk nach unten. Er hatte verzweifelt versucht, etwas zu sagen, aber aus seinem Mund kam nur undeutliches Gestammel. Erschrocken hatte Lijsbet sofort nach dem Medicus schicken lassen, aber als dieser eintraf, war Johann bereits tot.
Verzweifelt drückte sie die rechte Hand ihres Gatten und bedeckte sie mit nassen Küssen. Warum hatte er sie verlassen? Solange sie denken konnte war es ihr Wunsch gewesen, ins Kloster zu gehen. Sie wollte ihr

Leben ganz Gott widmen, aber schnell war ihr klar geworden, dass ihr dieser Weg verwehrt war, denn ihre Eltern waren arm und hätten niemals die geforderte Summe aufbringen können, die bei der Aufnahme in einen Orden gemeinhin gefordert wurde. Und dann war plötzlich dieser Mann aufgetaucht. Er war die Liebe ihres Lebens, vom ersten Moment an, da sie ihn gesehen hatte. Sie hatte sich am Anfang nicht erklären können, warum seine Wahl ausgerechnet auf sie gefallen war. Ihre Eltern waren doch arm und sie selbst war zwar nicht ausnehmend hässlich, aber mit ihrer schüchternen, linkischen Art und dem spitzen Gesicht, das an eine kleine Maus erinnerte, standen die Bewerber um ihre Hand auch nicht gerade Schlange. Genau genommen war Johann der Erste, der sich für sie interessierte und dieses Interesse öffnete ihm eine Tür in ihrem Herzen. Er selbst war äußerst gut aussehend, damals schon vermögend und überaus selbstsicher. Aus Angst, den Ansprüchen, die dieser gebildete, vermögende Mann ohne Frage an seine Gattin haben würde, nicht genügen zu können, lehnte Lijsbet Johanns Antrag zunächst ab. Aber Johann gab nicht auf, sandte ihr täglich kleine Geschenke und erreichte so, dass ihre Eltern sie drängten, in eine Ehe mit diesem großzügigen Kaufmann einzuwilligen. Und je mehr Zeit verging, umso mehr sehnte sie sich nach seiner freundlichen Art und seiner Fürsorge. Und so hatte sie seinem Werben schließlich doch nachgegeben und war seine Frau geworden. Allerdings hatte sich Johann ihr schon in der Hochzeitnacht anvertraut. Er hatte ihren nackten Körper, den sie ihm schamhaft darbot, nur mit einem kurzen Blick gestreift. Dann hatte er sie sanft zugedeckt und ihr einen flüchtigen Kuss auf die Stirn gegeben, bevor er ihr sein Geheimnis offenbarte. Er liebte Männer! Sie war fassungslos, war wütend und enttäuscht und kam sich benutzt vor, obwohl Johann sie nicht berührt hatte. Johann hatte daraufhin das Schlafgemach verlassen und die Hochzeitsnacht in der kleinen Kammer am Ende des Flurs verbracht. Allerdings hatte sein Geständnis nicht bewirken können, dass Lijsbet ihn nicht mehr liebte. Sie hatte in der folgenden Zeit noch ein paar Mal versucht, ihn zu verführen, aber immer hatte er sie freundlich aber bestimmt zurückgewiesen. Irgendwann hatte sie sich damit abgefunden, dass sie niemals wie Mann und Frau zusammenleben würden und sich mit der Situation arrangiert. Zumal Johann ihr jeden Wunsch von den Augen ablas und mit der Zeit wurde ihr bewusst, dass auch er sie auf seine Art liebte. Nur eben nicht wie ein Mann sein Eheweib. Sie war eine wichtige Person in seinem Leben, denn nach außen hin half sie ihm, den Schein zu wahren. Johann bedankte sich bei ihr für diese Farce auf seine Art. Er ermöglichte ihr, Lesen und Schreiben zu erlernen, holte einen Lateinlehrer ins Haus und brachte ihr immer wieder Bücher als Geschenk mit, die sie so sehr liebte. Und sie musste dafür nur darüber hinwegsehen, dass Johann in der kleinen Kammer das mit Männern tat, was er mit ihr niemals tun würde. Und so hatte sie sich mit ihrer Situation abgefunden, ohne zu merken, wie sehr sie

Johanns Liebschaften im Inneren doch verletzten. Sie hatte geglaubt, damit leben zu können, aber tief in ihr fraß sich eine Eifersucht in ihr Gemüt, die sie bald nicht mehr ignorieren konnte. Es war für eine Frau eine Sache, ihren Mann mit einer anderen Frau teilen zu müssen. Aber sich vorzustellen, wie er mit einem anderen Mann...
Und dann hatte sie es nicht mehr ausgehalten und sich ihrem Beichtvater offenbart.
Sie streichelte Johanns Wange, seine Haare und drückte einen letzten innigen Kuss auf seinen verzerrten Mund. Im Tod nahm sie sich, was er ihr im Leben nicht gegeben hatte.
Dann stand sie auf und richtete ihr zerknittertes Kleid, wischte sich die Tränen aus dem Gesicht und ging in ihr Bücherzimmer.
Es gab noch etwas zu tun, was keinen Aufschub duldete!
Sie stellte sich an ihr Schreibpult, nahm einen Bogen Papier und begann, diesen mit ihrer zierlichen, sauberen Schrift zu füllen.

35

Energisch schlug Arndt van Westerburg mit dem bronzenen Ring, der einem grimmig dreinblickenden Löwen aus dem Maul ragte, gegen die schwere Eichentür.

Noch immer rangen Fassungslosigkeit, Wut und Enttäuschung in ihm und noch war nicht sicher, welche dieser Empfindungen gleich die Oberhand gewinnen würde, wenn er erst seinem Schwager gegenüberstand. Wie hatte er sie alle nur so täuschen und hintergehen können? Hatte Lijsbet von seinem Treiben gewusst? Wie hätte sie es nicht wissen können! Und sein eigenes Eheweib? Als Schwester musste man doch irgendwann einmal etwas gemerkt haben? War nur er selbst so arglos und blind oder hatte es Anzeichen gegeben, die auch er hätte deuten können?

Verschwommen schoben sich Bilder vor sein inneres Auge.

Johanns väterliche Umarmungen und Berührungen seines jungen Schützlings, seine Reaktion, als Bürgermeister Rinck bei der Ratssitzung von den Morden an den Sodomitern erzählte. Hatte damals nicht Angst und Schmerz in den Augen seines Schwagers gestanden? Und bei dem letzten Fest, das Johann gegeben hatte, war da nicht der junge Matthis länger geblieben als alle anderen? Damals hatte er sich nichts dabei gedacht, als er selbst, ziemlich angeschlagen von dem Genuss des reichlich ausgeschenkten Weines, Johann und Matthis alleine gelassen hatte.

Arndt schüttelte sich. Fragen über Fragen, und alle würde Johann beantworten müssen, wenigstens das was er ihnen schuldig. Danach würde man immer noch beraten können, wie man mit der Situation umging. Natürlich war es völlig unmöglich, Johann als

Sodomiter beim Rat anzuzeigen! Nicht abzusehen, was das für Folgen für ihrer beider Handelsgeschäfte haben würde, wenn seine widernatürliche Neigung bekannt würde! Immerhin waren sie verschwägert! Die stadtbekannten Tratschmäuler würden dafür sorgen, dass sich dieser Skandal mit einigen dazu erfundenen Auswüchsen in Köln schneller verbreiten würde als ein Blitz über den Himmel zucken konnte. Dass er selbst dabei von allem keine Ahnung gehabt hatte, würde man ihm ohnehin nicht glauben. In seinen Kreisen spielt es keine Rolle, warum jemand in Schwierigkeiten war! Er musste an das Gespräch mit Katharina denken, bei dem sie diesen Verbeek so vehement verteidigt hatte. Waren nicht genau das seine Worte ihr gegenüber gewesen? Es spiele keine Rolle, warum er Schulden hatte? Insgeheim leistete er Abbitte. Auch das würde er noch einmal überdenken müssen! Manche Denkweisen verloren erheblich an Wahrheit, wenn man die Seite wechselte!
„Warum macht denn niemand auf?!", knurrte er und schlug erneut den bronzenen Ring auf das Holz. Katharina stand still an seiner Seite. Hatte sie das Richtige getan? So aufgebracht und wütend hatte sie ihren Vater noch nie erlebt. Hätte sie über ihre Entdeckung schweigen sollen? Die Tatsache, dass ihr Onkel und Lenhart zu diesen... Männern gehörten, klärte noch lange nicht die Frage, wer die drei Morde auf dem Gewissen hatte! Und damit natürlich auch nicht, dass Simon unschuldig war. Es wies lediglich auf ein anderes mögliches Motiv hin. Aber das war in

dieser verfahrenen Situation besser als nichts.
Katharina hatte das Gefühl, irgendetwas übersehen zu haben, das vielleicht wichtig sein könnte, um Simon zu entlasten, aber so sehr sie sich auch den Kopf zermarterte, es wollte ihr nicht in den Sinn kommen.
Da wurde die Tür langsam geöffnet und die alte Köchin Anna lugte durch den kleinen Spalt. Ihre Haube saß unordentlich auf ihrem grauen Haar und ihre Augen waren vom Weinen gerötet. Sie schluchzte laut auf, als sie die beiden Besucher erkannte.
„Gott sei gelobt und gepriesen, kommt herein, Herr! Und Ihr auch, Jungfer Katharina! Aber wo ist denn Eure werte Gemahlin, Herr van Westerburg? Ich dachte, sie kommt gleich mit? Es ist doch ihr Bruder. Oh Gott, oh Gott, was soll jetzt bloß werden?"
Sie trat einen Schritt zurück und öffnete die Tür ganz, um die beiden einzulassen.
Verständnislos sahen sich Arndt und Katharina an. War es möglich, dass sich schon herumgesprochen hatte, dass...Nein, das konnte nicht sein. Und wieso sollte Frau Druytgin auch mitkommen?
„Was ist hier los?" Misstrauisch sah Arndt die alte Köchin an.
Die wiederum brach erneut in Tränen aus und stammelte unter Schluchzen: „Ja aber, ich dachte, Ihr wüsstet, dass unser guter Herr zu seinem Schöpfer heimgegangen ist! Seid Ihr nicht deswegen gekommen?"
Eine kalte Hand griff nach Katharinas Herz und auch Arndt wurde blass.

„Was sagst du da, Weib?! Das kann nicht sein!"
Er schob die verdutzte Alte zur Seite und eilte auf die Treppe zu, die ins Obergeschoss führte.
„Anna, lass sofort nach meiner Mutter schicken!"
Schon stürmte Katharina hinter ihrem Vater die Treppe hinauf und wäre fast in ihn hineingerannt, denn er war wie angewurzelt in der Tür zum Schlafgemach stehen geblieben.
Katharina lugte an ihm vorbei und bei dem Bild, das sich ihr bot, zog sich ihr Herz schmerzhaft zusammen. Onkel Johann lag friedlich in seinem Bett, sein Gesicht wirkte seltsam verzerrt, aber ansonsten sah es aus als schliefe er. Neben ihm lag, in seine Armbeuge geschmiegt, Tante Lijsbet, ihren rechten Arm fest um seinen Körper geschlungen. Für einen kurzen Augenblick glaubte Katharina, ihre Tante wäre ebenfalls tot, aber dann wurde der schmale Körper von einem heftigen Schluchzen erschüttert und ein fast unmenschlicher Laut entrang sich ihrer Kehle.
Erschüttert sahen sich Vater und Tochter an, dann drängte sich Katharina an ihrem Vater vorbei und kniete sich neben das Bett. Behutsam streichelte sie ihrer Tante über den Arm, während auch ihr die Tränen kamen. Ihr geliebter Onkel war tot! Nie wieder würde er sie liebevoll „meine Prinzessin" nennen oder sie vor ihrem Vater in Schutz nehmen, wenn ihr Temperament sie wieder in eine ungebührliche Lage gebracht hatte. Und während sie so da saß, schlich sich ein überwältigendes Gefühl der Zuneigung in ihr Herz, das alles andere verdrängte. Ganz gleich, was ihr Onkel

getan hatte, er war deshalb kein schlechter Mensch gewesen!
Eine kalte Hand legte sich auf ihre Schulter, und als Katharina aufsah, sah sie in das entsetzte und fassungslose Gesicht ihrer Mutter, die unbemerkt von ihr das Zimmer betreten hatte.
Lange Zeit sprach niemand ein Wort, jeder hing seinen eigenen Gedanken nach, bis Arndt sich schließlich müde über die Augen rieb.
„Lijsbet, wir müssen uns um das Begräbnis kümmern." Als seine Schwägerin nicht antwortete, wandte er sich zur Tür.
„Ich kümmere mich", sagte er und verließ ohne ein weiteres Wort das Zimmer.
Katharinas Blick fiel auf das geöffnete Fenster, durch das eine warme Brise in den Raum wehte und wie als Zeichen nicht den üblichen fauligen Gestank der Gassen Kölns mit sich trug, sondern einen klaren, fast blumigen Geruch. Onkel Johanns Seele hatte sich auf den Weg gemacht und der himmlische Vater zürnte ihm ob seiner Sünden nicht, sondern hieß ihn willkommen!
Etwas getröstet wischte Katharina sich die Tränen aus dem Gesicht. Wer waren sie schon, dass sie sich anmaßten, über Johann zu richten?

36

Katharina konnte sich später nur bruchstückhaft an die folgenden Stunden und den folgenden Tag erinnern. Irgendwann hatte sich Tante Lijsbet erhoben, der herbeigeeilte Priester hatte den Segen der Kirche gespendet und mit den Anwesenden gebetet. Dann hatte Lijsbet mit diesem seltsam abwesenden Ausdruck in den Augen wortlos das Zimmer verlassen. Kurze Zeit später war sie mit einer Schüssel Wasser und sauberen Leinentüchern zurückgekehrt und hatte begonnen, ihren Gemahl zu entkleiden. Kein Protest ihrer Schwägerin oder ihrer Nichte hatten sie davon abhalten können, den Toten mit unendlich liebevollen Bewegungen zu waschen und danach in prächtige Gewänder zu kleiden. Lediglich Hilfe, den schweren Körper für diese Prozedur umzubetten, hatte sie geduldet.
Kerzen wurden zur Totenwache aufgestellt und eine ganze Schar an Nachbarn und Geschäftspartnern machte ihre Aufwartung, um zu kondolieren.
Die ganze Nacht über wachte Tante Lijsbet am Bett ihres Gemahls, während Katharina und ihre Mutter sich abwechselten.
Das Begräbnis am folgenden Tag zog ebenso an Katharina vorbei wie das von Lenhart, wenn auch aus anderen Gründen. Die sengende Hitze hatte eine schnelle Bestattung erforderlich gemacht und auch auf dem Friedhof sorgten die glühend heißen Strahlen der Sonne dafür, dass sich die Zeremonie so kurz

gestaltete, wie es gerade noch schicklich war. Alle waren froh, dass der Leichenschmaus in den kühlen Räumen des Greveroidschen Anwesens stattfand, und diejenigen, die keinen Platz an der Tafel gefunden hatten und mit den Tischen in dem kleinen Innenhof vorlieb nehmen mussten, blieben nur solange, wie es der Anstand erforderte.

Irgendwann an diesem Abend machten sich dann Arndt, Druytgin und Katharina völlig erschöpft auf den Weg zu ihrem eigenen Zuhause und wenig später fiel Katharina in einen bleiernen Schlaf.

Am Morgen erwachte sie mit dem Gefühl, keine Sekunde geschlafen zu haben, allerdings erinnerte sie sich an einen wirren Traum, in dem Simon, kahl geschoren und mit auf dem Rücken gebundenen Händen auf einem rumpelnden Karren saß, der sich auf dem Weg zum Rabenstein befand, wo bereits der Henker auf seinen Kunden wartete.

Simon!

Katharina sprang aus dem Bett. In der Aufregung des vergangenen Tages hatte sie völlig vergessen, weswegen sie ursprünglich auf dem Weg zu Onkel Johann gewesen waren und dass ihr Vater ihr seine Unterstützung zugesagt hatte, Simons Unschuld zu beweisen. Sie musste sofort mit ihm reden!

Eilig wusch sie sich das Gesicht, kämmte ihr zerzaustes Haar und zog sich einen Surkot über ihr Unterkleid und die zerknitterte Cotte. Dann stürmte sie aus ihrer Kammer und die Treppe hinunter.

Am Tisch saßen ihre Eltern schweigend beisammen und stocherten lustlos in dem Morgenbrei.
„Vater, kann ich Euch kurz sprechen? Es geht...um das Gedicht."
Ihr Vater blickte sie ungehalten an, während ihre Mutter fragend die Augenbrauen runzelte.
„Welches Gedicht?" Druytgin blickte von einem zum anderen.
Also hatte ihr Vater ihrer Mutter noch nichts erzählt. Wahrscheinlich wollte er abwarten, wie sich die Sache nun entwickelte.
„Ich habe kürzlich ein Gedicht gelesen und bat Vater, etwas über den Verfasser herauszufinden." Das war zumindest nicht ganz gelogen.
Ihr Vater wischte sich den Mund ab und stand auf.
„Unsere Tochter hat recht, ich schulde ihr noch eine Erklärung. Wenn Ihr uns also entschuldigen würdet?"
Mit einem kurzen Kopfnicken in Richtung seiner Gemahlin verließ er den Tisch und Katharina folgte ihm in sein Kontor. Was war alles geschehen, seit sie ihrem Vater von dem Liebesgedicht erzählt hatte!
Arndt setzte sich hinter den blank polierten Eichentisch und Katharina nahm davor Platz.
„Nun?" Fragend sah er seine Tochter an.
„Vater, Ihr hattet mir versprochen, Euch darum zu kümmern, dass man Simon freilässt!", platzte es aus ihr heraus.
„Ganz so hatte ich es wohl nicht formuliert! Und wie stellst du dir das jetzt vor, wo Johann tot ist und uns keine Antworten mehr liefern kann? Soll ich zum Rat

gehen und sagen `Verehrte Herren, mein Schwager war ein Sodomit und Lenhart Seger auch. Darum ist Simon Verbeek unschuldig`?"

„Nein...äh...so nicht."

„Wie denn dann? Zumal die Tatsache, dass Lenhart einer von diesen...Männern war noch lange nicht bedeutet, dass Verbeek unschuldig ist! Verlangst du von mir, dass ich das Andenken und den Ruf deines Onkels in den Dreck ziehe, indem ich ihn als Sünder wider die Natur bezichtige? Das kannst du nicht wirklich wollen!"

„Nein Vater, aber was sollen wir denn jetzt tun?"

„Wir? Was geht mich dieser Verbeek an? Das Hohe Gericht wird ihn nicht verurteilen, wenn er unschuldig ist!"

„Ihr habt mir versprochen, dass Ihr mir helft!" Hilflos zuckte Katharina die Schultern und ihre Stimme begann zu zittern.

„Ich sage dir was! Bring mir einen Beweis, dass Verbeek unschuldig ist, und ich bin der Erste, der sich für ihn einsetzt!" Arndt van Westerburg stand auf und damit war für ihn das Gespräch beendet.

Enttäuscht erhob sich auch Katharina. Was sollte sie jetzt tun? Sie hatte so darauf gehofft, dass ihr Vater ihr helfen würde!

Sie ging nachdenklich in ihre Kammer. Irgendetwas musste es doch geben, das Simon entlasten konnte! Sie ging noch einmal die Punkte durch, die ihn belasteten. Er kannte Kruysgin und Lenhart, das war unbestritten.

Er hatte bei beiden Schulden, auch das stand außer Frage.
Der Nachtwächter hatte ihn vor Kruysgins Haus gesehen. Unbestritten. Er hatte einen Zettel bei sich, auf dem stand geschrieben…Geschrieben! Das war es! Sie hatte bewiesen, dass Lenhart das Gedicht aufgeschrieben hatte. Jetzt musste sie beweisen, dass Simon diese Zettel *nicht* geschrieben hatte!
Sie musste umgehend Frau Cristine aufsuchen und mit ihr noch einmal in Simons Schreibtisch nachsehen! Kurzerhand schnappte sie sich einen leichten Umhang und rannte die Treppe hinunter.
Den Weg bis zu Simons Haus legte sie fast im Laufschritt zurück, was ihr das Getuschel und die verständnislosen Blicke einiger Bürgersfrauen einbrachte.
Atemlos hämmerte sie gegen die Tür, die nach einer kurzen Weile von einer blassen jungen Magd geöffnet wurde.
„Ihr wünscht?"
„Ist Frau Cristine daheim? Ich muss dringend mit ihr sprechen?"
Noch bevor die Magd antworten konnte, rief Cristine von hinten:
„Jungfer Katharina, habt Ihr Neuigkeiten? Kommt schnell herein und berichtet!"
„Ja, bitte lasst mich noch einmal in Simons Schreibtisch nachsehen." Auf dem Weg ins Kontor erzählte sie hastig und in kurzen Zügen, was sie vorhatte.

„Das beweist immer noch nicht, dass Simon die Morde nicht begangen hat, aber immerhin beweist es, dass er nicht gelogen hat. Wir müssen es versuchen!" Cristine zog eine Schublade auf und griff sich ein Papier.
„Hier!" Triumphierend hielt sie ein dicht beschriebenes Blatt in die Höhe.
„Hier ist einer der Briefe, die Simon seinem Vater aus Flandern geschrieben hat."
Gemeinsam verließen sie das Haus und machten sich auf den Weg zum Turm, um bei Emundus Frunt vorzusprechen.
Dort teilte man ihnen mit, dass sich der ehrenwerte Herr in seiner Schreibstube im Rathaus befände.
Also kehrten sie um und begaben sich dorthin.
Natürlich ließ man sie nicht sofort zu dem Syndicus, daher setzten sie sich auf eine der harten Bänke, die gewöhnlich den Bittstellern vorbehalten waren. Die Zeit verging unendlich langsam und als Emundus Frunt sie endlich empfing, war er schlechter Laune. Schon beim Eintreten schnauzte er sie barsch an.
„Was wollt Ihr? Man sagte mir, Ihr hättet etwas zum Fall Verbeek vorzubringen?"
Dieser Frunt war Katharina auf den ersten Blick unsympathisch. Sein schmales Gesicht erinnerte sie an eine Ratte und die gelbe Farbe seiner Haut wurde nur noch vom Gelb der Zahnstummel übertroffen. Sein fettiges, dünnes Haar hing formlos an seinem Kopf herunter und er dünstete einen unangenehmen Geruch nach altem Schweiß aus.
Sie straffte sich und trat vor.

„Verehrter Meister Frunt", sagte sie mit ausgesuchter Höflichkeit, „mein Name ist Katharina van Westerburg und das ist Frau Verbeek. Wir sind hierher gekommen, um Euch etwas zu zeigen. Etwas, das bestätigt, dass Herr Verbeek die Wahrheit spricht!"
„Was könnte das wohl sein, wohledle Jungfer?" Spöttisch lehnte Emundus sich in seinem bequemen Lehnstuhl zurück, ohne Katharina und Cristine auch einen Platz anzubieten.
Katharina versuchte, sich ihren Unmut über diese Unhöflichkeit nicht anmerken zu lassen. Sicher war es klüger, diesen Frunt nicht unnötig gegen sich aufzubringen.
„Meister Frunt, wir können beweisen, dass Herr Verbeek die diffamierenden Zettel, die in Köln verteilt wurden, nicht geschrieben hat."
„So so."
„Ja, wenn Ihr so freundlich sein würdet, uns einen dieser Zettel zu zeigen, könnten wir ihn mit einem Schriftstück vergleichen, das Herr Verbeek persönlich verfasst hat."
Misstrauisch sah Frunt seine beiden Besucherinnen an.
„Ich weiß zwar nicht, worauf genau Ihr hinauswollt, aber am Ende soll mir niemand nachsagen, ich hätte nicht alle Indizien bewertet."
Umständlich kramte er in seinen Papieren und Katharina konnte sich des Eindrucks nicht erwehren, als wolle er Zeit schinden, um sich sein weiteres Vorgehen zu überlegen.

„Ah, hier ist er." Er zog einen zerknitterten Fetzen Papier unter seinen Unterlagen hervor und legte ihn auf den Tisch.
„Und nun zeigt mir, was Ihr da habt." Er deutete auf den Brief, den Katharina inzwischen aus dem kleinen Beutel an ihrem Gürtel gezogen hatte. Sie legte das Schriftstück direkt neben den Zettel.
„Bitte seht selbst, Meister Frunt. Das ist ein Brief, den Herr Verbeek in jüngerer Zeit an seinen Vater schickte und die Schrift stimmt nicht mit der auf dem Pamphlet überein!"
Man konnte deutlich erkennen, wie es in dem windigen Ermittler arbeitete. Umständlich fuhr er mit dem rechten Zeigefinger über die Zeilen, verweilte mal an diesem Buchstaben, mal an jenem. Dann nahm er beide Papiere und hielt sie gegen das helle Licht, das eine hoch am Himmel stehende Sonne durch ein kleines Fenster schickte.
„Hm, ich gebe zu, dass beide Schriften verschieden sind, edle Jungfer. Allerdings beweist das nicht, dass Herr Verbeek nicht der Denunziant ist, der die Zettel verfasst hat." Zufrieden lehnte Emundus sich in seinem Stuhl zurück.
„Aber...", wollte Katharina protestieren, doch Frunt ließ sie nicht zu Wort kommen.
„Nun, Herr Verbeek ist doch ein findiger Kaufmann, der tagtäglich mit Buchstaben jongliert, nicht wahr? Es wäre also ein Leichtes für ihn, seine Schrift zu verstellen!"
Frunt schoss diese Worte wie Pfeile auf Katharina ab.

„Aber das ist doch so absurd wie der Rest Eurer hanebüchenen Schlussfolgerungen!" Katharina konnte nun nicht mehr an sich halten. Sie trat einen Schritt näher an den Tisch heran und funkelte Emundus zornig an. Ihren Vorsatz, ruhig und höflich zu bleiben, hatte sie angesichts dieses unbelehrbaren Möchtegernanklägers vollkommen vergessen.
„Ihr nennt es absurd, ich nenne es Beweis! Und jetzt Schluss mit dem Unsinn. Verbeek bleibt in Haft. Ihr habt doch nicht im Ernst geglaubt, dass mir dieser...", er hielt Katharina den Brief hin, „...dieser Fetzen hier genügt, um ihn als Täter auszuschließen?!"
„Aber..." Katharina versuchte, sich ihre Empörung nicht anmerken zu lassen.
„Nichts da! Bringt mir den Täter oder wenigstens den Verfasser dieser Schmähschriften, wenn Ihr glaubt, dass es nicht Verbeek ist, und wir können uns weiter unterhalten! Und jetzt raus, ich habe zu arbeiten!" Er wedelte zornig mit der Hand und wandte sich dann wieder den Papieren zu, die sich auf seinem Schreibtisch stapelten.
„Ich..."
„RAUS!"
Katharina begriff, dass es keinen Sinn hatte, noch etwas zu sagen. Wütend riss sie Frunt den Brief aus der Hand und wandte sich zur Tür. Cristine, die sich wortlos im Hintergrund gehalten hatte, folgte ihr.
„Was war denn das?", fragte sie, als beide wieder im Freien standen.

„Das war ein verbohrter, speichelleckender, rattengesichtiger und darüber hinaus übel stinkender Hundsfott, der sich aufspielt, als wäre er Gott selbst!"
Der Zorn trieb Katharina eine brennende Röte ins Gesicht.
Überrascht und gleichzeitig amüsiert zog Cristine die Augenbrauen hoch.
„Ich muss schon sagen, Jungfer Katharina, das hätte ich Euch gar nicht zugetraut!"
„Was?"
„Dass Ihr eine so überaus bildreiche Sprache sprecht!"
„Oh, seid versichert, dass sämtliche mir zur Verfügung stehenden Wörter gar nicht ausreichen, diesen... diesen...Mann zu beschreiben. Aber entschuldigt meine ungebührliche Wortwahl"
„Oh, Ihr braucht Euch nicht für etwas zu entschuldigen, das der Wahrheit entspricht. Ihr seid dabei sogar noch sehr...höflich gewesen!" Cristine unterdrückte ein Kichern.
Katharina sah ihr Gegenüber ärgerlich an. Ihr war gar nicht zum Scherzen zumute.
„Das hat uns keinen Schritt weiter gebracht! Was sollen wir denn jetzt tun?"
„Ich fürchte, wir müssen wirklich diesen Schreiberling finden, der diese Zettel verfasst hat!"
„Ach nein, und wie sollen wir das machen? Er wird sich ja wohl kaum freiwillig melden, bei dem Ungemach, das dann auf ihn wartet!" Katharina stemmte empört die Hände in die Hüften.

„Dann müssen wir eben überlegen, wer einen Grund haben könnte, diese Männer der Sodomie zu bezichtigen."
„Das könnte halb Köln sein, Ihr wisst doch, wie man hier gegen diese Sünder hetzt!"
„Ja, aber das reicht nicht. Es muss jemand sein, der mehr weiß, der zumindest einige der Männer mit Namen kennt!"
„Hm, da habt Ihr recht, aber wer könnte das sein?"
Inzwischen hatten sie wieder den Heumarkt erreicht und Katharina blieb vor ihrem Elternhaus stehen.
„Ich werde mich etwas umhören und auch Trin, unsere Köchin anweisen, sich auf dem Markt umzuhören. Auch die Küchen anderer Leute können ein Quell unerschöpflicher Neuigkeiten sein!" Damit verabschiedete sich Cristine und stolzierte in Richtung des Verbeekschen Anwesens davon.
Katharina sah ihr eine kurze Weile hinterher. Diese Frau hatte etwas an sich, das jeden Mann in ihren Bann zog. So schön und stolz...Kein Wunder, wenn Simon sich Hals über Kopf in sie verliebt hätte!
Ärgerlich über den Stich, den ihr diese Vorstellung im Herzen verursachte, betrat sie die kühle Halle und stieg die Stufen zu ihrer Kammer hinauf. Warum nur drehten sich all ihre Bemühungen, Simons Unschuld zu beweisen, im Kreis? Warum war dieser Frunt nur so versessen darauf, Simon als Täter zu präsentieren?
Seufzend setzte sie sich auf ihr Bett.
Ich werde wohl noch einmal in die Höhle des Löwen müssen und Vater um Hilfe bitten, dachte sie und

erinnerte sich, einmal über diese Redewendung in einem der dicken Folianten bei ihrer Tante gelesen zu haben. Darin waren Gleichnisse und Fabeln griechischer Dichter zusammengetragen worden. Die Geschichte über die Höhle des Löwen, so meinte sie sich zu erinnern, stammte von einem gewissen Äsop. Darin ging es um einen alten Löwen, der in einer Höhle lebte und seine Beute mit einem Trick hinein lockte, und einen Fuchs, der die Spuren vor der Höhle zu deuten wusste, die alle nur hinein und nicht hinaus führten. Den schlauen Fuchs konnte der Löwe nicht in die Höhle locken, sie aber würde freiwillig in das Kontor ihres Vaters gehen. Allerdings war ihr Vater im Gegensatz zu dem Löwen hoffentlich nicht in der Stimmung, ihr gleich den Kopf abzureißen und außerdem hatten bisher noch alle Besucher den Weg wieder hinaus gefunden! Aber dass Ihr Vater sehr ungehalten reagieren würde, wenn sie ihn erneut mit dem für ihn leidigen Thema behelligte, stand außer Frage.

Aber sie wusste keinen anderen Weg. Sie hatte die Hoffnung, dass, wenn ihr Vater seine gesellschaftliche Stellung und die damit verbundene Autorität gegenüber diesem miesen Speichellecker Frunt in die Waagschale warf, dieser vielleicht doch noch einmal über seine absurden Anschuldigungen nachdenken würde.

Entschlossen stand sie auf. Sie würde sich jetzt gleich in die Höhle des Löwen wagen.

37

Lijsbet Greveroide öffnete die kleine Schatulle und erfreute sich an dem Anblick des glänzenden Geschmeides. Ketten, Ringe und goldene Fibeln lagen dort in ziemlichem Durcheinander. Sie nahm wahllos eine goldene Kette heraus, an der ein Anhänger mit einem großen blauen Lapilazulistein befestigt war. Wehmütig dachte sie an den Moment zurück, als Johann ihr dieses Geschenk gemacht hatte. Er war von einer seiner Handelsreisen zurückgekehrt und hatte ihr, statt der üblichen Bücher, einen kleinen Lederbeutel überreicht. In seinen Augen hatte dabei so viel Wärme und Dankbarkeit gestanden, dass sie wieder zu hoffen begonnen hatte. Zu hoffen, dass sie doch noch einen Weg zueinander finden würden. Stattdessen hatte er ihr für ihr Verständnis gedankt und sie freundschaftlich auf die Stirn geküsst. Sie strich behutsam über die feinen Linien, die das Blau durchzogen und je nachdem, wie das Licht darauf schien, blitzten sogar goldfarbene Reflexe auf. Ihr fiel ein, dass der Lapis als Zeichen für Freundschaft und Wahrheit galt. Freundschaft und Wahrheit! Wie diese beiden Dinge ihr Leben bestimmt hatten! Sie hatte Liebe gewollt und Freundschaft bekommen. Ihr Leben war eine Lüge, und das war die Wahrheit! Sie hatte Johann für das geliebt, was er für sie hätte sein können und ihn für das gehasst, was er für sie war. Diese Hassliebe war mit ihm gestorben, geblieben waren Dankbarkeit und Liebe.

Traurig schüttelte sie die Gedanken an ihren Gemahl ab. Sie legte das Schmuckstück zurück zu den anderen in die Schatulle und verschloss diese sorgsam. Schluss jetzt, der Schmuck würde ihre Nichte glücklich machen, denn ihr wollte sie ihn schenken. Denn da, wo sie hinging, würde sie ihn nicht brauchen. Sie hatte einen genauen Plan, was ihre Zukunft betraf. Sie hatte für die Vorbereitungen zwar etwas mehr Zeit benötigt als gedacht, aber das spielte nun keine Rolle mehr. Sie legte den Brief zu der Schatulle und nahm die anderen Schriftstücke, die, ebenfalls bereits adressiert, auf ihre Empfänger warteten und stellte alles zusammen sichtbar auf ihr Schreibpult. Bereits heute Abend würde sie in ihr neues Leben aufbrechen, ein Leben ohne Sünde, Schuld und Lügen!

38

„*Was* hat dieser Frunt?", brüllte der Löwe.

„Er hat uns hinausgeworfen", antwortete der Fuchs.

„Und zuvor hat er dir keinen Platz angeboten sondern dich stehen lassen wie gemeines Volk?" Diesmal knurrte der Löwe.

„So war es, Vater!" Der schlaue Fuchs hatte seine Taktik wohl gewählt. Erst den Löwen zum Brüllen bringen, dann konnte er nicht zubeißen. Und dann den eigentlichen Happen hinwerfen.

„Und dabei hat er den Beweis, dass Simon diese Zettel nicht geschrieben hat, einfach nicht gelten lassen!" Jetzt war es heraus.
„Welchen Beweis?" Der Löwe hatte angebissen.
Kurz schilderte Katharina, was sich zugetragen hatte.
„Hm, dieser Frunt scheint mir einen tüchtigen Dämpfer zu gebrauchen. Er ist nicht der Ankläger. Es soll nur im Auftrag des Rates Ermittlungen anstellen. Ich werde diesbezüglich mit Bürgermeister Rinck sprechen. Und jetzt lass mich bitte weiterarbeiten. Ich muss noch Johanns Bücher durchsehen. Deine Tante bat mich darum und auch, mich um sein Erbe zu kümmern. Und dann habe ich nebenbei ja auch noch ein eigenes Geschäft zu führen."
„Ja, Vater. Danke."
Der Fuchs war schlau genug, den Löwen nicht zu drängen und verließ unversehrt die Höhle.
Am liebsten wäre es Katharina zwar gewesen, wenn ihr Vater sich unverzüglich zu Bürgermeister Rinck begeben hätte, aber sie wusste auch, dass sie ihn in dieser Sache nicht drängen durfte.
Aber wenn sie an Simon dachte, schnürte sich ihr Herz zusammen. Schon viel zu lange musste er in diesem stinkenden Loch ausharren. Bei ihrem Besuch hatte er ausgemergelt und krank ausgesehen, und das war immerhin schon einige Zeit her. Wie mochte es ihm inzwischen gehen? Wie lange konnte man das aushalten, allein, nur mit Wasser und Brot, auf fauligem Stroh? Und dann diese Ungewissheit?

Inzwischen war es später Nachmittag und trotz der Ereignisse und Sorgen knurrte Katharina der Magen. Sie stieg die Treppe hinab und ging zu Ursel in die Küche.
„Hast du etwas zu essen für mich, Ursel?" Eine überflüssige Frage, denn im Reich der fülligen Köchin brodelte immer irgendein Brei oder Eintopf über dem Feuer und auch die Speisekammer war hinreichend mit allerlei Essbarem gefüllt.
Ein rascher Blick auf ihre junge Herrin genügte und Ursel füllte wortlos einen dicken Erbsbrei in eine Schale. Obenauf legte sie ein dickes Stück Speck und schob alles vor Katharina, die an dem sauber gescheuerten Tisch Platz genommen hatte, der zumeist zum Putzen und Schneiden des Gemüses genutzt wurde, an dem aber auch das Gesinde die Mahlzeiten einnahm.
„Jungfer Katharina, mit Verlaub, Ihr seht schrecklich aus. Hat Euch der Tod des Herrn Greveroide - Gott hab ihn selig !- so mitgenommen?" Sie bekreuzigte sich.
„Ja, Ursel, auch. Es ist so viel passiert in den letzten Tagen..." Müde löffelte Katharina den Brei.
„Da sagt Ihr was. Ganz Köln ist in Aufruhr. Diese Sache mit den...den...Ihr wisst schon, und dann die Toten! Wer macht denn sowas? Aber wie man hört sitzt der Mörder ja bereits im Turm. Man hatte ja schon Sorge, das Haus zu verlassen! Soll ein junger Kaufmann sein, der im Turm. Tja, also wenn alle Gemeuchelten von dieser Sorte Männer gewesen wären, dann hätt` ich ja eher geglaubt, dass der alte Hieronymus da seine

Finger im Spiel hat, so wie der in der letzten Zeit das Volk aufhetzt. Kein Wunder, wenn er diese Sodomiter hasst, bei dem was er..." Erschrocken hielt Ursel inne und schlug die Hand vor den Mund.
Katharina horchte auf.
„Was meinst du damit?" Sie legte den Löffel beiseite und sah die alte Köchin neugierig an.
„Ach, nichts, Jungfer Katharina. Esst den Brei auf und dann legt Euch am besten ein wenig nieder, das wird Euch guttun." Verlegen wandte sich Ursel dem leise vor sich hin köchelnden Brei zu und begann, darin zu rühren.
„Komm schon, Ursel! Du hast angedeutet, dass der Alte diese Männer hasst, weil er...was?" Fragend sah sie die Köchin an.
„Ach was, dummes Geschwätz. Der Mörder sitzt im Turm und damit soll es gut sein." Der Erbsbrei schwappte fast aus dem Topf, so heftig malträtierte Ursel ihn mit dem Löffel.
„Nichts ist gut, Ursel. Der Mann, den dieser Frunt im Turm festhält, ist unschuldig und der wahre Täter läuft noch frei herum. Also sag´ schon, was du weißt. Es könnte wichtig sein." Katharina war aufgestanden und hielt die Hand der Köchin fest.
„Woher wollt Ihr wissen, dass der...dass er unschuldig ist?"
„Ich weiß es eben. Also?"
„Ach, Jungfer Katharina, das ist doch alles nur dummes Geschwätz. Ich weiß nicht..."
„Ursel!"

„Also, ich hab der Agnes versprochen, nichts zu sagen. Es ist doch nur..."
„Wer ist diese Agnes?"
„Die Haushälterin von Pfarrer Hieronymus. Ich kenn sie von früher. Wir waren mal zusammen bei einer Herrschaft im Filzengraben in Stellung. Wenn wir uns jetzt mal zufällig treffen, dann tratschen wir so über dies und das. Und vor kurzem haben wir uns auf dem Markt getroffen. Und da hat sie mir erzählt, dass der Pfarrer deshalb so wütend ist, weil...weil..."
Ursel wurde rot und wand sich wie ein Aal auf dem Trockenen.
„Weil?" Katharina ließ nicht locker.
„Ich hab versprochen, nichts zu sagen..."
„Ursel! Wenn du nicht augenblicklich sagst, was du weißt, dann sorge ich dafür, dass das Hohe Gericht dich als Zeugin vorlädt, und dann wirst du vor den Herren reden müssen!"
Katharina hoffte, dass Ursel ihre kleine List nicht durchschauen würde, denn natürlich hatte sie keinen Einfluss darauf, wen das Hohe Gericht vorlud.
Aber die Köchin schien nicht an der Drohung zu zweifeln, denn jede Farbe wich aus ihrem Gesicht und sie holte vernehmlich Luft.
„Also?"
„Nun ja, als der Pfarrer neulich dieses schreckliche Fieber hatte, das halb Köln erwischt hatte, da hat er im Fieberwahn wohl...also die Agnes hat ihn ja gepflegt, und da hat sie gehört, wie er im Fieber davon sprach,

dass...also dass er als kleiner Bub von so einem Sodomiter..."

„Willst du damit sagen, dass unser Pfarrer mit einem Mann…?"

„Ja also, wohl nicht freiwillig. Er hat im Fieber geschrien, dass der andere doch aufhören solle, weil es so weh täte, und..." Sie schlug die Hände vor das Gesicht und schüttelte betroffen den Kopf.

Katharina war sprachlos. Wenn das stimmte, dann könnte der Pfarrer aus seinem Hass auf diesen Sodomiter heraus die Zettel verfasst haben. Und er könnte auch...Soweit wollte sie aber erst einmal nicht denken. Wenn es ihr gelang, ihn mit den Pamphleten in Verbindung zu bringen, war erwiesen, dass Simon die Wahrheit sagte. Um alles andere sollte sich dann das Hohe Gericht kümmern.

Sie sprang auf und umarmte die verdutzte Köchin.

„Danke, Ursel. Du hast mir sehr geholfen."

„Aber Jungfer Katharina, was meint Ihr denn damit?"

Doch Katharina war schon durch die Tür.

In der Halle prallte sie fast mit Katlin zusammen, die gerade auf dem Weg war, die schwere Eichentür zu öffnen. Lautes Pochen durchdrang die Stille und als Katlin die Tür endlich einen Spalt breit geöffnet hatte, hörte Katharina aufgeregtes Gestammel. Als sich Katlin schließlich zu ihr umdrehte, war sie blass und sah besorgt aus.

„Jungfer Katharina, das war ein Bote Eurer Frau Mutter. Sie weilt gerade im Haus Eurer Tante und Ihr und Euer Herr Vater sollen so schnell wie möglich dorthin kommen."

„Ist mein Vater denn im Kontor?"

„Nein, er wollte noch einmal bei Herrn Struphaver vorbeischauen, diesem Weinhändler aus der Witschgasse."

„Dann schick sofort einen Boten zu ihm, ich gehe derweil schon vor. Wenn meine Mutter einen Boten schickt, muss es dringend sein!" Beunruhigt griff sich Katharina einen leichten Umhang, der an einem Haken neben der Tür hing und hastete aus dem Haus.

Was mochte geschehen sein? Ging es Tante Lijsbet vielleicht nicht gut? Sie hatte in den letzten Tagen seit Onkel Johanns Tod sehr bedrückt gewirkt, was ja auch kein Wunder war. War ihr etwas zugestoßen?

Besorgt klopfte sie an die Tür und als eine verheulte Magd ihr öffnete, war offensichtlich, dass etwas Schlimmes passiert sein musste. Doch noch bevor Katharina Gelegenheit hatte, sich zu erkundigen, was hier vor sich ging, kam schon ihre Mutter die breite Treppe hinunter. Auch sie wirkte vollkommen verstört. In ihrer rechten Hand hielt sie ein paar Seiten Papier umklammert und als sie Katharina erblickte, schluchzte sie laut auf.

„Mutter, was ist nur passiert? Ist etwas mit Tante Lijsbet?"

Aber statt zu antworten brach Druytgin in Tränen aus.

„Mutter, was ist hier los?" Katharina war inzwischen bei ihrer Mutter angelangt und schüttelte sie leicht. Tränenüberströmt hielt diese ihr die eng beschriebenen

Seiten hin, die sich bei näherer Betrachtung als von Lijsbet verfasster Brief herausstellten.
„Es...es ist so furchtbar, Kind. Diese Schande...", stammelte sie und noch bevor Katharina zu lesen beginnen konnte, klopfte es erneut und ihr Vater stürmte in die Halle. Als er seine Tochter und seine Gemahlin äußerlich unversehrt nebeneinander stehen sah, atmete er zunächst auf. Dann aber fiel sein Blick auf den Brief, den Katharina in den Händen hielt und wortlos griff er danach.
Nach einem kurzen Blick auf die ersten Zeilen stöhnte er auf und zog die beiden die Treppe hinauf, denn in der Halle stand immer noch die kleine Magd und verfolgte das Geschehen mit gespannten Blicken.
Im Schreibzimmer seiner Schwägerin stellte er sich an das Pult und begann, den Brief sorgfältig zu studieren. Mit jeder Zeile wuchs sein Entsetzen und die Fassungslosigkeit über das, was der Brief ihm offenbarte. Als er ihn schließlich zur Seite legte, war er leichenblass.
Katharina rutschte vor lauter Ungeduld auf der schmalen Holzbank, die unter dem Fenster stand, hin und her. Was ging hier vor? Wo war Tante Lijsbet? Warum waren Vater und Mutter so entsetzt?
Nach einer Weile hielt sie die Stille, die nur von dem hemmungslosen Schluchzen ihrer Mutter unterbrochen wurde, nicht mehr aus.
Sie räusperte sich kurz und sah dann ihren Vater fragend an.
„Vater, was ist denn passiert? Wo ist Tante Lijsbet?"

Statt ihres Vaters antwortete ihre Mutter.
„Kind, Tante Lijsbet ist...fortgegangen. Sie hat den Tod von Onkel Johann wohl nicht verkraftet. Sie..."
„Schweig, Weib!" Herrisch fuhr Arndt van Westerburg seiner Gemahlin über den Mund.
Verwirrt blickte Katharina von einem zum anderen. So hatte ihr Vater noch nie mit ihrer Mutter geredet!
„Hör endlich auf, alles und jeden in Schutz zu nehmen! Deinen Bruder, Lijsbet...Unsere Tochter hat ein Recht auf die Wahrheit! Sie muss genauso damit leben wie wir! Wir haben uns schon genug an ihr versündigt, indem wir sie beinahe mit einem Sodomiter verheiratet hätten. Und das alles nur, weil dein Bruder und Lijsbet eine erbärmliche Posse aufgeführt haben!"
Druytgin zuckte unter den harten Worten ihres Gemahls zusammen.
„Aber ich wusste doch nicht..."
„Schweig jetzt endlich! Es tut nichts mehr zur Sache, was du wusstest und was nicht!"
Arndt van Westerburg hielt seiner Tochter den Brief hin.
„Hier, lies selbst." Er blickte sie ernst an. „Versprich mir, dass kein Wort davon jemals diesen Raum verlässt! Es wäre der Untergang der Familie van Westerburg!"
Katharina verstand kein Wort. Was stand in dem Brief, dass sein Inhalt über Wohl und Wehe der Familie entscheiden könnte?
Sie nahm ihn an sich und begann zu lesen.

39

Simon zitterte vor Kälte. Gleichzeitig schien ein inneres Feuer ihn schier zu verbrennen. Schweißperlen standen ihm auf der Stirn und seine Zunge klebte am Gaumen. Er hatte so schrecklichen Durst!
Seit Tagen fieberte er. Die fadenscheinige Decke, die er in dem Verlies gefunden hatte, war klamm und wärmte kein bisschen. Die Julisonne, die außerhalb dieser Mauern ihre wärmenden Strahlen in die Straßen Kölns schickte, drang nicht bis in den kalten, feuchten Raum vor, in dem Simon nun schon seit einiger Zeit gefangen war. Dass ihn dieses Fieber befallen hatte, schien allerdings niemanden zu interessieren, denn der Wärter brachte ihm nur einmal am Tag schimmeliges altes Brot und eine stinkende, trübe Flüssigkeit, die nur ganz entfernt an Wasser erinnerte.
Einmal hatte Simon sich aufgerafft und um eine dickere Decke gebeten, weil ihm so unsäglich kalt war, aber das hätte er sich auch genauso gut sparen können, denn der Kerl, der ihm Wasser und Brot gebracht hatte, knallte die Tür ohne ein Wort zu verlieren ungerührt ins Schloss.
Und so hatte sich sein Zustand stetig verschlechtert, ohne dass er etwas dagegen hätte tun können.
Inzwischen dämmerte er den großen Teil des Tages von Fieberträumen geschüttelt vor sich hin. Niemand hatte ihn mehr zum Verhör geholt, und so wusste er ohnehin nicht, ob es Tag oder Nacht war.

Nur wenn ihm in diesen Träumen Katharina erschien, spürte er etwas Wärme durch seinen Körper fluten. Er sah ihre wilden, dunklen Locken, ihre grünen Augen, hörte ihr helles Lachen. Einmal sogar spürte er ihre weichen Lippen auf den seinen, roch den Duft ihrer Haut. Für diese Augenblicke nahm er gerne dieses grässliche Fieber in Kauf, wusste er doch in den wenigen klaren Momenten, dass seine Sehnsucht nach dieser Frau immer unerfüllt bleiben würde.
Mit der Zeit wurden seine Träume immer absonderlicher.
Einmal träumte er gar, dass sich die Tür zu seiner Zelle öffnete und ein Wesen, das kein Gesicht hatte, trug ihn heraus in die warme Sonne, die ihn gleichzeitig blendete und wärmte. Dann wieder lag er in einem weichen Bett, in sauberem Bettzeug, das leicht nach Lavendel duftete und eine zarte Hand flößte ihm kräftige Hühnerbrühe ein, die ihn von innen wärmte.
Als er im Traum die Augen aufschlug, saß Katharina an seinem Bett, ihre Hand hielt die seine und ihr Kopf war auf das Laken gesunken. Ihr dunkles Haar floss wie Seide über seine Arme und kitzelte ihn.
Als er sich bewegte, hob sie den Kopf und ein glückliches Lächeln glitt über ihr Gesicht.
„Simon, Ihr seid wach! Wie fühlt Ihr Euch?"
Ich bin nicht wach, ich träume, wollte er sagen, aber gleichzeitig merkte er, dass dem nicht so war. Er fühlte sich zwar noch, als wäre er unter einen Fuhrwerk geraten, aber er hatte kein Fieber mehr!
Und Katharina saß tatsächlich an seinem Bett!

„Ich habe mich schon besser gefühlt. Aber was hat das alles zu bedeuten? Wie bin ich hierher gekommen?" Katharina wollte ihm ihre Hand entziehen, doch er hielt sie eisern fest. Ganz sacht streichelte er mit seinem Daumen über ihren Handrücken, was augenblicklich wieder dieses Prickeln in ihr hervorrief.

„Das...das ist eine längere Geschichte. Ich werde sie Euch erzählen, aber Ihr müsst mir versprechen, dass Ihr niemals ein Wort darüber zu irgendjemandem sprecht. Ich vertraue Euch, Simon. Bitte enttäuscht mich nicht."

Er zog ihre Hand an seine Lippen und hauchte einen Kuss darauf.

„Ich werde Euch nicht enttäuschen, niemals, solange ich lebe." Er sah ihr tief in die Augen und Katharina errötete. Dann räusperte sie sich und begann zu erzählen. Zunächst von den Ereignissen um den Tod ihres Onkels, von ihren verzweifelten Versuchen, mit Cristine zusammen bei Frunt etwas zu erreichen. Als sie an dem Tag angelangt war, an dem Tante Lijsbet einfach so verschwunden war, stockte sie. Aber Simon drängte sie nicht, streichelte nur weiter ihre Hand und wartete geduldig, bis sie sich wieder in der Gewalt hatte.

„Sie hat uns einen Brief hinterlassen, in dem sie gestand, für die Morde verantwortlich gewesen zu sein. Sie hat meinen Onkel ihr Leben lang aufrichtig geliebt und konnte es irgendwann nicht mehr ertragen, dass er sie als Frau nicht begehrte. Den Anstoß für ihre Taten gab dann dieser bigotte, heuchlerische Pfarrer

Hieronymus als sie sich ihm in der Beichte offenbarte. Er ersann einen Plan, wie diese Sünder wider die Natur zu bekämpfen seien und Tante Lijsbet war Wachs in seinen Händen. Sie hätte alles getan, damit ihr Gemahl von seinem Treiben abließ. Sie war rasend eifersüchtig und zudem wollte sie ihn von dieser Todsünde erretten. Also besorgte sie sich bei einer Kräuterfrau einige Eisenhutstauden, pflanzte sie, damit es nicht sofort jedem ins Auge sprang, zwischen den Rittersporn auf die Gräber meiner Großeltern. Wisst Ihr, Rittersporn und Eisenhut ähneln sich nämlich sehr. Im Nachhinein fiel mir ein, dass ich mich bei einem meiner Besuche auf dem Friedhof gewundert habe, weil ein Teil der Pflanzen ganz verwelkt aussah, während der andere Teil wunderschön blühte! Das, was da in voller Blüte stand, war der Eisenhut! Der braucht nämlich Schatten während der Rittersporn Sonne liebt. Jedenfalls hat meine Tante sich wohl nachts aus dem Haus geschlichen, um ihn zu holen. Übrigens habe ich sie auch dabei einmal beobachtet, konnte mir aber zunächst keinen Reim darauf machen. Dann hat sie ihn getrocknet, zerrieben und in das Marzepanekonfekt gemischt, das Ihr bei Lenhart Seger gesehen habt. Wir haben auch die Handschuhe gefunden, die sie dabei immer trug, um das Gift nicht durch die Haut aufzunehmen. Nach ihrer Aussage hat sie die Menge, die sie benötigte, an diesem Matthis ausprobiert, der alte Kruysgin musste sterben, weil er ein Sodomiter war aber noch vielmehr, weil er meinem Onkel immer wieder junge Männer vorstellte. Einer davon war dann auch Lenhart Seger. Mit dem war es wohl ernster als mit den anderen. Onkel Johann wollte ihn immer in seiner Nähe haben, daher auch die Idee, ihn mit mir zu verheiraten." Katharina stockte kurz und wieder kamen Wut und Bitterkeit in ihr hoch. Dass er sie so hatte verschachern wollen! Der Onkel, der immer für sie wie ein Ziehvater gewesen war! Zwar hatte ihr Vater ihr glaubhaft versichert, dass er nichts von den Plänen seines Schwagers und damit auch der Neigungen Lenharts gewusst hatte, - immerhin hatte er aus diesem schlechten Gewissen heraus davon abgesehen, sie mit diesem Albrecht Seger zu vermählen! -, aber ihrem Onkel würde sie diese Posse nicht verzeihen. Und daran änderte auch dessen Tod nichts!

Simon strich zart mit der Hand über ihre Wange und wischte damit ein paar Tränen fort, die sich aus ihren dichten Wimpern gelöst hatten.

Sie atmete kurz durch, dann fuhr sie fort.

„Daraus ist ja dann nichts geworden und dafür bin ich dankbar. Ich hatte gehofft, dass wir Euch mit diesem Geständnis helfen könnten, aber mein Vater lehnte es strikt ab, beim Rat in dieser Sache vorzusprechen. Immerhin hatten wir damit einen Sodomiter und eine Mörderin in der Familie, und wenn das bekannt würde, wäre er als Geschäftsmann und ehrbarer Bürger Kölns erledigt. Und so blieb uns nur, die Haushälterin dieses Pfaffen unter Druck zu setzen. Wenn mein Vater will, kann er ziemlich überzeugend sein und schließlich gab sie zu Protokoll, dass der werte Herr Pfarrer im

Traum zugegeben hatte, selbst schon mit einem Mann verkehrt zu haben und eine erzwungene Schriftprobe ergab schließlich, dass der alte Hieronymus der Verfasser dieser Pamphlete war. Und so muss nun er einige unangenehme Fragen beantworten und Ihr liegt hier in Eurem weichen Bett."

Bis dahin hatte Simon schweigend zugehört. Er konnte kaum glauben, was Katharina ihm da gerade erzählt hatte. Eine ehrbare Tuchhändlergattin wurde zur Mörderin, weil ihr Gemahl nicht sie sondern andere Männer in sein Bett holte?! Und moralischer Brandstifter für diese Taten war ein bigotter Pfarrer, der in seinem blinden Hass auf diese Sünder vergaß, das Richten Gott zu überlassen?!

„Jungfer Katharina, was habt Ihr in den letzten Tagen nur alles erleben müssen?" Sanft strich er ihr eine Sträne des dunklen Haares aus dem Gesicht.

Sie gestattete ihm für einen kurzen Augenblick diese Berührung, dann erhob sie sich abrupt.

„Ich muss jetzt gehen!"

„Bitte bleibt." Simon hatte sich aufgerichtet und augenblicklich überkam ihn ein heftiger Schwindel.

„Ich muss zurück sein, bevor mein Vater mein Verschwinden bemerkt." Verlegen wandte sie sich zur Tür.

Simon ignorierte die kleinen Sterne, die vor seinen Augen tanzten.

„Wollt Ihr damit etwa sagen, dass Euer Vater gar nicht weiß, dass Ihr hier an meinem Bett gesessen habt?" Ein amüsiertes Lächeln stahl sich über sein Gesicht.

Katharina wandte sich noch einmal um und Simon musste feststellen, dass ihr diese leichte Röte auf den Wangen außerordentlich gut stand.
„Nun ja, kennt Ihr die Fabel von der Höhle des Löwen?"
„Ihr meint diese Geschichte von dem schlauen Fuchs und dem Löwen in der Höhle, die dieser Grieche...", er versuchte, sich an den Namen des Verfassers zu erinnern und noch bevor er ihm einfiel, kam Katharina ihm zu Hilfe.
„Äsop. Genau die. Also, ich hatte mich bereits in Selbige gewagt, um bei dem Löwen für Euch zu sprechen. Schon da war sein Gebrüll, als er Euren Namen vernahm, lauter als das Glockenspiel von Groß Sankt Martin. Ich fürchte, wenn er erfährt, dass ich hier bei Euch war, frisst er mich mit Haut und Haaren!"
„Ich hörte davon, dass Löwen von Zeit zu Zeit ihre Jungen töten, wenn auch aus anderen Motiven. Warum habt Ihr Euch dann trotzdem an mein Bett gewagt?"
„Weil ich wissen wollte, ob unsere Bemühungen, Euer Leben zu retten, von Erfolg gekrönt sind."
„Unsere?" Simon schwang die Beine über die Bettkante.
„Eure...Frau Cristine war ebenfalls sehr besorgt und hat sich sehr für Euch eingesetzt."
Katharina fühlte wieder diesen Stich der Eifersucht in ihrem Herzen.
„Immerhin, da es Euch nun wieder gut geht, kann sie auf die Zukunft mit Euch hoffen, die Ihr ihr versprochen habt." Er sollte nicht sehen, wie weh ihr

diese Feststellung tat und darum wandte sie sich erneut zur Tür und hatte schon die Hand auf der Klinke, als er sie zurückrief.
„Halt, wartet!" Seine Stimme klang verblüfft und verärgert.
„Wie kommt Ihr darauf, dass Cristine und ich…eine gemeinsame Zukunft haben könnten?"
„Na ja, also Frau Cristine sagte, Ihr hättet ihr versprochen, für sie in Zukunft zu sorgen. Und wie sollte das anders gehen, als…" Verwirrt hielt sie abermals inne.
„Katharina, was immer Cristine zu Euch gesagt hat, ich liebe sie nicht und werde sie niemals zur Frau nehmen! Ich habe mir vor langer Zeit geschworen, nur eine Frau zu heiraten, die ich liebe und die meine Gefühle erwidert. Und Cristine liebe ich nicht!" Er drückte sich von dem Bett ab und blieb schwankend stehen.
„Ich kann Euch das jetzt nicht erklären, aber ich fühle mich der Frau meines Vaters gegenüber verpflichtet, das ist alles. Mein Herz gehört seit einiger Zeit einer anderen."
Ihm wurde schwarz vor Augen, aber er zwang sich dazu, stehen zu bleiben.
„Nun, Ihr müsst Euch nicht erklären oder rechtfertigen. Ich wünsche Euch jedenfalls Glück für Eure Zukunft. Ich muss jetzt gehen!" Ihre Stimme zitterte und ein dicker Kloß saß in ihrem Hals.
„Herrgott Katharina, was soll ich denn noch sagen, damit du es endlich begreifst!" Ungeduldig machte er einen wackeligen Schritt auf sie zu.

„Was soll ich begreifen?" Ihr Herz klopfte wild in ihrer Brust.
„Dass du die Frau bist, die ich vom ersten Augenblick an geliebt habe." Seine Stimme klang so heiser wie damals im Kontor.
„Weißt du noch, was ich damals sagte? Ich habe gesagt, dass du jederzeit gehen kannst, wenn du nicht willst, dass ich dich küsse. Das gilt auch jetzt. Also geh oder komm her!"
In seinen Augen konnte Katharina die Angst sehen, dass sie wirklich gehen würde. Sie machte einen Schritt auf ihn zu.
„Näher." Katharina stand jetzt fast vor ihm.
„Noch näher." Seine Augen flackerten vor Verlangen und hilflos ließ sie es zu, dass er sie in seine Arme zog. Aufreizend langsam näherten sich seine Lippen den ihren, während seine Hand zärtlich über ihren Rücken strich. Dann küsste er sie, und statt zurückzuweichen schlang sie ihre Arme um seinen Hals und erwiderte seinen Kuss voller Leidenschaft. Vergessen war der brüllende Löwe, sollte er sie doch fressen! Simon liebte sie und sie liebte ihn! Und egal, was ihr Vater in Zukunft für sie plante, diesmal wollte sie den Augenblick auskosten.
Sie sanken auf Simons Bett, seine Hände wanderten über ihren Körper, liebkosten hier die eine, dort eine andere Stelle. Als er an ihren Brüsten angelangte, hielt er für einen kurzen Augenblick inne und sah Katharina an, die atemlos und mit geschlossenen Augen seine

Berührungen genoss. Wie schön sie war! Voller
Ungeduld über sein Zögern sah sie ihn an.
„Nicht aufhören!", hauchte sie und Simon küsste sie
erneut gierig, während seine Hand sich nun mutig um
ihre Brust legte und sie zärtlich streichelte. Mit der
anderen nestelte er ungeduldig an der Verschnürung
ihres Surkots, wobei sie ihm augenblicklich zu Hilfe
kam. Schließlich konnte er den Stoff über ihre Schultern
streifen und der Anblick ihrer weichen, kleinen Brüste
raubte ihm fast den Verstand.
„Du bist so schön!" Sein Mund wanderte von ihren
süßen Lippen zu den nicht weniger verführerischen
harten Knospen. Katharina stöhnte vor Wonne, als er
seine Zunge spielerisch kreisen ließ und ihre Hände
vergruben sich in seinem Haar. Aufreizend langsam
wanderte seine Zunge über die kleine Kuhle in ihrer
Halsbeuge wieder zurück zu ihrem Mund. Katharina
konnte keinen klaren Gedanken mehr fassen, so sehr
genoss sie Simons Zärtlichkeiten.
„Bitte hör nicht auf. Ich will heute deine Frau sein, egal,
was die Zukunft bringt!" Sie bog sich ihm entgegen
und erwiderte gierig seinen Kuss.
Schwer atmend ließ Simon von ihren weichen Lippen
ab.
„Katharina, ich würde nichts lieber tun, als dich zu
meiner Frau zu machen. Aber es geht nicht. Nicht
heute und nicht hier." Verwirrt sah sie ihn an.
„Was meinst du damit? Ich liebe dich und wünsche mir
nichts sehnlicher, als dass du vollendest, was du
angefangen hast!"

Liebevoll drehte er eine Strähne ihres dunklen Haares um seinen Finger.
„Ich weiß, und mir geht es nicht anders. Weißt du eigentlich, wie oft ich im Turm daran gedacht habe, wie du und ich...Aber es darf nicht sein. Ich meine, nicht so! Ich will dich mit Haut und Haaren, nicht nur für diesen Augenblick, sondern für immer! Vor Gott und der Welt will ich dich zu meiner Frau haben." Er atmete mehrmals tief ein und aus, um seine Erregung in den Griff zu bekommen.
„Du weißt so gut wie ich, dass es vielleicht nur diese eine Möglichkeit für uns gibt, Mann und Frau zu sein. Mein Vater..." Er legte ihr zärtlich den Finger auf die Lippen.
„Ich weiß, der Löwe. Aber ich würde mir nie verzeihen, wenn ich nicht wenigstens versucht hätte, deinen Vater von meiner Eignung als Schwiegersohn zu überzeugen! Und wenn das nicht gelingt, sollst du wenigstens nicht als entehrte Jungfer gelten!"
„Du willst dich in die Höhle des Löwen wagen?"
„Für dich würde ich sogar bis nach Jerusalem und zurück pilgern und mit den gefährlichen Sarazenen die Säbel kreuzen...oder..."
Lachend unterbrach sie ihn.
„Schon gut, versuchen wir es zuerst in der Höhle des Löwen. Das ist zwar genauso gefährlich, aber nicht gar so weit weg!"

40

Der Löwe brüllte.
„Seid Ihr von allen guten Geistern verlassen, Verbeek? Ihr haltet um die Hand meiner Tochter an?"
„So ist es, werter Herr van Westerburg! Ich liebe sie und sie liebt mich!" Simons Stimme klang fest und entschlossen und ließ nicht im Mindesten erahnen, wie es in ihm aussah.
„Und Ihr meint, das reicht aus?"
„Es ist zumindest nicht hinderlich und ein guter Anfang!"
Arndt van Westerburg schnappte nach Luft. Was bildete sich dieser Kerl bloß ein?
„Ihr seid ein Bankrotteur und könntet niemals das Brautgeld aufbringen!" Verächtlich schnaubte der Kaufmann van Westerburg, der Löwe schickte ein Grollen hinterher.
Unverschämt sah Simon sein Gegenüber an.
„Da passen unsere Familien ja ganz vortrefflich zusammen!"
Verblüfft runzelte Arndt die Augenbrauen.
„Wie meint Ihr das?"
„Ich meine, dass Bankrotteure, Mörder und Sodomiter doch eine ziemlich illustere Gesellschaft darstellen und zusammenhalten sollten."
Arndt wurde blass und schnappte nach Luft.
„Woher wisst Ihr..."
„Eure Tochter hat es mir erzählt."
Stille. Der Löwe leckte seine Wunden.

„Und jetzt wollt Ihr mich mit diesem Wissen erpressen? Dann bedenkt, dass ich kein Mörder oder gar...einer dieser Männer bin!" Vor Wut schlug der Löwe die Pranke auf den Tisch, dass es nur so krachte. Simon zuckte kurz zusammen, ließ ich aber nicht beirren.
„Und ich bin kein Bankrotteur! Die Schulden machte mein Vater, für den ich zwar Bürge bin, aber nicht verantwortlich für sein Handeln!"
Der Löwe schien angeschlagen und ließ sich in den bequemen Lehnstuhl hinter seinem wuchtigen Schreibtisch fallen. Simon hatte er zuvor keinen Platz angeboten, so dass dieser wohl oder übel stehen bleiben musste.
„Und, mit Verlaub, Herr van Westerburg, auch wenn Ihr es nicht glaubt: ich bin ein Ehrenmann. Ich würde niemals über Dinge reden, die mir im Vertrauen zugetragen wurden. Ihr könnt also ganz frei von dieser Angst entscheiden, ob Ihr mir Eure Tochter als Gemahlin gebt."
„Niemals!" Ein verwundeter Löwe war besonders grimmig und gefährlich.
Da wurde die Tür aufgerissen und Katharina stürmte herein.
„Vater!"
„Kind, was willst du? Hast du mal wieder an der Tür gelauscht? Das ist ein Gespräch unter Männern! Und es ist auch schon vorbei!" Wütend stand der Löwe auf und knurrte die beiden an.

„Ja, Vater, ich habe gelauscht! Immerhin geht es um meine Zukunft! Ich liebe Simon und will seine Frau werden!" Katharina funkelte ihren Vater empört an.
„Wessen Gemahlin du wirst, entscheide ich und nicht du, das habe ich dir schon einmal gesagt! Und Herr Verbeek kommt als Kandidat nicht in Frage! Er kann das Brautgeld nicht aufbringen und überhaupt…"
„Ich habe Simon angeboten, den Schmuck, den Tante Lijsbet mir geschenkt hat, anzunehmen und zu Geld zu machen. Ich denke, das hätte als Brautgeld mehr als gereicht. Aber Simon hat abgelehnt, weil er nichts geschenkt haben will. Im Übrigen kann das Brautgeld so hoch nicht sein! Für beschädigte Ware kann man doch nicht allzu viel verlangen."
„Katharina!", brüllten der Löwe und der Fuchs fassungslos.
„Was soll das heißen?" Eine kurze Zeit sprach niemand ein Wort.
„Habt Ihr etwa…?" Der Löwe hatte als erster die Sprache wieder gefunden. Er stand auf und blieb so nah vor Simon stehen, dass dieser die weißen Zähne blitzen sah. Der vermeintliche Verführer war bis an die Haarwurzeln errötet und kam nun doch ins Stottern.
„Ich…ich schwöre Euch, wir…ich…Es ist nichts passiert, was die Ehre Eurer Tochter verletzt hätte!"
Katharina stellte sich neben Simon und sah ihren Vater herausfordernd an.
„Das stimmt. Und das lag nur daran, dass Simon ein Ehrenmann ist! Die Gelegenheit hätte er gehabt und ich hätte ihm keinen Einhalt geboten!"

Der Löwe sah plötzlich alt aus. Er drehte sich wortlos um, trat an das große Fenster und sah eine Zeit lang schweigend hinaus.
Katharina hielt die Spannung, die sich ausgebreitet hatte, fast nicht aus. War sie zu weit gegangen?
Unsicher sah sie Simon an, doch der zuckte nur mit den Schultern.
Nach einer gefühlten Ewigkeit drehte sich Arndt van Westerburg um. Er war ganz grau im Gesicht und seine Bewegungen waren langsam und schleppend. Der Löwe hatte seine Zähne verloren.
„Ihr habt gewonnen. Ich werde darüber nachdenken, Euch meine Tochter zur Frau zu geben."
Katharina wollte sich gerade ihrem Vater an den Hals werfen, als dieser die Hand hob.
„Ich stelle allerdings drei Bedingungen. Seid Ihr bereit, diese zu erfüllen, Herr Verbeek?"
Simon schaute dem Löwen in die müden Augen und senkte dann den Kopf.
„Alles, was Ihr wollt, Herr van Westerburg!"
„Gut. Erstens nehmt Ihr den Betrag von mir als Darlehen an, den Ihr benötigt, um Eure Schulden zu begleichen."
Simon wollte protestieren, doch ein Grollen ließ ihn innehalten.
„Gleich schon bei der ersten Bedingung Widerspruch?"
Simon schluckte den Stolz herunter.
„Ja, ich nehme das Geld an. Danke."
„Zweitens werdet Ihr ein Jahr lang für mich arbeiten, um Eure Schulden bei mir zu begleichen!"

„Das werde ich."
„Ich werde mir in dieser Zeit ein Bild von Euch machen, als Mensch und als Kaufmann."
„Jawohl."
„Von heute an genau in einem Jahr werdet Ihr dann in aller Form um Katharinas Hand anhalten."
„Nichts lieber als das!"
Katharina fiel zuerst ihrem Vater um den Hals und dann Simon.
„Nicht so voreilig! Ich kann kaum verhindern, dass ihr euch in dieser Zeit seht und…Du wirst als Jungfrau in die Ehe gehen, und Ihr, werter Schwiegersohn in spe, seid mir dafür verantwortlich!"
Simon verbeugte sich vor Arndt.
„Ich verspreche Euch, Euch nicht zu enttäuschen!" Er wandte sich an Katharina.
„Und dich auch nicht!"

Epilog

Die Sonne schien von einem wolkenlosen, blauen Himmel, als Katharina an der Seite ihres Gemahls die Kirche verließ. Vor dem Gottesdienst hatten sich beide vor einer großen Anzahl an Gästen und Schaulustigen unter freiem Himmel vor dem Kirchenportal das Eheversprechen gegeben.
Simon trug ein nachtblaues Wams aus feinstem Brokat und eng anliegende Beinlinge aus dunkelroter Seide. Sein Umhang war von etwas hellerem Blau und mit silbernen Fäden bestickt, die im Sonnenlicht glänzten. Auf seinen dunklen Haaren saß ein Barett, ebenfalls reich verziert und gekrönt von einer fröhlich wippenden Fasanenfeder.
Katharina strahlte vor Glück als sie an der Hand ihres Gemahls die Stufen hinab schritt.
Ihre langärmelige rostfarbene Cotte war ebenfalls aus feinster Seide gefertigt und der darüber getragene samtene Surkot in einem dunklen Grün unterstrich die Farbe ihrer Augen. Im Gegensatz zu Simons Kleidung war die ihre mit kostbarer Goldstickerei verziert, die sich kunstvoll in Blütenranken über Saum und Ausschnitt verteilte.
Simon sah seine Gemahlin voller Stolz und Liebe an. Er bedauerte nur, dass ihre dunklen Locken unter der züchtigen grünen Brokathaube versteckt waren, aber gleichzeitig freute er sich auf den Augenblick, wenn sie nicht nur dieses störende Etwas ablegen würde.

Er war in dem zurückliegenden Jahr mehr als einmal in Versuchung geraten, sein Ehrenwort zu brechen. Aber nun musste er sich nicht mehr zurückhalten. Bald würde Katharina nicht nur vor Gott seine Frau sein! Er hatte in der letzten Zeit fast ohne Unterlass gearbeitet, um seine Schulden an Arndt van Westerburg zurückzuzahlen. Es war ihm sogar gelungen, etwas zurückzulegen, um Cristine eine Überfahrt auf einem der großen Handelsschiffe zu bezahlen. Sie wollte vor Konrad Sadelmacher fliehen, irgendwohin, wo er sie nicht finden würde, um nie wieder so ein Leben führen zu müssen, wie vor ihrer Ehe mit Simons Vater. Erstaunlicherweise hatte sie sehr schnell eingesehen, dass Simon Katharina zur Gemahlin erwählt hatte und auch keinen weiteren Versuch unternommen, ihn für sich zu gewinnen. Sie schien zufrieden zu sein, Köln verlassen und irgendwo neu anfangen zu können. Das entsprach ihrem sprunghaften Wesen, das Simon in den vergangenen Monaten hatte kennenlernen müssen.
Und so trübte nur die Ungewissheit über Lijsbets Schicksal diesen strahlenden Tag ein wenig, denn sie war seit jenen unglücklichen Vorgängen wie vom Erdboden verschluckt.
Er wischte alle trüben Gedanken fort und sah Katharina glücklich an. Und als er in ihre grünen Augen blickte, erkannte er, dass sie genauso erwartungsvoll in ihre gemeinsame Zukunft blickte.

Nachwort

Auf der Suche nach einem interessanten Hintergrund für einen historischen Roman stieß ich zufällig auf einen Bericht, der sich mit dem Thema „Sodomiter in Köln 1484" beschäftigte. Im späten Mittelalter wurde noch dieser Begriff für die „unaussprechliche Sünde" der Homosexualität gebraucht, während er in unserem heutigen Sprachgebrauch in einem anderen Kontext verwendet wird.
Besonders interessierte mich die Homosexualität im Wandel der Zeit. Während Homosexualität in der Antike nicht nur geduldet, sondern auch öffentlich gelebt wurde, kam mit dem Christentum die Stigmatisierung der homosexuellen Praktiken auf, wobei die körperliche Liebe unter Frauen von der Kirche nicht mit dem gleichen Eifer verfolgt wurde, wie die unter Männern.
Heute reicht das Spektrum von Toleranz bis Akzeptanz, von Ablehnung bis hin zu Verfolgung und Bestrafung, im schlimmsten Fall immer noch mit dem Tod!

Zur Handlung:

Vorab: Ich wollte einen Roman schreiben und kein Sachbuch! Ich habe mich aber bemüht, mich so genau wie möglich an die tatsächlichen Ereignisse zu halten.

In Köln gab es immer wieder mal „Vorfälle" mit
Homosexuellen, so etwa 1431, als bekannt wurde, dass
einige Salzverkäufer die Geschlechtsteile ihrer Gesellen
mit Salz massierten, weil es von jeher so Brauch war.
Der Rat verbot diese Handlungen nach der Beschwerde
eines der Gesellen.
Auch nach dem im Buch beschriebenen
Bekanntwerden homosexueller Ausschweifungen gab
es im Jahr 1500 weitere Vorkommnisse. Dem
Weinhändler Kruysgin wurde vorgeworfen, einen
jungen Mann vergewaltigt zu haben. Erneut wurde
eine „Schickung", heute würde man es vermutlich
Untersuchungskommission nennen, unter Leitung
eines gewissen Arnt van Westerburg, nach Anzeige
durch das Opfer eingesetzt. Kruysgin bestritt die Tat.
Ob er bestraft wurde, ist allerdings nicht bekannt.
Ich habe beide, Kruysgin und Arndt van Westerburg,
einfach etwa sechzehn Jahre vorher in Erscheinung
treten und Ersteren leider ermorden lassen, obwohl er
ja 1500 noch lebte.
Und nun zu der größten Geschichtsbeugung: Im
Zusammenhang mit dem großen Skandal um
Homosexualität im streng katholischen Köln 1484 hat
es nie Tote gegeben. Jedenfalls nicht solche, die Opfer
eines Giftanschlags durch eines der bekanntesten Gifte
der Geschichte, Eisenhut, wurden.
Matthis, Kruysgin und Lenhart mussten sozusagen aus
dramaturgischen Motiven heraus ihr Leben lassen.
Allerdings ist das Motiv für diese Taten aus meiner
Sicht durchaus nachvollziehbar. Nicht nur damals gab

es diese Form der Scheinehe, um nach außen hin ein gesellschaftlich anerkanntes Leben zu suggerieren. Und Eifersucht war - und ist! - immer ein starkes Motiv!
Bei der ersten Schickung 1484 dagegen wurde in der Tat der Stadtsyndikus Doktor Emundus Frunt mit weitreichenden Privilegien ausgestattet, um der „Sünder wider die Natur" habhaft zu werden. Diese besonderen Befugnisse umfassten wohl tatsächlich auch die Erlaubnis, Verdächtige zu inhaftieren und zu foltern! Neben Frunt trat als Leiter dieser Schickung der damalige Bürgermeister Hermann Rinck in Erscheinung.
Aufmerksam auf die aus damaliger Sicht sündigen Vorgänge wurde man übrigens tatsächlich durch einen Pfarrer von Sankt Aposteln, der vor Zeugen darüber sprach, dass er Kenntnis von mindestens zweihundert Bürgern habe, die „wider die Natur" sündigen.
Bei der folgenden Befragung anderer Geistlicher stieß man schließlich auf den Pfarrer von Klein Sankt Martin, der besonders von sündigem Treiben am Heumarkt und Buttermarkt berichtete. Bei mir heißt dieser Pfarrer „Hieronymus". Die Erfahrung als Opfer einer homosexuellen Handlung sowie seinen daraus resultierenden Hass auf diese Männer habe ich ihm angedichtet, wofür ich mich posthum bei ihm entschuldige!
Wahr ist dagegen, dass zumindest ein „ehrbarer Bürger" anonym einen Brief erhalten hat, in dem er der „Sünde" bezichtigt wird. Ich habe in Köln noch einige weitere verteilen lassen.

Geschichtlich belegt ist auch, dass im Mittelpunkt der Ermittlungen ein gewisser Johann Greveroide vom Heumarkt stand, der übrigens tatsächlich einem jungen Mann seine - erfundene - Nichte als Ehefrau versprach, wenn dieser ihm zu Willen wäre. Das soll allerdings bereits zwischen 1481 und 1482 geschehen sein, wurde aber erst im Nachhinein bekannt.

Auch waren Arnt van Westerburg und Johann Greveroide wirklich verschwägert und Johann Greveroide war auch verheiratet. Im Zusammenhang mit den Ermittlungen gegen Greveroide wird auch ein Seidenfärber namens Seger erwähnt, der offenbar bisexuell war. An ihn habe ich den Tuchhändler Lenhart Seger angelehnt, der in diesem Buch allerdings rein homosexuell ist.

Als das Ergebnis der Untersuchung schließlich erbrachte, dass etwa zweihundert Männer, darunter viele hohe Würdenträger und Ratsherren, in den Skandal verwickelt waren, stellte man die Ermittlungen ohne Konsequenzen für die Betroffenen ein.

Über Johann Greveroide finden sich nach 1484 keine schriftlichen Aufzeichnungen mehr, so dass man - wie auch ich - wohl davon ausgehen kann, dass er zu dieser Zeit tatsächlich verstarb.

Literatur :

- „Köln 1484: Untersuchungen wegen der „unsprechlichen Sünde" aus „Sodomiter in spätmittelalterlichen Städten", zu finden unter: „ https://www.commsywiki.uni-hamburg.de/wikis/651782/2826739/Main/K%C3%B6ln1484" , abgerufen am 11..3.2017 mit vielen weiteren Literaturhinweisen
- Kaltwasser, Ute „Heiliges Köln, Sündiges Köln. Glanzvolles Mittelalter" Greven Verlag 1988, ISBN 9783774302181
- Hergemöller, Bernd-Ulrich „Die „unsprechlich stumme Sünde" in Kölner Akten des ausgehenden Mittelalters" in Geschichte in Köln, Heft 22 (1987), S. 5-51
- Historisches Archiv der Stadt Köln, Kriminalakten 51 „Sodomiterei in Köln 1484, Juni,Juli
- „Eduard II. - Grausamer Tod eines schwulen Königs" von Jan von Flocken in Die Welt, 1. November 2007, abgerufen am 11.3.2017
- Schleicher, Herbert M. (Hrsg.), Ratsherrenverzeichnis von Köln zu reichsstädtischer Zeit von 1396 – 1796, Köln 1982
- Dietmar, Carl (Autor) „Die Chronik Kölns" 1992 aus dem Chronik Verlag

- „Mittelalter und Frühe Neuzeit" zu finden unter: „http://www.csgkoeln.org/bibliothek/mittelalter-und-fruehe-neuzeit?tmpl=%2Fsystem%2Fapp%2Ftemplates%2Fprint%2F&showPrintDialog=1" abgerufen am 11.3.2017